FRISS MICH

KILLERKATZEN BUCH 6

SKYE MACKINNON

Übersetzt von
ANNETTE KURZ

Peryton Press

FRISS MICH

Sich freiwillig entführen lassen. Das ist selbst für Kat etwas Neues. In der Falle sitzend, gequält und ohne zu wissen, wo genau sich ihre Schwester aufhält, kann sie nur eines tun: das wilde Tier in ihrem Innern herauslassen und hoffen, dass sie dabei ihre menschliche Seite nicht verliert. Und auch nicht ihre Familie.

Einige alte Beziehungen zerbrechen. Neue Bindungen entstehen. Und ja – es mangelt auch nicht an Katzenkindern.

DIE KILLERKATZEN SERIE

1. Miau
2. Kratz
3. Schnurr
4. Fauch
5. Beiß zu
6. Friss mich
7. Krallen raus

Wie ihr durch die vorausgegangenen fünf Bücher wisst, spielt diese Serie in einer Welt, die der unseren sehr ähnlich ist, in der es aber auch einige entscheidende Unterschiede gibt. Die Technik hat sich anders entwickelt; es gibt Vieles, was uns vertraut ist, wie z. B. Fernseher, aber keine Handys, Autos oder das Internet. Übrigens auch keine Schusswaffen.

Und hier noch der Hinweis auf Skyes Newsletter, wenn ihr über Nachrichten und Neuerscheinungen informiert bleiben wollt:

Skyemackinnon.de

Für Darwin
Ich hoffe, du hast da, wo du jetzt bist, alle Löwenzahnblüten,
die du dir nur wünschen kannst.
Danke, dass ich dich sechs Jahre lang begleiten und bedienen
durfte.

KAPITEL EINS

Entführt zu werden macht keinen Spaß. Folter noch viel weniger.

Ich habe jedes Zeitgefühl verloren. Sind es jetzt Wochen? Monate? Meine Zelle hat kein Fenster, und das flackernde Licht an der Decke bleibt Tag und Nacht eingeschaltet. Anfangs habe ich noch versucht, die Tage zu zählen, verlor aber bald das Interesse daran. Was bringt es schon zu wissen, wie lange ich hier gefangen bin? Ich muss mich ganz darauf konzentrieren, hier wieder rauszukommen.

Was leichter gesagt ist als getan. Die Zellentür hat kein Schloss, das ich mit meinen Krallen öffnen könnte. Es gibt kein Fenster, durch das ich fliehen könnte. Essen und Trinken werden durch ein Rohr rechts von der Tür geliefert. Es ist weit genug, dass ich meinen Arm hineinstecken kann, eignet sich aber auf keinen Fall zur Flucht.

Das Essen erhalte ich in unregelmäßigen Abständen. Manchmal lassen sie mich unendlich lange darauf warten – gefühlt zehn Stunden -, dann wieder erhalte ich eine neue Mahlzeit, noch während ich mit der vorhergehenden beschäftigt bin. Ich wette, das geschieht mit Absicht, damit ich keinerlei Routine entwickeln kann.

Essen ist meine einzige Abwechslung. Ich habe mit niemandem geredet, seit ich mich freiwillig entführen ließ. Ich weiß nicht, ob sie meine Schwester in demselben Gebäude untergebracht haben. Ich weiß nicht einmal, ob der Siron hier ist. Er hat mich noch nicht aufgesucht. Er hat mich wahrscheinlich durch die Kamera oben an der Decke beobachtet, bis ich die Linse mit meinem eigenen Kot zugeschmiert habe. Das war das einzige Material, das mir zur Verfügung stand.

Statt einer Toilette habe ich nur einen Topf bekommen. Zum Glück hat der wenigstens Erwachsenen-Größe. Der darunter befindliche Behälter ist mit einem Müllsack ausgekleidet, den ich zuknote, wenn er voll ist, und dann durch das Rohr drücke. Er wird herausgesaugt, bevor ich meine nächste Mahlzeit erhalte. Ist nichts für empfindliche Gemüter, aber ich habe mich daran gewöhnt. Was ich wirklich vermisse, ist eine Dusche. Ich wasche mich notdürftig mit dem Wasser, das ich zusammen mit dem Essen erhalte, aber wie sehr ich auch versuche, mich und meine Kleider damit sauber zu halten, stinke ich inzwischen doch ziemlich übel. Ich wäre momentan ungern in meiner eigenen Gesellschaft, muss mich aber leider aushalten.

Und in dieser ganzen Zeit kein einziges Wort von irgendjemandem. Vor meiner Tür sind keine Wachen zu hören. Das Rohr ist meine einzige Verbindung zur Außenwelt. Ich habe hineingerufen in der Hoffnung, dass es mit anderen Zellen verbunden sein könnte, aber umsonst. So, wie sich mir die Lage darstellt, bin ich hier die einzige Gefangene.

Ich weiß nicht, woraus die Wände bestehen und wie dick sie sind, aber es dringt kein Laut durch sie hindurch. Selbst meine Katzensinne sind nicht in der Lage herauszufinden, was um mich herum geschieht.

Ich bin einfach zu Tode gelangweilt. Die Essensausgabe ist mittlerweile zum Highlight des Tages geworden. Ich lasse jeden Bissen des erstaunlich guten Essens auf der Zunge zergehen und versuche, die einzelnen Zutaten herauszufinden. Das habe ich mir zur Aufgabe gemacht. Leider kann ich nie überprüfen, ob ich richtig liege. Ich kann ja niemanden fragen, was sie ins Essen getan haben. Heute – oder war es schon gestern? – bekam ich Rosinenknödel mit zwei Flaschen Wasser. Eine davon habe ich zum Haare waschen verwendet. Meine Haare ähneln mittlerweile eher einem struppigen Vogelnest, das von einem sehr unerfahrenen Vogel gebaut wurde. Ich werde sie wohl abschneiden müssen, wenn ich hier herauskomme.

Und das ist nur eine Frage der Zeit.

Ich werde nicht aufgeben. Da draußen ist mein Team. Meine Familie. Die werden mich nicht vergessen und im Stich lassen. Sie werden mich suchen. Leider weiß ich nicht einmal, ob ich mich noch in Attenburg befinde. Sie haben mich betäubt, sobald ich den Käfig betrat.

Ich könnte wieder zu Hause sein. Oder in einer ganz anderen Stadt. Ich habe keine Möglichkeit, das herauszufinden. Zum Glück sind alle meine Männer erfahren im Spurenlesen. Besonders Lennox mit seinen Wolfssinnen.

Ich kann mich aber nicht darauf verlassen, dass sie mich retten werden. Ich bin auf mich gestellt. Wenn es einen Weg in die Freiheit gibt, werde ich ihn finden. Wenn sie endlich die Tür öffnen.

Sie haben einen Weg gefunden, mich zu foltern, ohne meine Zelle betreten zu müssen. Ist genial, wenn ich das so sagen darf. Laute Musik, die mir beinahe das Trommelfell platzen lässt. Der Boden, der plötzlich brennend heiß wird, wenn ich mich setzen will. Deshalb bleibe ich jetzt immer in der Nähe meines Betts. Brandwunden heilen langsam, selbst bei mir als Wandler. Aber am schlimmsten ist der Nebel. Er kommt alle paar Tage und breitet sich in meiner Zelle aus, bis ich nichts mehr tun kann und ihn einatmen muss. Er brennt in meinen Lungen, nimmt mir alle Kraft und verursacht die schrecklichsten Halluzinationen. Und was am schlimmsten ist – ich kann nichts dagegen tun. Ich kann keinen Feind bekämpfen, der sich nicht im selben Raum befindet.

Ich seufze und nehme einen Schluck aus der Wasserflasche. Ich lasse die Flüssigkeit im Mund kreisen, auch eines meiner neuen Hobbies. In einem Zimmer mit einem Nachttopf und einem Bett ist die Zahl der möglichen Aktivitäten sehr begrenzt. Ich starre die Pritsche an. Das Bettzeug ist noch dasselbe wie bei meinem Einzug und stinkt fürchterlich. Kein Wunder, ich ja auch. Ich habe versucht, ohne die Decke zu schlafen, aber das wird zu kalt. In manchen Nächten – oder an Tagen, wer weiß das schon – habe ich mich gewandelt, aber das wird immer schwieriger. Ohne die Möglichkeit, mich frei zu bewegen und zu laufen, wird meine innere Katze ruhelos. Ich verliere immer mehr die Kontrolle, wenn ich mich wandle. Ich habe Wandler erlebt, deren tierische Seite verrückt geworden ist. War nicht schön anzusehen. Also bleibe ich so oft wie möglich in meiner menschlichen Gestalt und warte ab. Sobald sich die Tür öffnet, werde ich mich wandeln und jeden zerfetzen, der sich mir in den Weg stellt. Sie werden es bereuen, dass sie mich eingesperrt haben. Wobei ich ihnen nicht viel Zeit für Reue lassen werde, bevor ich ihnen die Kehle herausreiße.

Ich lecke mir über die Lippen. Das wird so gut werden. Ich vermisse den Geruch von Blut. Und seinen Geschmack.

Nein, das ist nicht gut. Ich will nicht wieder diesen Verlockungen zum Opfer fallen. Töten ist gut. Das Blut meiner Opfer genießen ist es nicht. Ich bin ein Killer, kein Serienmörder. Da gibt es einen Unterschied. Keinen großen vielleicht, aber doch einen feinen. Lennox und ich haben das einmal ausführlich diskutiert, bevor er der Meute entkommen ist. Ich lächle bei der Erinnerung daran. Das war, nachdem er das erste Mal jemanden getötet hatte. Er war damals ein so sanfter Junge, jemand, der niemandem etwas zuleide getan hätte, wenn er nicht dazu gezwungen worden wäre. Die Meute hat ihn zum Killer gemacht. Von dem unschuldigen Jungen, der beschlossen hat, zum Killer und nicht zum Mörder zu werden, ist nicht mehr viel geblieben. Ich frage mich, ob er noch Bedauern empfindet, wenn er tötet, oder ob das für ihn normal geworden ist.

Bei mir war das immer anders. Ich genieße die Jagd, das Adrenalin, den Todesstoß. Den Moment, in dem das Leben im Auge meines Opfers ein letztes Mal aufflackert. Diesen letzten Funken Leben auszulöschen ist eines der erhebendsten Gefühle überhaupt. Nur guter Sex ist in etwa vergleichbar.

Nicht, dass ich je grundlos töten würde. Ich bin ja kein Monster. Ich bin Auftragskiller und mache meine Arbeit gern. Jemanden zu töten, der es verdient hat, macht viel mehr Spaß als wahllos Leute umzubringen. Ich glaube, ich verdanke es Lennox, dass ich diese rote Linie nicht überschreite. Er hat mich, ohne es zu wissen, zu einem besseren Menschen gemacht.

Beim Gedanken an ihn zieht sich mein Herz zusammen. Und wenn ich an die anderen denke. Griffon. Ryker. Meine Schwestern. Bethany, Lilly und Benjamin. Sie alle sind meine Familie. In meiner Kindheit und Jugend habe ich immer versucht, keine Gefühle für jemanden zu entwickeln. Lennox zu verlieren war einfach zu schmerzhaft gewesen. Ob es ein Fehler war, die Mauern um mein Innerstes einstürzen und sie in mein Herz zu lassen? Ist das Glück, das ich in ihrer

Gegenwart empfinde, es wert, den Schmerz ihrer Abwesenheit auszuhalten?

Ich bin mir da nicht sicher. Manchmal wache ich auf, und mein Kopfkissen ist nass von Tränen. Wenn ich es schütteln würde, könnte ich wahrscheinlich einen Salzstreuer damit füllen. Ich erinnere mich selten an meine Träume, aber wahrscheinlich kommt meine Familie darin vor.

Ich trinke das letzte Wasser und stecke die leere Flasche ins Rohr. Sie wird weggesaugt werden, wenn sie es für angebracht halten, mir meine nächste Mahlzeit zu schicken. Ich freue mich schon darauf. Nicht, weil ich hungrig bin, sondern wegen der Abwechslung.

Früher habe ich die Wasserflaschen mit meinen Krallen aufgeschnitten und so eine Art Messer und später Kunstobjekte daraus geschnitzt. Ich habe mit Kunst nicht viel im Sinn, aber Langeweile zaubert Seiten an mir hervor, von denen ich nicht wusste, dass ich sie besaß.

Später habe ich meine Plastikskulpturen dann in einem Wutanfall zerstört. Ist wahrscheinlich gut so. Sollte die Rettung nah sein, will ich keine Spuren meiner neu entdeckten Kreativität hinterlassen. Das würde nicht meinem nüchtern-rationalen Image entsprechen, das ich so gewissenhaft über all die Jahre aufgebaut habe. In meinem Leben gibt es einfach keinen Platz für so nutzlose Hobbies wie Kunst, und das wird so bleiben. Auch wenn mir meine kleinen Werke ganz gut gefallen haben.

Ich ziehe mir die Decke um die Schultern und rolle

mich auf meinem Bett zusammen, versuche dabei, nicht durch die Nase zu atmen. Man kann sich schlecht entspannen, wenn man seinen eigenen Gestank in der Nase hat. Wenn es in dieser Zelle nicht so kalt wäre, würde ich die Decke ins Rohr stopfen. Vielleicht sollte ich das trotzdem tun. Vielleicht geben sie mir eine neue. Aber das Risiko ist zu groß. Ich lache freudlos. Schau einer an, auf einmal will ich kein Risiko mehr eingehen. Das bin doch nicht ich. Risiko ist mein zweiter Vorname.

Das Leben in dieser Zelle bricht mich. Es ist ein schleichender Prozess, aber ich bin mir bewusst, dass er begonnen hat. Und ich kann nichts dagegen tun. Ich kann hier nur raus, wenn jemand die Tür öffnet. Ich kann nur versuchen, bis dahin nicht durchzudrehen.

Eines Tages wird sich diese Tür öffnen.

KAPITEL ZWEI

*I*ch starre mich im Spiegel an. Meine Haare hängen in schmutzigen Strähnen herunter und bedecken den größten Teil meines Gesichts. Ich ziehe eine Strähne hinter mein Ohr zurück und lege so mein rechtes Auge frei. Ich halte erschrocken die Luft an.

Nein, tue ich nicht. Also, im Geiste schon, aber das Mädchen da im Spiegel tut es nicht. Sie starrt nur ihr eigenes Abbild an.

Sie ist nicht ich.

Ich bin nicht sie.

Meine Gedanken bewegen sich zäh, es dauert lange, bevor ich erkenne, wer sie ist. Meine Schwester, K7. Ich sehe durch ihre Augen. Ist das ein Traum? Muss wohl so sein.

Ich nutze die Gelegenheit, sie genauer anzuschauen, sie ganz in mich aufzunehmen. Als sie neben dem Siron vor mir stand, hatte ich keine Zeit, sie eingehend zu betrachten. Ich habe sie erkannt, aber das war alles.

Das Auffallendste an ihr ist ihr rechtes Auge. Es leuchtet hell silbern, fast metallisch. Ich habe so etwas noch nie gesehen. Ich denke, es ist echt, kein technisches Implantat oder so, wirkt aber dennoch gespenstisch. Das restliche Gesicht, zumindest der Teil, der unter der wilden Mähne hervorschaut, entspricht dem Bild, das ich von mir in diesem Alter habe. Ihre Lippen sind fest zusammengepresst, aber das ist das einzige äußere Zeichen irgendeines Gefühls, das sie vielleicht empfindet. Ihr Gesicht ist ausdruckslos, besonders die Augen. Das lässt mich erschauern. Was auch immer mir angetan wurde, so habe ich nie ausgesehen. Ich habe nie aufgegeben. Ich habe gekämpft, rebelliert, wurde bestraft, bin aber immer wieder aufgestanden und habe nur noch entschlossener gekämpft. Das ist bei ihr anders. Kleine K7. Sie ist innerlich tot, und ich glaube, sie weiß es.

Sie starrt weiter in den Spiegel. Ich würde mich gern abwenden, aber ich bin hier gefangen, kann die Augen nicht von ihr wegdrehen. Bitte lass mich aus diesem Albtraum aufwachen. Jetzt gleich.

Sie plinkert mit den Augen, und mir wird bewusst, dass sie das noch nie getan hat, seit ich mit ihren Augen gesehen habe. Gruselig. Das sagt man doch über Psychopathen, oder? Dass sie nicht so oft die Augenlider bewegen wie normale Menschen. Aber das hier war erst nach einigen Minuten. Ich weiß nicht, was mit meiner Schwester nicht stimmt, aber es scheint eine ganze Menge zu sein. Wer weiß, was sie mit ihr angestellt haben, seit sie erschaffen wurde. Sie trägt kein Halsband, was mir noch mehr Angst einjagt. Sie ist immer noch hier, ist nicht weggelaufen, was nur bedeuten kann, dass sie auch ohne Halsband vollständig unter fremder Kontrolle steht. Ich will in mir keine Zweifel aufkommen lassen, dass ich sie vielleicht doch nicht retten kann, aber der Gedanke drängt sich immer mehr auf. Vielleicht kann ich sie schon nicht mehr erreichen. Aber ich kann sie auch nicht hier zurücklassen. Auf keinen Fall. Wenn ich fliehe, werde ich sie mitnehmen und sie irgendwie wieder zu dem glücklichen Kind machen, das sie eigentlich sein sollte. Sowohl Caitlin wie auch K8 haben das mehr oder weniger geschafft. Es wird auch für sie gelingen.

Mit einem weiteren Lidschlag wendet sie sich vom Spiegel ab und lässt mich das Zimmer betrachten, in dem wir uns befinden. Es ist ein kleines Schlafzimmer mit einem einzelnen Bett, einem Kleiderschrank und Tisch und Stuhl, aber was meinen Blick sofort fesselt, ist der Bildschirm an der Wand. Ich wäre entsetzt zurückgewichen, hätte ich mich in meinem eigenen Körper befunden. Dann hätte ich meine Augen bedeckt und versucht zu vergessen.

Das kann ich aber nicht. Ich kann mich nur anstarren, in dem weißen Raum, wie ich schreie, weil unter mir der Boden brennend heiß wird. Und am schlimmsten ist, dass ich K7s Lächeln fühlen kann.

⁂

Es müssen jetzt schon Monate sein. Ich habe jedes Zeitgefühl verloren, aber es fühlt sich an, als seien viele, viele Wochen vergangen. Essen, Folter, Schlaf - und wieder von vorne. Ich habe mir eine Routine angeeignet, schleppe mich von einem Tag zum nächsten. Was mich am Leben erhält, ist der Gedanke an meine Familie. Sie sind irgendwo da draußen. Geben meinem Leben Sinn und Ziel. Ich muss durchhalten.

Das erste Zeichen, dass sich etwas ändern wird, ist das Licht, das plötzlich heller leuchtet. Ich kneife die Augen zu, denn plötzlich ist der Raum so hell erleuchtet wie bei Sonnenlicht an einem Sommertag. Kein düsteres, flackerndes Licht mehr. Ich hatte immer gedacht, mit der Glühlampe sei etwas nicht in Ordnung, aber es war wohl nur ein weiteres Mittel, mich zu zermürben.

Ich stehe auf, versuche, mich so gerade wie möglich hinzustellen, ohne dabei die Balance zu verlieren. Man hat mich in letzter Zeit auf schmalere Essensrationen gesetzt, weshalb mir ständig schwindlig wird. Falls man mich hier verhungern lassen will, ist man auf dem besten Weg dazu. Ich hatte immer vor, mich zu wandeln, sobald die Tür sich öffnet, hätte aber wohl kaum noch die Kraft dazu. Sollte ich es versuchen, könnte ich zwischen meinen beiden Gestalten steckenbleiben, was mich unweigerlich umbringen würde. Nein, ich muss meine menschliche Gestalt behalten und kann nur hoffen, dass ich auch ohne die zusätzliche Pantherkraft hier herauskommen werde.

Ich höre Schritte, die sich von Ferne meiner Zelle nähern und in einem engen Gang davor widerhallen – jedenfalls hört es sich so an. Es ist seit Monaten das erste Mal, dass ich einen anderen Menschen höre. Ich hatte immer geglaubt, dass mir das Leben als Einsiedler nicht schlecht gefallen würde, aber ehrlich gesagt, freue ich mich darauf, ein menschliches Wesen zu sehen, selbst wenn es ein feindliches sein sollte. Die Frage ist nun –

abwarten, was kommt oder angreifen und fortlaufen? Noch vor ein paar Wochen hätte ich zweifellos letzteres gewählt, aber jetzt bin ich zu schwach. Ich weiß nicht, wie lange ich laufen könnte, ohne zusammenzubrechen. Frustriert knirsche ich mit den Zähnen. Man hat mich von einem starken, erfolgreichen Killer zu einer mitleiderweckenden Gefangenen gemacht, die zu schwach ist, ihren Wärtern zu entkommen. Am liebsten würde ich schreien und toben. Und dann diejenigen umbringen, die mir das angetan haben.

Ich trete zurück, bis mein Rücken die kalte Wand hinter mir berührt. So kann ich aufrecht stehen und kräftiger erscheinen, als ich bin. Denn ich habe keine Kraft mehr. Meine Beine scheinen mir jeden Moment den Dienst versagen zu wollen. Das Aushungern hat mich genau an den Punkt gebracht, an dem sie mich haben wollten. Auf dem Boden kriechend. Diese Befriedigung will ich ihnen nicht verschaffen. Dann würde ich lieber bei einem Fluchtversuch sterben. *Es reicht.*

»Es reicht.«

Ich sage es laut. Meine Stimme ist rau durch Nichtgebrauch, aber ich wiederhole es wieder und wieder, bis die Worte hörbar sind.

»Es reicht.«

Die Schritte halten an und die Tür öffnet sich wie in Zeitlupe. Mach schon! Mein Gesichtsfeld verdunkelt sich bereits an den Rändern, ich werde mich nicht mehr lange aufrecht halten können.

Eine Frau betritt den Raum. Niemand, den ich zuvor

schon gesehen hätte. An ihr ist nichts Besonderes, sie ist normaler Durchschnitt. Ihr Gesicht wäre ganz hübsch, wenn die Augen nicht so weit auseinander stünden. Ihre Kleidung ist von guter Qualität, würde aber in einer Menschenmenge keine Blicke auf sich ziehen. Sie riecht entfernt wie Sirene. Das könnte an ihren Erbanlagen liegen oder der Tatsache, dass sie sich noch vor kurzem in deren Nähe aufgehalten hat. Ich vermute letzteres, falls sie die Frau meines Entführers sein sollte.

Hinter ihr erscheinen zwei stämmige Männer. Ich schnüffele. Es sind Mutanten, die Kreaturen, mit denen ich früher schon gekämpft habe. Mir läuft das Wasser im Munde zusammen. Ich erinnere mich instinktiv daran, wie gut ihr Blut geschmeckt hat. Wie es mir Kraft gegeben hat. Wenn es mir gelingt, ihr Blut zu trinken, werde ich vielleicht stark genug sein, hier auszubrechen. Die Frau denkt sicher, sie dienten ihrem Schutz. In Wirklichkeit könnten sie meine Rettung sein.

»Du siehst erbärmlich aus«, sagt sie kalt, als ob wir uns schon begegnet wären.

»Du auch. Hast wohl Angst, mit mir allein zu sein?«

Ihr Gesichtsausdruck ändert sich nicht. »Keine Angst. Ich bin nur vorsichtig. Ich weiß, wer du bist und zu was du imstande bist. Ich bin kein Narr, ganz egal, wofür mein Mann mich halten mag.«

Ich frage mich, ob ihr Mann mich entführt hat.

»Ihr seht euch erstaunlich ähnlich«, sagt sie und mustert mich von Kopf bis Fuß. »So wird mein Baby also wohl einmal aussehen, wenn sie erwachsen ist.«

Ihr Baby? K7, vielleicht? Oder ein anderer, jüngerer Klon? Ich hoffe nicht. Sobald ich K7 gerettet habe – und daran gibt es für mich keinen Zweifel – sind wir alle beisammen. Dann muss ich keine verloren gegangenen Schwestern mehr suchen. Kann mich in Ruhe irgendwo niederlassen und meiner Arbeit nachgehen, für Geld töten. Ein einfaches Leben führen. Oh, wie ich das vermisse!

»Meine Tochter freut sich schon darauf, dich kennenzulernen«, fährt die Frau fort. »Sie war so aufgeregt, als mein Mann dich endlich gefangen genommen hat. Es war nicht leicht, sie von einem Besuch bei dir abzuhalten, aber sie versteht, dass du noch nicht ganz bereit bist, sie zu treffen.«

»Nicht bereit?«, frage ich. Ich bin so verwirrt. Mein Hirn ist zu schwach zum Denken.

»Du bist nicht bereit zuzuhören. Wenn ich dir sagen würde, warum du gerade hier bist, würdest du die Wahrheit nicht akzeptieren. Du bist noch nicht bereit.«

Ich grinse sie an. Und könnte wetten, dass ich total verrückt aussehe. »Mach schon. Klär mich auf über all deine üblen Plänen. Ich bin ganz Ohr.«

Ihr Gesicht bleibt unbewegt. »Wie gesagt. Du bist noch nicht bereit. Vielleicht in einigen Wochen. Bis dahin muss ich mein Baby beschäftigen, sie ablenken, damit sie dich nicht dauernd sehen will. Sie sehnt sich nach einer Spielgefährtin, besonders einer, die so aussieht wie sie.«

»Lass sie nur kommen. Ich würde meine Schwester gern kennenlernen.«

Die Frau lacht kalt. »Sie ist nicht deine Schwester. Sie ist so viel besser als du je sein wirst.«

Und damit verlässt sie den Raum und nimmt ihre Bodyguards mit. Ich bleibe noch ein paar Sekunden lang stehen, falls sie noch einmal zurückkommt, dann lasse ich mich auf den Boden fallen. Meine Muskeln schmerzen von so ein bisschen Stehen. Ich bin es nicht mehr gewöhnt. Verdammt, ich hasse diesen Zustand. Ich kann nicht einmal mehr länger als ein paar Minuten stehen. Zu was für einem Wrack bin ich geworden?

Die Tage vergehen im Schneckentempo. Sie geben mir kaum etwas zu essen. Ich werde immer schwächer. Und die Folter geht weiter. Der Boden wird so heiß, dass ich am ganzen Körper Brandwunden habe. Sie heilen so langsam wie bei normalen Menschen. Und die ganze Zeit über frage ich mich, ob mich K7 beobachtet. Es hätte ein Traum sein können, aber nach dem Besuch dieser Frau glaube ich, dass es wahr ist. Hier gehen merkwürdige Dinge vor sich, mit ihr und meiner Schwester, und ich muss herausfinden, was, damit ich mit K7 fliehen kann. Ich will immer noch, dass sie in Sicherheit kommt, selbst nachdem ich ihr Lächeln gesehen habe, während ich gefoltert wurde. Sie kann nichts dafür, wie man sie erzogen hat. Wer weiß schon, was sie mit ihr gemacht haben.

Ich verbringe die Zeit damit zu zählen, wie oft das Licht flackert. Ich zähle meine eigenen Herzschläge. Ich versuche, mir meine Männer vorzustellen und wie sie gerochen haben. Es wird immer schwerer, diese Erinnerungen am Leben zu halten. Manchmal, wenn ich meine, sie vor meinem inneren Auge zu haben, verschwimmen sie wieder und verschwinden aus meiner Erinnerung. Ich bin keine Heulsuse, aber in diesen Momenten kommen mir die Tränen. Die Bilder der Menschen zu verlieren, die mich überhaupt noch am Leben erhalten, das ist wahrhaft furchterregend. Wenn ich sie verliere, wozu dann überhaupt noch kämpfen?

Die Einsamkeit wirkt sich auf meinen Verstand aus. Von Zeit zu Zeit höre ich Miauen, so klar, als würde sich eine Katze in meiner Zelle befinden; was natürlich nicht der Fall ist. Muss wohl eine akustische Täuschung sein.

Ich krümme mich zusammen, bedecke meine Augen mit den Händen, damit mich das flackernde Licht nicht so stören kann. Das macht mich verrückt. Alles hier verstärkt diesen Zustand. Ich befinde mich auf dem Weg zu geistiger Umnachtung, und nichts hier kann diesen Prozess aufhalten.

KAPITEL DREI

Ich wache in einem unbekannten Raum auf. Das ist nicht meine Zelle. Ich blinzele, um ein klareres Bild zu bekommen und kann kaum glauben, was ich sehe. Das Himmelbett, die dicken Teppiche, schweren Vorhänge, die wuchtigen Möbel aus Walnussholz. Ich befinde mich in einem riesigen Zimmer, das Teil eines Palastes oder herrschaftlichen Anwesens sein könnte. Alles ist teuer und purer Luxus.

Komischerweise fühle ich mich hier weniger wohl als in meiner Zelle.

Ich setze mich auf. Beinahe wird wieder alles dunkel um mich herum, aber es gelingt mir, nicht bewusstlos zu werden. Die Matratze unter mir ist weich, weicher als alles, was ich in den vergangenen Wochen berührt habe. Oder in den vergangenen Monaten, wer weiß das schon. Zeit hat keine Bedeutung mehr.

Ich trage ein ärmelloses Kleid aus einfachem Leinen,

aber es ist sauber. Ich schnüffele an mir. Nein, ich bin nicht sauber. Sie haben mir nur etwas anderes angezogen.

Ich lasse die Hände über die Bettdecke gleiten. Fühlt sich flauschig an. Wie Fell. Ich schließe die Augen und stelle mir vor, es ist Rykers Fell. Sein Kopf liegt in meinem Schoß und sein Katzenschwanz schlägt auf den Boden, wie er es immer tut, wenn er glücklich ist. Und sein zufriedenes Schnurren erfüllt den Raum.

Langsam lasse ich mich aus dem Bett gleiten und konzentriere mich auf meine Sinne. Anders als in der Zelle höre ich hier von allen Seiten Geräusche. Menschen, die sich bewegen, miteinander reden, Tiere in größerer Entfernung. Meine Sinne sind zwar geschwächt, aber wahrscheinlich immer noch ausgeprägter als die armseligen, mit denen Menschen zufrieden sein müssen. Ich gehe hinüber zur Tür und schließe die Augen, konzentriere mich ganz auf die Stimmen in nächster Nähe. Ein Mann und eine Frau, die miteinander flüstern. Ich frage mich, ob sie meinetwegen so leise sprechen oder weil sie von anderen Leuten nicht gehört werden wollen.

»Das ist doch verrückt«, flüstert die Frau. »Sie haben sie mich nicht einmal waschen lassen. Das Bettzeug wird total ruiniert sein.«

»Wer ist sie überhaupt?«, fragt der Mann.

»Sie sieht wie die Kleine Madame aus, nur älter. Ob die wohl miteinander verwandt sind?«

Der Mann schnaubt. »Hoffen wir mal nicht. Ein Rotzlöffel reicht mir.«

»Pscht, man könnte dich hören. Du willst doch nicht wie Jack enden.«

»Ich habe mich um eine Stelle bei Lord Lehar beworben. Wenn ich die bekomme, bin ich endlich raus aus diesem Affenstall. Mir reicht's.«

»Sag mir Bescheid, wenn die noch andere Stellen frei haben«, flüstert die Frau. »Die Kleine Madame hat mich gestern wieder gebissen. Schau dir nur mal die Wunde an, die sieht aus, als hätte mir ein wildes Tier die Haut aufgerissen.«

Stille, dann atmet der Mann hörbar ein. »Du darfst sie das nicht tun lassen. Wenn sich die Wunde nun entzündet? Ist schlimm genug, dass Jenny die Hand verloren hat. Das willst du doch sicher nicht.«

Die Frau schnauft. »Ist ja nicht so, als hätte ich eine Wahl. Dieses Mädchen tut, was sie will, und keiner traut sich, dagegen etwas zu tun. Die Lady ermuntert sie sogar noch dazu. Sie hat nicht einmal das Gesicht verzogen, als ich ihr gesagt habe, dass ich gebissen worden bin. Sie hat mir nicht einmal Zeit gelassen, die Wunde zu versorgen.«

»Ich frage ganz bestimmt bei Lord Lehar, ob er noch weitere Leute braucht«, verspricht der Mann.

Ein schmetterndes Geräusch lässt sie beide verstummen. Jemand hat wohl einen Teller fallenlassen. Ich habe aber genug gehört, um mir ein erstes Bild zu machen. Die Angestellten hier sind alles andere als zufrieden. K7 beißt die Leute. Und die Hausherrin ist so kalt, wie sie mir beim Besuch in meiner Zelle erschien. All das hilft mir im Moment nicht bei meinen Fluchtplänen, macht mir aber Hoffnung. Wenn die

Angestellten ihren Arbeitgebern gegenüber nicht loyal sind, kann ich sie vielleicht bestechen, damit sie mir helfen.

Zunächst einmal muss ich aber herausfinden, warum ich mich in diesem Zimmer befinde und nicht länger eingesperrt bin. Ich gehe hinüber zum Fenster und öffne die dunkelroten Vorhänge. Ich lache fast vor Enttäuschung. Ich hatte doch tatsächlich erwartet, dass sich dahinter ein Fenster befinden würde, das einen Weg in die Freiheit eröffnet hätte. Aber nicht doch. Ein Steinbogen lässt noch vermuten, dass ursprünglich tatsächlich ein Fenster hier war, aber das wurde schon vor Jahren zugemauert. Die Vorhänge sind reine Dekoration. Ich starre die Wand an und lasse die Vorhänge wieder an ihren Platz fallen, vor dieses verräterische Nicht-Fenster, das einen Moment lang Hoffnung aufkeimen ließ.

Der einzige Weg, das Zimmer zu verlassen, scheint durch die Tür zu sein, aber ich zögere, das zu versuchen. Früher hätte ich einfach die Tür aufgebrochen – notfalls mit Dietrichen – und wäre hinausgerannt und hätte jeden getötet, der sich mir in den Weg stellte. Aber jetzt kann ich kaum gehen, geschweige denn rennen oder kämpfen. Und ich wette, meinen Entführern ist das nur allzu klar. Sie haben diesen Moment abgewartet, in dem ich keine körperliche Bedrohung mehr für sie sein würde. Ein Katzenkind könnte im Augenblick gefährlicher sein als ich. Das lässt mich an Pumpkin denken, Rykers kleinen Sohn. Ich vermisse ihn. Er würde mich kratzen, wenn ich ihn als klein bezeichnen würde, aber das wäre nur niedlich.

Seufzend ergreife ich den runden Türgriff und drehe ihn. Die Tür öffnet sich mit einem Klick. Oh du großer Katzengott! Sie machen es mir einfach zu leicht. Oder spielen mit mir. Das ist sehr viel wahrscheinlicher. Ich kann der Versuchung nicht widerstehen.

Ich gehe aus dem Zimmer und halte mich an den Wänden fest, um nicht umzufallen. Manchmal verschwimmt alles vor meinen Augen, aber ich achte nicht darauf. Ich werde nicht das Bewusstsein verlieren, lasse das einfach nicht zu. Ich gehe an einer Reihe geschlossener Türen vorbei, bevor ich die Küche erreiche. Kein Zeichen der beiden Leute, die vorhin hier miteinander gesprochen haben; nur die Scherben auf dem Boden zeugen davon, dass sie hier waren. Ich müsste nach dem Ausgang suchen, aber mein Magen knurrt, als ich Essen rieche. Wann habe ich zuletzt etwas gegessen? Das muss Tage her sein. Und ich brauche Wasser. In meinem derzeitigen Zustand würde ich nicht weit kommen.

Ich finde im Kühlschrank einen Teller mit fertigen Sandwich-Streifen, von denen ich gierig die Hälfte verschlinge, bevor ich die übrigen in eine Plastiktüte stecke; ich fand sie in einem der Schubfächer. Die einzige Flasche, die ich finde, ist eine Milchflasche, aber das ist mir gerade recht. Mit Hochgenuss lasse ich die kühle Flüssigkeit durch meine Kehle rinnen. Nach einem Leben, das in den letzten Wochen von Wasser, trocken Brot und gelegentlichem Haferbrei bestimmt war, ist das jetzt fast wie Katzenminze im siebten Himmel. Am Anfang hatte ich noch gutes Essen bekommen, was sich aber schnell geändert hat. Es ist lange her, dass etwas so Normales wie Milch auf meiner Zunge zu einer Geschmacksexplosion geführt hat.

Bevor ich die Küche verlasse, erregt ein Messerblock auf der Anrichte meine Aufmerksamkeit. Kommt zu Mami, meine hübschen Kleinen. Ich wünschte, mein Kleid hätte Taschen oder einen Gürtel, in den ich Messer stecken könnte. Stattdessen verstaue ich zwei kleine Messer in meiner Plastiktüte und behalte das größte in der Hand. Trotz meiner Schwäche glaube ich, mit einer Klinge noch immer erheblichen Schaden anrichten zu können.

Ich habe gerade erst etwas gegessen, fühle mich aber schon sicherer auf den Beinen. Vielleicht bilde ich mir das nur ein, aber das ist egal. Nur das Ergebnis zählt. Lass dich nicht durch deine Gefühle täuschen. Jeder lügt, auch deine Sinne. Was man mir bei der Meute beigebracht hat, hörte sich nie wahrer an.

Ich verlasse die Küche und prüfe die Luft, achte auf Gerüche wie die nach frischer Luft oder Gras. Zeugen der Welt da draußen. Der Geruch ist sehr schwach, als befände ich mich sehr weit oberhalb oder unterhalb der Erde. Das erinnert mich daran, dass ich bisher nicht ein einziges Fenster gesehen habe. Alles Licht ist künstlich. Ich versuche mich an meinen Traum mit K7 zu erinnern. Ja, ich glaube, ihr kleines Zimmer hatte ein Fenster. Das gibt mir Hoffnung. Ich bin sicher, dass sie sich im selben Gebäude befand. Tageslicht, hier komme ich.

Ich biege um die Ecke. Zwei Mutanten erwarten mich. Noch bevor ich ein Messer werfen kann, spüre ich einen Stich im Nacken und breche zusammen, mein Körper gehorcht mir nicht mehr. Wieso habe ich sie nicht gehört? Bevor mich die Dunkelheit umhüllt, wird mir klar warum. Sie hatten keinen Herzschlag.

Ich erwache in demselben weichen Bett in demselben leeren Zimmer. Beinahe wünschte ich, ich wäre wieder in meiner Zelle. Der gewohnte Ablauf von essen, schlafen, gefoltert werden und wieder von vorne war so vertraut geworden. Das hier ist neu und gefällt mir nicht. Mein Magen krampft vor Hunger. Ich muss wohl eine Weile bewusstlos gewesen sein. Ich setze mich auf und werde sofort schwindelig.

Diesmal erkunde ich gar nicht erst das Fenster, sondern gehe direkt zur Tür. Sie ist nicht abgeschlossen. Diese Leute spielen mit mir. Trotzdem kann ich nicht hier in diesem Zimmer bleiben. Genau wie vorher – gestern? – gehe ich den Gang entlang, diesmal an der Küche vorbei, ich will keine Zeit verlieren. An der Ecke des Flurs, wo mir die beiden Mutanten begegnet sind, bleibe ich stehen und konzentriere mich mit allen Sinnen. Nichts. Keine Gerüche, keine Geräusche. Das allein schon lässt meine Alarmglocken schrillen. Ein Haus sollte nie so still sein. Ich kann mir nicht vorstellen, dass außer mir niemand hier ist. Sie würden mich nicht alleine lassen. Nein, das ist ihr Spiel, und ich muss es spielen, ohne die Regeln zu kennen.

Irgendwie muss ich die Rollen vertauschen. Etwas tun, was sie nicht erwarten. Es muss doch noch andere Möglichkeiten geben, als versuchen zu fliehen oder im Zimmer zu bleiben. Oder? Sie würden vielleicht auch annehmen, dass ich versuchen könnte, K7 zu retten, aber das ist in meinem derzeitigen Zustand unmöglich. Nein, ich muss hier raus, mich erholen und dann mit Verstärkung zurückkehren. Sie befindet sich ja nicht in unmittelbarer Gefahr. Ich erschauere beim Gedanken an ihr Lächeln. Nein, konzentrier dich.

Ich könnte mich irgendwo im Haus verstecken und dann versuchen, mich später rauszuschleichen. Aber wenn K7 auch nur annähernd über meine Sinne verfügt, wäre es ihr ein Leichtes, mich sofort zu entdecken. Das Risiko ist mir zu groß. Wenn ich bei Kräften wäre, würde ich die Konfrontation mit der Hausherrin und meinem Entführer nicht scheuen. Also demjenigen, der mich zur freiwilligen Entführung gezwungen hat. Letztlich dasselbe. Aber das würde nicht gut enden. Was kann ich also sonst noch tun? Ich kann nicht weglaufen, nicht bleiben, nicht kämpfen. Da bleibt nicht mehr viel. Nur noch Hilfe zu holen. Wie ich das hasse! Ich will nicht von anderen Leuten abhängig sein. Selbst wenn es sich dabei um Katzen handelt.

Ich schleiche in ein Zimmer auf der linken Seite und schließe die Tür. Es ist ein Schlafzimmer, das augenscheinlich seit Monaten nicht benutzt wurde. Eine feine Staubschicht bedeckt den zerschlissenen Teppich.

Gut so, keiner wird sich zufällig hierher verlaufen. Auch hier befindet sich nichts als eine Mauer hinter den Vorhängen, aber ich hoffe doch, mich nicht zu weit entfernt von der Außenwelt zu befinden.

Ich atme tief ein und pfeife dann beim Ausatmen. Es ist ein so hoher Ton, dass er für menschliche Ohren nicht hörbar ist. Und falls K7 nicht regelmäßig mit Katzen kommuniziert, würde sie dies nicht als Hilferuf identifizieren können. Genau das tue ich, ich bitte um Hilfe. Hoffen wir mal, dass die ortsansässigen Katzen dieselben Signale verwenden wie die in Attenburg oder zu Hause. Ich glaube schon, dass dem so ist. Die Katzensprache ist eine universelle, weist nur einige örtliche Dialekte auf. Und wer weiß, vielleicht bin ich ja noch in Attenburg. Unwahrscheinlich, aber nicht unmöglich.

Jetzt kann ich nur warten und hoffen, dass eine Katze meinen Ruf gehört hat. Als nächstes brauche ich Essen und Waffen. Also wie gestern, aber ich kann nicht noch einmal in diese Küche gehen. Wenn ich dasselbe noch einmal tue, fangen sie mich noch schneller. Ich balle die Hände zu Fäusten. Ich kann jetzt nicht aufgeben. Ich muss gegen die Hoffnungslosigkeit ankämpfen, die von mir Besitz ergreifen will. Wenn ich die Hoffnung verliere, bin ich so gut wie tot. Du kannst das, Kat. Denk nach.

Ich wende mich um und schaue mir das Zimmer genauer an, suche nach einer Inspiration. Mein Blick fällt auf die Vorhänge. Das zugemauerte Fenster. Wenn die Arbeiten daran vor langer Zeit ausgeführt wurden, ist der Mörtel in den Fugen vielleicht schon brüchig geworden.

Das ist weit hergeholt, aber der einzige Einfall. Ich ziehe die Vorhänge zurück und inspiziere die Mauer. Mit einem Fingernagel kratze ich am Mörtel. Er zerfällt zu Sand. Ein gutes Zeichen.

Nach einigem Stöbern in den Schränken wird meine Suche belohnt. Ein Spiel Stricknadeln, die hier mit einem Wollknäuel zurückgelassen wurden. Vor meiner Gefangennahme hätte der Anblick der Wolle in meiner inneren Katze etwas ganz anderes ausgelöst; aber diese Katze ruht jetzt so tief in mir, dass mich das kalt lässt. Nicht einmal Katzenminze würde derzeit zu einer Reaktion bei mir führen, fürchte ich. Aus Angst, meine Wildheit nicht beherrschen zu können, habe ich meine Katze so weit zurückgedrängt, dass sie jetzt hinter einer kaum zu durchdringenden Barriere liegt. Das ist weder für meine Katzen- noch die menschliche Seite zuträglich, kann aber nicht geändert werden.

Das Geräusch der am Mauerwerk kratzenden Nadel ist furchtbar laut in meinen Ohren, aber das muss ich aushalten. Ich arbeite so geräuscharm es geht und dringe weiter und weiter vor. Der Schweiß läuft mir herunter. Das ist eigentlich keine schwere Arbeit, aber mein Körper ist nichts mehr gewöhnt. Als endlich das Ende der Nadel durch den letzten Rest an Mörtel bricht, verliere ich fast das Bewusstsein.

Ich ziehe die Nadel zurück und starre durch das winzige Loch. Ich hatte auf ein bisschen Sonnenlicht gehofft, sehe aber nichts. Kein bisschen Licht. Stirnrunzelnd schiebe ich die Nadel wieder durch und teste, was sich hinter der Wand befinden kann. Mit dumpfem Laut trifft sie auf etwas Metallenes. Merkwürdig. Ich bewege die Nadel soweit es geht von links nach rechts, treffe aber nur auf Metall. Es klingt, als ob es sich um eine dicke Schicht handelt, nicht nur eine dünne Platte. Was das wohl bedeutet? Eine zweite Wand? Und umgibt sie das gesamte Haus?

Das würde den Mangel an Geräuschen und Gerüchen erklären. Und es wird eine Flucht erheblich erschweren.

Ich presse meine Lippen an das kleine Loch und wiederhole den schrillen Katzenruf. Bitte, bitte, Katzengötter da oben unter den Sternen, lasst es funktionieren.

Mir bleibt hier nichts weiter zu tun. Ich halte die Nadeln wie Messer vor mich und verlasse das Zimmer. Diesmal bin ich noch vorsichtiger, weil ich jetzt weiß, dass ich mich nicht auf mein Gehör verlassen kann. Ich kann noch immer kaum glauben, dass die beiden Mutanten keinen Herzschlag hatten, aber habe wieder etwas dazugelernt.

Bevor ich erneut um die Ecke biege, an der sie mich abgefangen haben, halte ich die Nadeln noch fester und bereite mich darauf vor, abzutauchen, falls sie einen vergifteten Pfeil nach mir werfen. Aber niemand erwartet mich. Vielleicht Glück, vielleicht nur eine neue Variante in ihrem Spiel. Weiß ich nicht, interessiert mich nicht. Der Flur ist nicht lang und führt zu zwei Türen. Eine von beiden müsste zu einem Ausgang führen oder in einen weiteren Gang, es sei denn, das ganze Haus ist ein Labyrinth. Auch das ist eine Möglichkeit. Ich presse mein

Ohr gegen beide, höre aber nichts Verdächtiges. Gut, vorhin habe ich die linke Tür genommen, jetzt entscheide ich mich für die rechte.

Ein weiteres Schlafzimmer. Wie viele Leute sind wohl hier untergebracht? Aber auch dieses Zimmer hat lange leer gestanden. Ich prüfe schnell die Vorhänge – ja, auch sie kaschieren nur Mauerwerk – und probiere dann die zweite Tür. Dahinter liegt eine nach oben führende Treppe. Warum nicht.

Ich schleiche auf Zehenspitzen die Stufen hinauf, bis ich vor einer weiteren Tür stehe. Sie ist verschlossen, aber ich habe ja noch meine Stricknadeln. Sie sind natürlich mit Dietrichen nicht zu vergleichen, aber nach einigen Versuchen springt das Schloss auf. So leise ich kann, ziehe ich die Tür auf – und starre in die gelben Augen eines Mutanten. Er grinst böse und presst seine Hand gegen meine Brust. Ich steche ihn mit einer Nadel, aber es ist zu spät, ich falle rückwärts, überschlage mich, stoße mich, falle weiter.

Aus.

KAPITEL VIER

Mir tut alles weh. Mein Körper ist ein einziger blauer Fleck. Aber ich liege wieder in diesem Himmelbett mit der weichen Matratze. Nur dass ich diesmal nackt bin. Sie haben mir die Kleider weggenommen. Scheiß drauf. Das wird mich nicht aufhalten. Ich wurde schließlich nackt geboren, wie jeder Mensch auf dieser Welt. Nacktheit ist Einstellungssache. Man kann sie beherrschen oder sich von ihr einschüchtern lassen.

Ich kann ein Stöhnen nicht unterdrücken, als ich mich aufrichte. Die Schmerzen sind überall. Einer meiner Knöchel fühlt sich so an, als sei er gebrochen. Heute keine weiteren Erkundungsgänge mehr für mich! Vielleicht ist auch der Zeitpunkt gekommen, an dem ich auf die anderen warte und mir sagen lasse, was das ganze hier soll. Es ist doch lächerlich, dass ich jetzt seit Monaten hier gefangen gehalten werde und nicht einmal weiß warum. Gut, es macht ihnen sicher Spaß, mich zu quälen, aber das allein ergibt noch keinen Sinn. Sie haben nicht versucht, Informationen von mir zu erpressen. Deshalb foltert man jemanden doch normalerweise, oder? Jedenfalls hat man *mir* das so beigebracht. Und in all meinen Jahren als Auftragskiller habe ich noch nie erlebt, dass man jemanden in ein so toll eingerichtetes, *nicht* abgeschlossenes Zimmer gesperrt hat. Ergibt wirklich keinen Sinn. Und das macht mir Sorge. Wenn man nicht weiß, was der Feind eigentlich will, kann man seinen nächsten Schritt viel weniger vorausberechnen und sich darauf einstellen.

Wenn ich wüsste, dass sie mich tot sehen wollen, könnte ich so tun als ob und darauf hoffen, dass sie meinen Leichnam aus dem Haus schaffen würden. Aber ich bin mir ziemlich sicher, sie wollen mich am Leben lassen. Folter ist doch am lebenden Objekt so viel unterhaltsamer.

Ich konzentriere mich auf meine Sinne und versuche, wieder ein Gespräch unter Dienstboten aufzuschnappen. Habe heute aber kein Glück, es ist still im Haus.

Mein Magen knurrt, und gleichzeitig signalisiert mir meine Blase, dass ich dringend ein Klo finden muss. Erst jetzt merke ich, dass ich noch kein einziges Mal zur Toilette musste, seit ich in diesem Zimmer aufgewacht bin. Merkwürdig. Vielleicht liegt es daran, dass ich so wenig getrunken habe – oder sie machen etwas mit mir, während ich bewusstlos bin. Egal, ich brauche jetzt eine Toilette.

Ich stehe auf und fluche, als ich versuche, Gewicht

auf meinen verletzten Knöchel zu legen. Wenn er nicht gebrochen ist, dann zumindest verstaucht. Auch das noch! Jetzt bin ich eine lahme Ente – ähm, Katze. Nee, von Katze bin ich momentan weit entfernt. Dazu fehlen mir die Kraft und die innere Einstellung. Sie haben mich zum großen Teil gebrochen, so schwer es mir fällt, das zuzugeben.

Ich humpele aus dem Zimmer und fluche bei jedem Schritt. Mein ganzer Körper brennt wie Feuer vor Schmerzen. Fühlt es sich so an, wenn man als normaler Mensch eine Treppe hinunter fällt? Mensch sein ist echt Scheiße. Ich wünschte, ich hätte meine Heilkräfte zurück, aber die scheinen außer Betrieb zu sein.

Ich kann mich vage erinnern, gestern an einem Badezimmer vorbeigekommen zu sein, das ich im Vorübergehen nicht weiter beachtet habe. Es kostet mich zehn schmerzhafte Minuten, bis ich es wieder finde. Es ist ein großer Raum mit einer goldenen Badewanne, die auf vier Löwenfüßen steht. Lächerlich. Ich schließe die Tür hinter mir ab und pinkele, was das Zeug hält. Zumindest habe ich die Kontrolle über meine Blase noch nicht verloren.

Wo ich schon einmal hier bin, sehe ich mich natürlich auch nach Fluchtmöglichkeiten um. Es gibt kein Fenster, klar, aber ein Rost oberhalb des Handtuchhalters fällt mir auf. Dient wohl der Belüftung. Könnte gerade groß genug sein, um mich hindurch zu quetschen, falls ich es schaffe, da hoch zu kommen und das Gitter zu entfernen. Vergiss es, in meinem derzeitigen Zustand und mit dem verletzten Knöchel könnte ich nicht einmal auf den Handtuchhalter klettern. Ist aber gut zu wissen, wenn die Verletzung abgeklungen ist. Dann könnte dies ein Weg nach draußen sein.

Mein Herz schlägt bei dem Gedanken etwas schneller. Ein Hoffnungsschimmer. Noch nicht genug, um mich wirklich besser zu fühlen, aber es ist ein Anfang.

Ich habe Hunger, bin aber zu erschöpft, um in die Küche zu humpeln. Ich kehre in mein Schlafzimmer zurück und lege mich stöhnend wieder hin. Mir ist noch immer keine menschliche Seele in diesem Haus begegnet. Die Mutanten zählen nicht und haben hier nicht das Sagen, können mir also auch keine Antworten geben. Ich will ganz sicher nicht, dass diese Frau zurückkommt, und leider habe ich auch Angst vor einem Besuch von K7. Dagegen würde ich mich gern mit diesem Dienstboten unterhalten, der so offenkundig unzufrieden mit seinem Leben hier war. Vielleicht hat er seine neue Stelle schon angetreten, aber seine Kollegin schien auch nicht glücklicher zu sein. Selbst wenn sie mir nicht helfen würde zu entkommen, würde sie mir sicher etwas zu essen geben.

Im Moment kann ich nur abwarten. Die Schmerzen sind zu stark, als dass ich schlafen könnte. Ich starre auf die Wände, zähle die Spinnennetze in den Ecken. Wenn ich doch wenigstens ein Buch zu lesen hätte. Oder ein paar Messer zu schärfen. Irgendeine Ablenkung. Merkwürdigerweise fühle ich mich noch genauso eingesperrt wie vorher in meiner Zelle. Die hübschere Umgebung hat daran nichts geändert. Vielleicht ist das hier sogar schlimmer, weil ich nicht weiß, was als nächstes passieren wird. Ist das nur ein Aufschub, bevor sie mich umbringen werden?

Ich starre an die Zimmerdecke, als sei sie schuld an meiner Lage. Aber nein, die einzige, die dafür verantwortlich ist – außer meinen Entführern natürlich – bin ich selbst. Ich bin doch in diesen Käfig gestiegen. Habe mich mehr oder weniger selbst entführt. Habe die Kunst des eigenen Kidnappings erfunden. Und jetzt muss ich das Gegenstück dazu finden. Das Sich-Selbst-Retten. So sehr ich auch wünschte, meine Männer würden jetzt in diesen Raum stürmen und mich befreien, würde das doch meinen Stolz ein bisschen verletzen. Das wäre andererseits nicht der Fall, wenn ich ein bisschen Unterstützung von Katzen hätte. Von denen hat sich noch keine blicken lassen. Wahrscheinlich haben sie meinen Hilferuf nicht gehört. Aber ich gebe die Hoffnung nicht auf.

Ich setze mich auf und wiederhole meinen Katzenruf. Und noch einmal. Nach dem fünften Mal tut mir der Hals weh. Meine Stimme ist es nicht gewöhnt, auf dieser Frequenz zu arbeiten.

Ein merkwürdiges Geräusch an der Wand rechts von mir lässt mich erstarren. Es ist schwach, kaum wahrnehmbar, stammt aber ganz bestimmt nicht von einem Menschen oder nicht einmal von einer Katze. Von etwas Kleinerem.

Ich halte die Luft an und sitze nur da, bewege nicht einmal die Augenlider.

Es ist ein schabendes Geräusch; Krallen an

Mauerwerk. Da versucht etwas, in mein Zimmer zu kommen. So leise ich kann, atme ich durch die Nase ein und analysiere diesen Hauch von einem Geruch. Ein Nagetier. Bin mir nicht sicher, ob Maus oder Ratte. Es schaudert mich. Normalerweise wäre das ein Nachtisch, aber heute nicht. Dieses Tier hat bestimmt meinen Ruf gehört. Da war nichts, bevor ich nicht die Katzen um Hilfe gebeten habe – und ich glaube nicht an Zufälle.

Ich halte wieder den Atem an und warte. Das Scharren wird intensiver, bis ein kleiner Stein auf den Holzboden fällt. In der mich umgebenden Stille ist der Aufprall so laut, dass mein Herz schneller schlägt, auch wenn der Kopf mir sagt, dass niemand außerhalb dieses Raums ihn gehört haben kann.

Ich höre Krallen auf dem Holzboden, bevor ich sie sehe. Eine Maus, noch ein Jungtier, fast schon ausgewachsen. Ihr graues Fell ist zerzaust und staubbedeckt. Ihre Nase zuckt ein paarmal, dann sieht sie sich um. Sie beachtet mich zunächst nicht weiter; als sie aber feststellt, dass ich das einzige Lebewesen in diesem Zimmer bin, kommt sie langsam auf mich zu.

Sie quiekt, als sie noch etwa einen Meter von mir entfernt ist, als wolle sie sich vergewissern, dass ich den Notruf ausgesendet habe.

Ich bleibe so ruhig wie möglich sitzen und wiederhole den Ruf, nur nicht so laut wie zuvor. Ich hatte keine Ahnung, dass auch andere Tiere ihn verstehen würden. Wobei ich noch nie versucht habe, mit einer Maus zu sprechen. Ich musste mir ja nicht unbedingt ihr Um-Gnade-Winseln anhören, bevor ich sie verspeist habe. Und jetzt ist diese Maus hier vielleicht mein Ticket in die Freiheit. Welche Ironie des Schicksals!

Wenn ich mit Katzen spreche, schicken sie mir normalerweise Bilder und Gefühle statt Worte. Vielleicht klappt das auch mit der Maus.

Ich konzentriere mich und schicke ihr ein Bild vom Himmel, verbunden mit dem Gefühl von Sonnenwärme auf meinem Fell. Sofort setzt sich die Maus auf ihre Hinterbeine und schnüffelt mit erhobenem Näschen, als könne sie draußen herumschnuppern.

»Ja, draußen. Kennst du den Weg dorthin?«

Sie lässt sich wieder auf ihre vier Pfoten fallen und rennt in das Loch zurück, aus dem sie gekommen ist.

»Nein, warte!«

Ich stelle mir vor, wie ich in dem winzigen Loch feststecke und sende der Maus das Bild. Ihre Nase zuckt amüsiert.

»Ich muss einen anderen Weg nach draußen finden. Und es darf mich kein anderer Mensch sehen.«

Sie senkt den Kopf, als würde sie nachdenken. Oder interpretiere ich zu viel in ihr Verhalten? Ist sie nicht nur ein dummes Tier, das von Instinkten geleitet wird und zu keinem bewussten Gedanken fähig ist? Es tut weh, auch nur so zu denken, denn das würde bedeuten, dass meine Hoffnung auf einen Fluchtweg wieder enttäuscht wird.

»Kannst du das tun?«, flüstere ich. Ich umschlinge mich mit meinen Armen, die Hoffnungslosigkeit will mich wieder übermannen. Ich darf nicht aufgeben. Noch nicht.

Da erscheint plötzlich ein Bild in meinem Kopf, das

ich nicht selbst hervorgerufen habe. Riesengroße Grashalme, übermannshoch, die sich im Wind wiegen. Moosbedeckte Erde unter meinen Pfoten. Der Geruch von Gänseblümchen um mich herum.

Ich könnte heulen vor Erleichterung. Die Maus hat mich verstanden, und sie kennt einen Weg nach draußen.

KAPITEL FÜNF

Wenn mir einer gesagt hätte, dass ich eines Tages mit einer Maus Freundschaft schließen würde, hätte ich ihm ein Messer zwischen die Rippen gejagt.

Jetzt nicht mehr.

Schnäuzchen – so nenne ich sie jetzt – hat einen ausgeprägten Sinn für Humor. Für eine Maus jedenfalls.

In den vergangenen Stunden hat sie mir Bilder von allen Bewohnern des Hauses gezeigt. K7, dem Mann, der mich so halb entführt hat, der Frau, die ich für die Mutter von K7 halte, ungefähr zehn verschiedenen Mutanten-Kerlen und vier Dienstboten. Schnäuzchen schickt mir lediglich Bilder und Gerüche, keine Stimmen, ich weiß also nicht, welche der Dienstboten ich belauscht habe, als ich das erste Mal in meinem Zimmer aufgewacht bin. Aber ich beschwere mich nicht. Die Maus hat mir so geholfen. Nach und nach entsteht in meinem Kopf ein

Plan des ganzen Hauses. Das ist nicht so einfach, denn ich sehe alles aus der Perspektive einer winzigen Maus, aber es reicht, um mich mögliche Fluchtwege erkennen zu lassen. Mein Hauptproblem ist, dass ich nicht alleine hier wohne. Diese Monstertypen könnten mir wieder auflauern. Und außerdem bin ich überzeugt davon, dass man mich beobachtet. Ich möchte wetten, dass die irgendwo da oben sitzen, eine Schüssel Popcorn auf dem Schoß und sich vor Lachen in die Hosen machen, wenn sie meine schwachen Fluchtversuche miterleben.

Dank Schnäuzchen weiß ich jetzt, dass ich mich im unteren Teil eines hohen Gebäudes befinde. Es ist nicht leicht, aus der Mäuseperspektive Stockwerke zu zählen, aber es müssen mindestens zehn sein. Unter mir gibt es noch eine Kelleretage, aber da ist die Maus nur einmal gewesen. Das Erdgeschoss befindet sich drei Stockwerke über mir. Das ist ein weiter Weg zum Ausgang, selbst wenn ich in besserer körperlicher Verfassung wäre.

Schnäuzchen läuft durch Tunnel im Mauerwerk, aber da würde ich natürlich nicht hindurch passen. Sie hat mir auch Bilder von Lüftungsschächten gezeigt, aber die wären erst ab dem Stockwerk über mir groß genug. Das bedeutet, ich muss bis dahin die normalen Treppen hochsteigen, es sei denn, ich fände irgendwo ein Loch in der Decke. Träum weiter. Aber dennoch bin ich meinem Ziel ein gutes Stück näher als beim Aufwachen heute Morgen. Und ich bin wieder etwas zuversichtlicher. Ich werde hier rauskommen. Ganz bestimmt.

Schritte in der Ferne alarmieren mich, aber Schnäuzchen ist schneller. Sie verschwindet unter meinem Bett. Ich bin froh, dass sie nicht aus dem Zimmer rennt. Ich will nicht mehr alleine sein, selbst wenn ich nur eine Maus zur Gesellschaft habe.

Ich setze mich so aufrecht hin wie möglich und starre auf die geschlossene Tür, mit Bangen und Unbehagen. Wenn das Mutanten sind, könnten sie mich einfach auflesen und mit mir anstellen, was sie wollten. Ich hoffe, es ist die Frau, so gruselig sie auch sein mag.

Aber nein. Die Tür öffnet sich und ein bekanntes Gesicht schaut um die Ecke. K7. Normalerweise betrachte ich meine Klone als Schwestern, aber nicht in ihrem Fall. Nicht nach dem, was ich in meinem Traum gesehen habe.

Sie kommt ins Zimmer und schließt hinter sich die Tür. Ein Lächeln spielt um ihre blassen Lippen, aber das scheint mehr eine Angewohnheit zu sein als ein Ausdruck von Freude. Ihr rechtes Auge, das mechanisch aussehende, leuchtet, und ein roter Lichtstrahl blitzt daraus hervor und zeigt auf mich. Was zum Henker...?

»Was ist das?«, herrsche ich sie an. Vorstellungsrunden sind wohl überflüssig.

»Halt still«, befiehlt sie kalt. Ihre Stimme ist überhaupt nicht wie meine. Da ist kein Leben drin. Sie hört sich viel älter an als ich es bin. Auf ganz merkwürdige Weise erinnert sie mich ein bisschen an Großmutter Doktor, die Frau, die uns erschaffen hat.

»Was machst du da?«

»Ich scanne dich. Beweg dich nicht, sonst tut's weh.«

Ich starre sie böse an, befolge aber ihre Anweisung. Habe keine Lust auf weitere Schmerzen.

»Dein Knöchel ist gebrochen«, sagt sie ausdruckslos. »Du musst besser auf dich aufpassen.«

Ich kann nicht anders und lache verächtlich. »Mir ginge es viel besser, wenn ich woanders wäre. Willst du mich gehenlassen?«

Für eine Sekunde huscht ein kindlich-ängstlicher Ausdruck über ihr Gesicht, aber dann fällt sie zurück in ihren Roboter-Modus.

»Du bleibst hier. Meine Eltern haben Pläne mit dir.«

Ein Schauer läuft mir über den Rücken, als sie von ihnen als Eltern spricht. »Weißt du, wer ich für dich bin?«, frage ich mit möglichst neutralem Tonfall.

»Klar. Du bist die, die abgehauen ist.«

»Das meine ich nicht. Aber ja, ich laufe gerne weg. Würde das im Moment auch gerne tun.«

»Du bist das Experiment«, sagt sie angewidert. »Du hast versagt und deine Eltern enttäuscht, deshalb haben sie mich stattdessen bekommen. Ich bin nicht so eine Enttäuschung wie du.«

Autsch, das hat gesessen, obwohl es mir völlig egal ist, was ihre sogenannten Eltern von mir halten. Aber wie sie mich ansieht, so von oben herab. Sie hält sich tatsächlich für etwas Besseres. Und nicht nur das. Aus ihren Augen spricht Verachtung. Die Gehirnwäsche war bei ihr ein voller Erfolg.

»Ich bin deine Schwester«, sage ich leise. »Wir sind Schwestern.«

»Nein, sind wir nicht. Ich habe keine Geschwister. Meine Eltern haben gesagt, dass ich so perfekt bin, dass sie keine anderen Kinder mehr brauchten.«

Ist das nicht ein bisschen überheblich? Einfach lächerlich. Ich versuche, Mitleid für sie zu empfinden, aber das fällt mir immer schwerer.

»Hast du immer hier gelebt?«

»Nein, wir waren früher in Attenburg, als ich noch klein war, aber dann hat mein Vater den Job hier in Parseldon...«

Sie unterbricht sich, reißt die Augen auf. Huch! Da hat sie wohl zu viel gesagt.

Parseldon also. Die der Hauptstadt am nächsten gelegene Stadt, da, wo all die Reichen und Politiker wohnen. Dicht genug an der Hauptstadt, um zur Arbeit dorthin pendeln zu können, aber weit genug entfernt, um sich nicht unters gemeine Volk mischen zu müssen. Ich habe Fotos von Parseldon gesehen – gepflegte Gebäude, große Parkanlagen, durchzogen von einem Fluss, dessen Wasser so sauber ist, dass man daraus trinken kann. Ich hatte nie vor, dort zu leben. Nicht meine Art von Leuten und zu starke Sicherheitsvorkehrungen, die meine Arbeit als Auftragskiller unnötig erschwert hätten.

Sie liegt von Attenburg ziemlich weit entfernt. Eine Tagesreise, wenn man die Strecke nicht als Panther rennt. Mein Herz zieht sich zusammen bei dem Gedanken. Das macht es noch unwahrscheinlicher, dass meine Familie mich hier finden kann. Vielleicht suchen sie immer noch Attenburg ab, während ich so weit entfernt davon gefangen gehalten werde. Warum kann das Leben nicht mal einfach sein?

»Was arbeitet denn dein Vater?«, frage ich

unverfänglich.

»Ich bin es, die hier die Fragen stellt«, antwortet sie hochnäsig. »Ich habe die Kontrolle.«

Ich ziehe die Augenbrauen hoch. »Und was gibt dir die Kontrolle?«

Ich sollte sie nicht reizen, aber ich kann nicht anders.

Ihr rechtes Auge leuchtet rot auf. Ein Lichtstrahl berührt meine Schulter, und ich schreie auf vor Schmerzen, als er mich berührt. Ich fasse mich an die Schulter und erwarte, eine blutende Wunde vorzufinden oder zumindest eine Brandblase, aber da ist nichts, nur glatte Haut. Was für ein böses Ding ist das denn?

»Hat das wehgetan?«, fragt sie unbekümmert. »Das war die niedrigste Einstellung. Lass mich bitte nicht eine höhere anwenden müssen. Das würde mir auch wehtun.«

»Warum würdest du sie dann benutzen, wenn es dir auch wehtut?«

Ein Schatten huscht über ihr Gesicht. »Manchmal muss man die Schmerzen spüren, die man anderen zufügt.«

Es hört sich an, als hätte sie diesen Satz so oft gehört, dass er eine Art Mantra für sie geworden ist. Ich bezweifle stark, dass sie selbst darauf gekommen wäre. Mitleid steigt in mir auf. Anscheinend hat man sie gezwungen, dieses merkwürdige Auge gegen ihren Willen als Waffe einzusetzen.

»Hast du dieses Auge schon immer?«, frage ich sie.

»Ja, das ist hübsch, oder? Ich kann die Farbe verändern, schau mal.«

Plötzlich ist sie wieder ein Kind. Das Auge ändert die

Farbe von Rot zu Grün zu strahlend Gelb.

Ich lächle, um sie zu ermutigen. Sie soll nicht wieder zum Psychopathen werden. Ich kann viel besser mit ihr umgehen, wenn sie sich wie ein Kind benimmt.

»Was ist deine Lieblingsfarbe?«

»Lila. Und deine?«

»Rot. Aber lila ist auch schön. Hast du viele lila Dinge?«

Sie schüttelt den Kopf. »Nein, meine Mutter sagt, ich soll keine Farbe einer anderen vorziehen. Das ist wie mit Dienstboten. Ich soll da auch keinen lieber mögen als den anderen. Sie sagt, ich soll immer dasselbe fühlen.«

»Das hört sich aber schwierig an.«

K7 nickt. »Ist es auch. Du sagst ihr doch nichts wegen lila, oder? Wenn sie das wüsste, würde sie die Farbe aus der Palette entfernen, wie sie das auch mit hellblau gemacht hat.«

Ihre Stimme klingt gequält. Was für ein merkwürdiges Leben dieses Kind führt. Körperlich geht es ihr gut – mal abgesehen von dem mechanischen Auge – aber in ihrem Kopf wurde wohl einiges angerichtet.

»Ich sag ihr nichts«, verspreche ich. Und meine das auch so. Sie ist vielleicht verrückt und total verquer, aber sie ist immer noch meine Schwester.

»Wie heißt du denn?«

Sie blickt auf den Boden. »Das ist ein Geheimnis.«

»Hey, ich kann ein Geheimnis für mich behalten. Ich werde deiner Mutter nichts über deine Lieblingsfarbe sagen und auch nicht, dass du mir deinen Namen verraten hast, OK?«

»Ich darf nicht.«

»Mach schon, ich sag dir auch meinen.«

»Den kenne ich schon. Du bist Kat.«

Ich grinse. »Aber kennst du auch meinen ganzen Namen?«

Sie sieht mich an. »Katriona.«

»Das ist immer noch nicht mein ganzer.«

Sie beißt sich in die Unterlippe. Jetzt sieht sie so aus, wie es ihrem Alter entspricht. Sie überlegt sichtlich, ob sie mir vertrauen kann oder nicht.

Ich lasse sie in aller Ruhe überlegen. Ich will nicht zu viel Druck auf sie ausüben, sie lieber langsam auf meine Seite ziehen und das nicht gefährden.

»Meine Mutter nennt mich Baby, aber so heiße ich nicht«, flüstert sie. »Und mein Vater nennt mich K.C.«

Ich bin mir nicht sicher, ob das »Katze« sein soll oder K.C. Lieber ersteres und nicht eine Abkürzung für so was wie Kat & Co.

»Aber Linda nennt mich Püppchen.«

»Wer ist Linda?«

»Eine der Dienstboten. Und sie ist nicht meine Lieblingsdienstbotin, das schwör ich.«

Ich halte die Hände hoch. »Das ist doch klar, keine Sorge. Welche Name gefällt dir denn am besten, Baby, Katze oder Püppchen?«

Sie sieht wieder auf den Boden, weicht meinem Blick aus. »Keiner. Ich habe mir selbst einen ausgedacht.«

Meine Schwester scheint Angst vor meiner Reaktion darauf zu haben. Armes Ding.

»Hey, sieh mich an.« Sie tut das so schnell, dass ich

weiß, es ist eine instinktive Reaktion. Sie ist es gewohnt, Befehle zu befolgen.

»Ich habe mir auch einen eigenen Namen gegeben. Als ich klein war, hat man mich immer nur Kat oder Katriona genannt, aber dann habe ich gehört, dass Menschen immer zwei Namen haben. Einen Vornamen und einen Familiennamen. Also habe ich mir selbst einen Familiennamen gegeben. Feln. Weißt du, worauf sich das bezieht?«

»Feln«, wiederholt sie. »Fell?«

»Das hast du gleich auf Anhieb erraten. Gut gemacht, das schaffen nicht Viele beim ersten Mal.«

Sie lächelt stolz. Ich bezweifle, dass sie oft gelobt wird.

»Sophie«, platzt sie heraus. »Das ist aus einem Buch, das ich gelesen habe. Natürlich nicht mein Lieblingsbuch, ich schwör's.«

Wieder zucke ich innerlich zusammen, bleibe aber äußerlich gelassen. »Sophie ist ein schöner Name. Wenn du willst, nenne ich dich von jetzt an Sophie.«

Sie nickt. »Aber nur, wenn wir alleine sind.«

»Klar doch. Ich schwör's. Wissen deine Eltern, dass du hier mit mir sprichst?«

Sie schüttelt den Kopf und lächelt diebisch. »Sie haben mir immer versprochen, dass ich dich jetzt bald besuchen könnte, aber es nie gehalten. Sie glauben, ich würde Hausaufgaben machen. Mein Vater ist bei der Arbeit, und meine Mutter ist einkaufen. Da sind nur noch die Wachen und die Dienstboten, und die würden mich nie verraten.«

Ich merke mir das für die Zukunft. Das entspricht nicht unbedingt dem, was ich die Frau habe sagen hören, was die Kleine Madame betrifft, die ihr in den Arm gebissen hat, aber wer weiß. Vielleicht hat sich Sophie nicht immer unter Kontrolle. Vielleicht ist sie da ein bisschen wie Caitlin, bevor wir die richtige Medikation für sie fanden. Das muss ich abwarten, bevor ich vorschnell Schlüsse ziehe. Jetzt ist es schon ein großer Erfolg, dass wir beide überhaupt miteinander sprechen.

»Lassen sie dich oft alleine?«, frage ich.

Sophie zuckt mit den Schultern. »Manchmal. Aber selbst wenn sie weg sind, können sie mich immer beäugen.«

»Was?«

Sie zeigt auf ihr mechanisches Auge. »Sie können mich beäugen. Das ist wie ein Telefon in meinem Auge. Sie können mit mir sprechen und sehen, was ich sehe. Und mich Sachen tun lassen. Manchmal wird alles schwarz, wenn er das tut, und ich wache dann später auf. Ich kann mich dann nicht daran erinnern, was passiert ist oder was ich getan habe.«

Ich kann ein Zittern kaum verbergen. Und ich dachte, sie hätte Glück gehabt, weil sie kein Halsband tragen muss. Und nun zeigt sich, dass sie ihr das Halsband praktisch ins Auge gesteckt haben. Ich weiß noch nicht, wie das funktioniert, könnte aber wetten, dass es schwieriger zu entfernen sein wird als das Halsband von K7. Ich kann ihr ja nicht einfach so das Auge herausreißen.

»Können sie uns jetzt sehen?«, frage ich vorsichtig.

Zu meiner Erleichterung schüttelt sie den Kopf. »Nein, ich merke das immer kurz bevor sie es tun. Ich habe dann ungefähr drei Sekunden, um aus dem Zimmer zu laufen. Früher geschah das ohne Vorwarnung, aber ich kann jetzt besser damit umgehen.«

Sie streckt die Brust raus, ist sichtlich stolz auf ihre Tapferkeit.

»Das machst du toll«, lobe ich sie, und sie richtet sich noch etwas weiter auf. »Das ist schlau von dir.«

»Ich mag das nicht, wenn sie mich beäugen«, gibt sie zu. »Aber mein Vater sagt, es ist der Preis dafür, dass ich wieder sehen kann. Alles hat seinen Preis, auch wenn es weh tut, ihn zu zahlen.«

Wieder so ein Spruch, der sicher nicht von ihr stammt. Aber dass sie erwähnt hat, wir könnten durch ihr Auge beobachtet werden, erinnert mich wieder an die Dringlichkeit meiner Fragen.

»Sophie, ich muss dich etwas fragen. Weißt du, warum ich hier bin?«

Sie legt den Kopf auf die Seite, ist sichtlich verwirrt. »Natürlich. Du wirst meine Freundin sein.«

»Aber das ist sicher nicht der einzige Grund?«

»Doch! Ich habe meiner Mutter gesagt, ich will eine Freundin, und am nächsten Tag hat mein Vater mich mitgenommen, dich abzuholen. Sie haben sich sehr gefreut, dich herbringen zu können, genau wie ich. Wir werden eine Familie sein.«

Ich versuche, mir nicht anmerken zu lassen, was ich von dem Plan halte. Ich habe schon eine Familie. Ich möchte, dass sie Teil dieser Familie wird, werde aber mit

Sicherheit nicht zu ihrer gehören. Und bezweifle, dass dies für ihre Eltern der einzige Grund meiner Anwesenheit ist. Da muss mehr dahinter stecken.

Mein Magen knurrt, unterbricht meinen Gedankengang.

»Du hast Hunger«, sagt sie wissend. »Das ist gut. Meine Mutter sagt immer, es ist wichtig, Hunger zu haben. Und es ist auch gut, viel zu schreien, damit man all die schlimmen Erinnerungen loswerden kann.«

Ich blinzele sie an. »Schlimme Erinnerungen?«

»Ja. Die habe ich auch. Manchmal kann ich die nicht so einfach wegschieben. Aber sie sagt, schreien hilft. Ich habe gesehen, wie du geschrien hast. Das hast du gut gemacht.«

Es kostet mich viel Kraft, darauf nicht zu reagieren. Am liebsten würde ich kotzen. Das ist die totale Gehirnwäsche. Gleichzeitig bin ich froh, dass sie sich nicht daran erfreut hat, wie ich litt. Sie dachte, es würde mir helfen. Ergibt für mich keinen Sinn, aber sie scheint daran zu glauben. Und ich möchte unsere beginnende Freundschaft nicht dadurch aufs Spiel setzen, dass ich ihr erkläre, wie qualvoll der Moment für mich war, in dem sie mich beobachtet hat.

»Ich glaube, deine Mutter hat nicht recht mit dem, was sie über Hunger gesagt hat«, meine ich stattdessen. »Ich werde bald zu schwach sein, überhaupt mit dir zu sprechen, wenn ich nicht schnell etwas zu essen bekomme.«

»Aber sie hat immer recht«, protestiert Sophie. »Meine Mutter weiß alles.«

Stöhn. »Vielleicht hat sie vergessen, dass ich ein Wandler bin? Vielleicht ist es gut für Menschen, wenn sie hungrig sind, aber nicht für Wandler wie uns. Bist du denn gerne hungrig?«

Sie schüttelt den Kopf und ich sehe Zweifel in ihrem Blick.

»Siehst du, ich bin auch nicht gerne hungrig. Wie wär's, wenn du uns etwas zu essen besorgst, und wir das dann hier gemeinsam essen? Wie bei einem Picknick?«

Ihre Augen werden groß. »Ein richtiges Picknick? Das hatte ich noch nie, aber ich hab was davon gelesen. Können wir das auf einer Decke ausbreiten?«

Ich muss lächeln über ihre plötzliche Begeisterung. »Wir können die Bettdecke auf den Boden legen, das ist noch bequemer als eine normale Decke. Geh du das Essen holen, und ich bereite hier alles vor.«

Sie nickt und läuft aus dem Zimmer. Mein Lächeln schwindet etwas. Ich sollte nicht mit ihr Picknicks veranstalten. Ich sollte sie überreden, uns beide aus dem Haus zu schaffen und wegzulaufen. Stattdessen lasse ich mich vorsichtig aus dem Bett gleiten und ziehe die Decke auf den Boden, wobei ich versuche, den Knöchel nicht zu belasten. Vielleicht heilt er schneller, nachdem ich gegessen habe.

Ich setze mich auf die Decke und lausche auf Anzeichen, dass Sophie geschnappt worden ist.

Schnäuzchen, die Maus, quiekt unter dem Bett.

»Ja, ich weiß. Das ist alles ganz schöner Mist.«

KAPITEL SECHS

Sophie kommt mit einem großen Korb voller Essen zurück. Mir läuft das Wasser im Munde zusammen, sobald sie das Zimmer betritt. Ich muss mich schwer beherrschen, sie nicht anzuspringen und ihr den Korb zu entreißen. Nur Geduld, Kätzchen.

Sie breitet das Essen auf der Decke aus. Ich habe noch nie so viel Schmackhaftes auf einem Haufen gesehen. Ich schnappe mir eine Blätterteigtasche und stopfe sie mir in den Mund, kaue sie kaum, sondern schlucke sie mehr oder weniger im Ganzen hinunter. Eine weitere folgt der ersten schnell.

»Die mag ich auch«, bemerkt Sophie und ist sich anscheinend nicht bewusst, dass ich so begeistert zulange, weil ich kurz vorm Verhungern bin. Normalerweise mag ich solche Teigtaschen nicht einmal besonders. Ich mag das darin eingewickelte Fleisch lieber saftig, ohne Teig, der den Geschmack nur beeinträchtigt. »Probier mal die Knödel.«

Das muss sie mir nicht zweimal sagen. Drei Knödel verdrücke ich in Rekordtempo, gefolgt von Fleischbällchen, einem riesigen Stück Käse und ein paar Cocktail-Tomaten. Erst nachdem ich dieser Mixtur noch ein Stück Apfelkuchen hinterhergeschoben habe, fühle ich mich soweit gesättigt, dass ich eine Pause einlegen kann. Mein Magen fühlt sich etwas zu voll an. Ich bin es schließlich nicht mehr gewöhnt, so viel zu essen wie ich Lust habe. Wenn ich erst einmal hier raus bin, werde ich mir einen ganzen Koffer voller Junkfood kaufen und es einen ganzen Tag lang genüsslich in mich hineinschaufeln.

»Du solltest den Rhabarberkuchen auch noch probieren«, ermuntert mich Sophie. »Den hat der Koch erst heute Morgen gebacken.«

»Gleich. Magst du den am liebsten?«

Ihr Gesicht verdüstert sich. »Nein«, sagt sie schnell. »Ich habe keinen Lieblingskuchen.«

Mir zieht sich der Magen zusammen bei ihrem Versuch, den lächerlichen Regeln ihrer Mutter zu folgen.

»Ist schon gut«, beruhige ich sie. »Du kannst mir sagen, was du wirklich denkst. Mir musst du nichts vormachen. Und ich verspreche dir, dass ich dir auch alles ehrlich sage. Wir müssen uns doch nicht anlügen.«

»Ich lüge nie«, protestiert sie, aber es ist nur zu offensichtlich, dass sie damit nicht die Wahrheit sagt.

»Willst du ein Geheimnis hören?«, frage ich, um ihr zu beweisen, dass ich es ehrlich meine.

Sie nickt eifrig.

»Ich vermisse die Welt da draußen.«

Wieder nickt sie. »Ich auch. Sie haben mich nicht aus dem Haus gelassen, seit wir dich mitgenommen haben. Es ist so langweilig hier drinnen.«

Der von mir gesetzte Samen wird nicht viel Dünger brauchen; es könnte leichter sein, sie zu überreden, als ich dachte.

»Hast du mal daran gedacht, einfach so rauszugehen, ohne die Erlaubnis deiner Eltern?«

»Natürlich nicht«, ruft sie entrüstet aus, aber ihr Gesichtsausdruck erzählt eine ganz andere Geschichte. Gut so. Die Gehirnwäsche ist doch nicht so weit gegangen, wie ich zunächst befürchtet hatte. Da ist immer noch ein Rest eigener Wille vorhanden.

»Picknick muss man eigentlich im Freien machen. Das hier ist schon toll, aber draußen in der Sonne würde es noch viel mehr Spaß machen. Sollten wir das beim nächsten Mal tun? Alles mit rausnehmen und im Gras sitzen?«

»Da ist gar kein Gras«, meint sie düster. »Ich wollte immer einen Garten haben, aber dafür ist nicht genug Platz. Da stehen zu viele Häuser.«

»Aber es gibt doch sicher einen Park in der Nähe. Und selbst wenn wir uns auf einen Steinboden setzen müssten, wäre das doch immer noch besser als hier drinnen, oder?«

Zögernd nickt sie. »Ja, das wäre schön. Wir könnten uns auch ein Eis kaufen. Ich finde es toll, wie das Eis in der Sonne schmilzt.«

Ich lächele. »Ich auch. Das ist so, als würde man mit der Zunge Milch aufschlecken, nur kann man das auch als Mensch tun, ohne dass man schief angesehen wird.«

»Ja!«, ruft sie aus. »Aber wenn ich mich zu sehr wie eine Katze verhalte, muss ich in das kleine Zimmer statt in mein eigenes. Da gibt es kein Spielzeug. Und ich muss mir da diese langweiligen Filme über Menschen ansehen, bis ich verspreche, mich nicht mehr zu wandeln.«

Das muss der Raum sein, in dem sie in meinem Traum war. Gut, dass das nicht ihr normales Zimmer ist. Es sah nicht gerade so aus, als könnte sich ein Kind darin wohlfühlen.

»Lassen sie es zu, dass du dich wandelst?«, frage ich neugierig, obwohl mir bange ist vor der Antwort.

»Ja, aber nur im Labor. Sie wollen nicht, dass ich es ohne Beobachtung tue.«

»Im Labor?«

»Das ist da unten. Ich muss oft hin wegen der ganzen Tests. Ich habe viele Krankheiten, deshalb müssen sie mich untersuchen, damit es nicht schlimmer wird.«

Ich beiße die Zähne zusammen. Jede Wette, dass sie völlig gesund ist. Ich schnüffele. Nein, da ist keinerlei Krankheit zu riechen. Aber ich will ihr jetzt noch nicht alle Illusionen nehmen. Das hat Zeit bis später, wenn wir weit weg von hier sind und sie sich in Sicherheit befindet.

»Hast du in dem Labor auch dein Auge bekommen?«, frage ich und deute auf das mechanische Auge.

»Nein, das war, bevor wir hierher gezogen sind. Ich

kann mich nicht daran erinnern. Meine Mutter sagt, ich bin sehr krank geworden und eines meiner Augen hat nicht mehr funktioniert, deshalb mussten sie ein neues einsetzen.«

»Und glaubst du das?«, frage ich leise.

Sie wirkt angespannt, schüttelt dann aber ganz leicht den Kopf. »Sie hätten mir ja auch ein normales Auge geben können, oder? Nicht so eines, das mich Sachen tun lässt.«

»Das stimmt. Das hätten sie bestimmt machen können. Deshalb kannst du auch nicht alles glauben, was sie dir sagen. Ich weiß, dass Eltern wollen, dass du glaubst, sie hätten recht; haben sie aber nicht.« Als ich ihren schockierten Gesichtsausdruck sehe, füge ich schnell hinzu: »Jedenfalls nicht immer. Bei manchen Dingen haben sie bestimmt recht. Zum Beispiel, dass du dein Gemüse aufessen sollst.«

Schau an, ich als Ernährungsberaterin. Katzenminze zählt sicher auch als Gemüse, oder? Auf diese Art und Weise komme ich sicher auf die empfohlenen fünf Portionen am Tag.

Sie beißt in den Rhabarberkuchen und denkt sichtlich über das nach, was ich ihr gesagt habe.

»Ich würde das gerne draußen machen«, sagt sie nach ein paar Minuten stillen Nachdenkens. »Wir beide, zusammen da draußen.«

»Ich auch«. Und das ist keine Lüge. Ich fange an, sie zu mögen, wo ich jetzt mehr über ihre Erziehung weiß und wie man sie manipuliert hat.

»Wann?«, fragt sie.

Ich bin sprachlos. Hat sie mir gerade angeboten, hier auszubrechen? Nicht ausdrücklich, aber ich bin sicher, sie weiß, dass ich nicht zurückkehren würde und auch sie nicht zurückgehen lassen würde. Sie ist noch jung, aber nicht auf den Kopf gefallen. Aus Leid erwächst Klugheit. Ich bin mir sicher, dass ein kluger Kopf einmal etwas in der Art mal gesagt hat.

»Morgen?«, schlage ich vor. »Dann müssen wir nicht so lange warten. Und wo wir den Kuchen sowieso nicht ganz aufgegessen haben, können wir ihn dann mitnehmen.«

Sie schaut sehnsüchtig auf das letzte Viertel Rhabarberkuchen.

»Gut«, sagt sie seufzend. »Wir heben ihn bis morgen auf.«

Mein Herz schlägt schneller. Die Freiheit ist in greifbarer Nähe. Und jetzt, wo ich etwas zu essen hatte, fühle ich mich schon viel kräftiger. Wenn wir es mit einem der Mutanten zu tun bekommen sollten, wäre ich vielleicht sogar wieder in der Lage zu kämpfen. Ich bewege vorsichtig den Knöchel. Aua. Der ist noch nicht geheilt, fühlt sich aber nicht mehr so schlimm an wie vor unserem improvisierten Picknick.

»Ich hab morgens Unterricht, aber am Nachmittag könnte ich kommen. Und du wirst meinen Eltern nichts sagen, nicht?«

Ich sehe ihr direkt in die Augen und schüttele den Kopf. »Nein, ich sag nichts. Und du?«

Sie antwortet ohne zu zögern. »Natürlich nicht. Das wäre doch blöd.«

Sophie zieht die Nase kraus und sieht mich etwas herablassend an. Ich unterdrücke ein Grinsen. Sie wird gut zu meiner Kat-Familie passen. Wenn wir erst wieder bei den anderen sind, nehme ich sie vielleicht mit zu Tante Rose, die sich immer noch um die Zwillinge und Klein-Kat kümmert. Es sei denn, es hat während meiner Abwesenheit Veränderungen gegeben. Vielleicht ist ihnen etwas passiert. Die Meute...

Nein. Ich verdränge diesen Gedanken. Jetzt nicht an so etwas denken. Ich muss mich konzentrieren.

Plötzlich zuckt Sophie zusammen und reißt ihr gesundes Auge weit auf.

»Er wird mich gleich beobachten«, zischt sie mit Panik im Gesicht.

»Lauf weg. Ich werde hier aufräumen, renn nur schnell und tu so, als wärst du nicht hier gewesen.«

Sie nickt, aufs Äußerste angespannt, und läuft aus dem Zimmer so schnell sie kann. Ich kann nur hoffen, dass sie mit der Verzögerung recht hatte, die angeblich entsteht, bevor ihr Vater durch ihr mechanisches Auge hindurchsehen kann. Wenn er sie zusammen mit mir da hätte sitzen sehen können, wäre alles verloren. Sie würden mich wahrscheinlich in meine Gefängniszelle zurückbringen oder sonst irgendwelche abartigen Spielchen mit mir treiben.

Das lässt sich jetzt nicht ändern. Ich räume auf, knabbere dabei noch einmal an dem einen oder anderen Leckerbissen. Ich stecke etwas von den trockenen Essensbestandteilen für später in die Tasche, alles andere schiebe ich unters Bett. Ich bin müde vom Essen. Sobald meine Bettdecke wieder auf dem Bett liegt, lege ich mich darauf und rolle mich bequem ein.

Ein nagendes Geräusch unter dem Bett sagt mir, dass Schnäuzchen gerade ihr eigenes Picknick gestartet hat.

»Vielleicht brauche ich deine Hilfe doch nicht«, sage ich leise. »Aber halte dich in der Nähe, für alle Fälle.«

Sie schickt mir ein Bild, wie sie in einer Suppenschüssel ein Bad nimmt und dabei ein Stückchen Brot als Seife verwendet. In Ordnung. Sie hat einen etwas merkwürdigen Humor. Gefällt mir. Hätte nie gedacht, dass ich mit einer Maus Freundschaft schließen könnte, aber Schnäuzchen und ich sind tatsächlich auf einem guten Weg, so etwas wie Freunde zu werden. Jedenfalls sind wir jetzt in einem Stadium, wo ich mir nicht mehr vorstellen könnte, sie zu fressen. Und das ist doch fast schon Freundschaft, oder?

In diesem angenehm satten Zustand überkommt mich jetzt die Müdigkeit wie eine warme Woge. Eigentlich sollte ich wach bleiben, aber es gibt keine bessere Art, neue Kraft zu tanken, als zu schlafen.

»Pass auf mich auf, Kleine. Weck mich, wenn sich jemand dem Zimmer nähert.«

Schnäuzchen piepst zufrieden und knabbert dann munter weiter.

Zum ersten Mal seit ich in diesem Zimmer aufgewacht bin, schlafe ich auf natürliche Weise ein, ohne vorher bewusstlos geschlagen worden zu sein. Fühlt sich echt gut an.

KAPITEL SIEBEN

Ich schlafe, esse, und schlafe dann noch ein bisschen. Was für eine wohltuende Abwechslung zu der vorherigen Routine von Hunger und Folter. Schnäuzchen bleibt bei mir, unter dem Bett oder auf dem Kopfkissen neben mir, und schläft nur kurz, wenn ich wach bin. Sie ist ein guter Kumpel. Ob Mäuse wohl intelligent sind? Falls ja, tut es mir fast leid um all ihre Artgenossen, die ich in der Vergangenheit verspeist habe.

Meine innere Uhr sagt mir, dass es fast vierundzwanzig Stunden her ist, seit Sophie und ich unser Picknick veranstaltet haben. Ich fange an, mir leichte Sorgen zu machen. Haben ihre Eltern etwas von unserem Treffen erfahren? Bestrafen sie sie gerade? Oder hat sie sich anders entschieden?

Ich kann nichts machen. Mein Knöchel ist über Nacht vollständig geheilt, ich könnte also durchs Haus laufen, will aber das Risiko nicht eingehen. Wenn mich einer dieser Mutanten jetzt erwischt, war alles umsonst. Nein, ich muss geduldig sein und kann nur hoffen, dass Sophie bald kommt.

Um mich abzulenken, mache ich einige Dehnübungen und zwinge meinen Körper, mir zu gehorchen. Mir tut alles weh, aber ich muss meine Muskeln wieder einsatzbereit machen. Ich habe viel an Gewicht und Muskelmasse verloren. Ich war höchstwahrscheinlich nicht einmal als Kind je so dünn, und das will etwas heißen. Bei der Meute haben sie uns nie genügend zu essen gegeben, aber immerhin hatten wir die Möglichkeit, uns nach getaner (Killer-)Arbeit anderweitig etwas zu besorgen. Lennox und ich trafen uns immer in unserem Lieblingsversteck unter der Brücke und teilten dann, was wir vorher gefunden hatten. Mir krampft sich das Herz zusammen beim Gedanken daran. Ich vermisse ihn so. Sie alle.

Erst wenn es einem schlecht geht, weiß man, wie gut man es vorher hatte. Ich war mir gar nicht richtig bewusst, was für ein Glück ich mit meinen drei Männern hatte. Leute, die immer für mich da waren. Und ich für sie. Hab ich ihnen jemals gesagt, wie viel sie mir bedeutet haben? Da bin ich mir nicht sicher. Wenn wir wieder zusammen sind, werde ich es ihnen sagen. Und vielleicht sogar das Wort mit »l« verwenden. Vielleicht.

Ein Geräusch in der Ferne lässt mich instinktiv eine sprungbereite Haltung einnehmen. Ich grinse. Mein Körper hat also noch nicht alles verlernt. Und nach dem guten Essen könnte ich vielleicht sogar wieder kämpfen.

Natürlich nicht wie früher, aber ich sollte in der Lage sein, mich zu verteidigen. Auf einen Kampf darf ich es aber nicht ankommen lassen. Ich muss meine Kraft für die Flucht aufsparen. Ich bezweifle, dass sie uns einfach so ziehen lassen werden. Sie werden uns verfolgen, und dafür brauche ich die nötige Ausdauer.

Die Schritte kommen näher. Zwei Menschen. Ein Erwachsener und ein Kind. Verdammt. Sophie ist also doch geschnappt worden.

Ich greife nach den beiden Gabeln, die Sophie zum Picknick mitgebracht hat und mache mich bereit zum Kampf. Ich werde es nicht zulassen, dass sie ihr wehtun.

Schnäuzchen springt vom Bett hinunter und versteckt sich, aber ich weiß, dass sie mich von dort aus beobachtet. Ich wünschte, ich könnte ihr eine Botschaft für meine Familie mitgeben, bin mir aber sicher, dass Rykers Katzen sie auffressen würden, bevor sie die geringste Chance zu deren Übermittlung hätte.

»Mach's gut«, flüstere ich. »Such dir ein besseres Zuhause als dieses hier.«

Ich schleiche auf Zehenspitzen zur Tür und erwarte die anderen. Wenn ich schnell genug bin, kann ich vielleicht den Erwachsenen überrumpeln, was aber nur gelingen wird, wenn Sophie nicht unter seiner Kontrolle steht. Wenn sie sich wehrt, war's das. Ich kann ihr nicht wehtun.

Es ist nicht einfach, den Geruch der Beiden durch die verschlossene Tür aufzunehmen. Ich erkenne also erst kurz bevor sie vor der Tür ankommen, dass der Erwachsene nicht einer von Sophies Eltern ist. Ich entspanne mich etwas. Es ist auch keiner der Mutanten. Sie riechen kaum – und diese Frau dort schwitzt so stark, dass ich mir am liebsten die Nase zuhalten würde, um den Geruch nicht einatmen zu müssen. Die Frau muss äußerst nervös sein.

Ich lasse die Gabeln ein bisschen sinken. Wenn ich Glück habe, ist dieser Mensch eher eine Verbündete als eine Gegnerin. Sophie riecht auch nicht so, als sei sie gestresst. Sollte ich endlich einmal Glück haben? Ich bleibe aber erst einmal hinter der Tür stehen, damit sie mich nicht gleich sehen können, wenn sie den Raum betreten. Das ist immer noch der sicherste Ort, wenn man unsichtbar bleiben und erst einmal einen Überblick gewinnen will.

Zu meiner Überraschung klopfen sie an die Tür. Wie höflich!

»Herein«, rufe ich hinter vorgehaltener Hand, damit es sich anhört, als sei ich weiter hinten im Zimmer.

Ich halte den Atem an, als sie die Tür öffnen, bin notfalls bereit zum Sprung. Die Frau hält sich hinter Sophie und zögert ein wenig.

»Wo ist sie?«, fragt sie, und ich erkenne ihre Stimme. Sie ist die Dienstbotin, die ich nach meinem Erwachen am ersten Tag hier belauscht habe. Die Frau, die sich beschwert hat, dass man ihr nicht einmal erlaubt hatte, mich zu waschen. Als ich beim letzten Mal aus der Bewusstlosigkeit erwacht bin, hatte man mich gebadet und mir neue Kleider angezogen, diese Anweisung muss also wohl geändert worden sein. Ich frage mich, ob sie dafür gesorgt hat. Ich erinnere mich aber auch an ihre

Beschwerde, dass Sophie sie gebissen hätte. Das macht sie weniger vertrauenswürdig.

Das Mädchen atmet tief ein und kommt um die Tür herum, folgt ihrer Nase. Sie lächelt mich an.

»Spielen wir jetzt Verstecken?«

»Wer ist das?«, frage ich statt einer Antwort.

»Die Köchin. Sie hat das Picknick für uns gemacht.«

Ich sehe Sophie stirnrunzelnd an. »Hatten wir nicht ausgemacht, dass du keinem was sagst?«

Die Frau räuspert sich, und mir fällt jetzt erst auf, dass ich sie total ignoriert habe. Das ist wahrscheinlich unhöflich, aber im Moment gibt es andere Prioritäten. Wenn's um Leben oder Tod geht, ist Höflichkeit von absolut untergeordneter Bedeutung und reine Zeitverschwendung.

»Ich glaube, ich weiß, was ihr vorhabt«, sagt die Frau mit leicht zitternder Stimme. Sie hat Angst vor mir. »Ich will euch helfen. Ich habe eine neue Stelle, heute ist hier mein letzter Arbeitstag. Ich habe nichts zu verlieren.«

Ihr Herzschlag spricht eine andere Sprache. Sie weiß genau, dass sie bestraft wird, wenn wir erwischt werden. Oder schlimmer – es würde mich nicht wundern, wenn Sophies Eltern diese Frau einfach töten würden. Aber ich werde ihr Hilfsangebot nicht ablehnen.

»Danke«, zwinge ich mich zu antworten. »Wie können Sie uns helfen?«

Ein dünnes Lächeln umspielt ihre Mundwinkel. »Durch ein Ablenkungsmanöver. Ich werde in der Küche Feuer legen. Ist gut, wenn dieser ganze Ort abbrennt.«

Ich schaue ihr in die Augen, ob sie wirklich meint, was sie sagt. Ja, das tut sie.

Ich nicke kurz. »Klingt gut. Wie viele Leute sind in dem Gebäude? Sind Sophies Eltern hier?«

»Nein, sie sind geschäftlich unterwegs. Sie wollten gestern zurückkommen, aber haben uns gestern mitgeteilt, dass es eine Verzögerung gibt. Ich glaube, sie sind in Attenburg bei Peter Tamari.«

»Moment mal, ich kenne diesen Namen. Wie sieht er aus?«

Die Frau legt die Stirn in Falten. »Ziemlich gewöhnlich. Nicht besonders gut. Ende fünfzig, graue Haare. Er hat eine Narbe unter einem Auge.«

Das ist der Siron, den Lilly erwähnt hat; der Mann, der sie auf den Ball der Juweliers-Gilde begleitet hat. Das scheint Ewigkeiten her zu sein. Als wir den Diamanten gestohlen haben und ich für die Bürgermeisterin, Lady Lara, arbeitete, das Rehkitz fand... Damals haben wir uns gefragt, ob Tamari hinter dem Giftanschlag auf mich stand. Die Erinnerung daran verursacht mir Übelkeit. Das war kein schönes Gift.

»Wenn sie weg sind, wer ist dann noch hier?«, frage ich, um mich abzulenken.

»Nur wir, zwei weitere Angestellte und die Wachen.«

Ich gehe davon aus, dass sie mit ‚Wachen‘ die Mutanten meint. »Wie viele?«

»Als Sie noch ... unten waren, hatten wir sechs von ihnen, jetzt sind es zwölf.«

Sie sieht mich beinahe ein bisschen anklagend an. Mir ist ihr leichtes Zögern nicht entgangen, als sie *unten* sagte. Meine frühere Zelle muss also im untersten Stockwerk liegen.

»Gibt es noch weitere Gefangene?«, frage ich Interesse halber. Nicht, dass ich Zeit und Kraft hätte, noch weitere Leute zu retten.

»Nein, Sie waren seit langem die erste. Lord Delaney hat vor ein paar Jahren seine Vorgehensweise geändert.«

Lord Delaney. Zum ersten Mal höre ich seinen Namen. Und der gefällt mir nicht – klingt zu vornehm für einen Mann, der mich entführt und gefoltert hat. Der Sophie zu der gemacht hat, die sie jetzt ist. Und wieso hat er diesen Adelstitel? Die Monarchie wurde doch schon vor Hunderten von Jahren abgeschafft. In Attenburg hatte Lady Lara nur diesen Titel, weil sie die Bürgermeisterin war. Ob Delaney hier der Bürgermeister ist? Oder ein anderer mächtiger Würdenträger? Das würde mich nicht überraschen.

»Machen wir jetzt unser Picknick?« Sophie hüpft vor Ungeduld auf und ab.

Ich lächele sie an. »Ja, machen wir. Wie ist denn das Wetter?«

»Es ist bewölkt, regnet aber nicht«.

Also gibt es Fenster weiter oben im Gebäude. Oder sie hat den Wetterbericht im Fernsehen gesehen, aber ich hoffe auf die Fenster. Ich stelle mir auch sehr ungern vor, dass meine kleine Schwester in einem Haus ohne Fenster aufgewachsen ist.

Die Köchin führt uns aus meinem Zimmer durch die Gänge, die ich schon kenne. Ich hoffe, sie weiß, wo die Wachtposten stehen, damit wir ihnen aus dem Weg gehen können. Vielleicht hat sie sie auch woanders hingeschickt. Ich will noch keine übertriebenen Hoffnungen aufkommen lassen, aber falls uns die Flucht gelingt, könnte ich ihr eine Stelle bei M.I.A.U. anbieten. Wir könnten eine Köchin gut gebrauchen.

Mir wird etwas mulmig zumute, als wir die Treppen hochsteigen, die man mich bei meinem letzten Erkundungsgang hinuntergestoßen hat. Aber heute hält uns niemand auf. Alles ist ruhig, wie sehr ich auch mein Gehör anstrenge. Sophie ist keinerlei Angst anzumerken, der Köchin umso mehr. Der Schweiß läuft ihr den Rücken hinab und lässt ihre Bluse an der Haut ankleben. Ihr Herz schlägt ihr bis zum Hals, was man ihr allerdings äußerlich nicht ansieht. Wahrscheinlich hat sie es in diesem Haushalt gelernt, sich ihre Gefühle nicht anmerken zu lassen.

Wir schleichen uns durch das Haus, von einem Stockwerk zum nächsten, bis wir frische Luft einatmen. Wow. Nach Monaten in einem fensterlosen Raum, wusste ich nicht einmal mehr, wie die riecht. Wir müssen in der Nähe des Ausgangs sein.

Ich bin versucht, einfach loszurennen, weg, nur weg, ohne zurückzublicken. Die Freiheit ist so nah. Wenn ich dem nur nachgeben könnte! Aber ich habe all das auf mich genommen, um meine Schwester zu retten, und ich werde sie jetzt nicht zurücklassen.

Als wir an einer Küche vorbeikommen, die größer ist als die im Untergeschoss, hält die Frau kurz an und holt einen großen Picknickkorb. Sie öffnet den Deckel ein Stück weit, damit ich den Inhalt sehen kann. Messer, eingepacktes Essen, zwei Flaschen. Ich kann kaum glauben, wie sehr sie uns hilft. Dass es nun wirklich möglich erscheint, hier heil herauszukommen. Wie kommt es, dass jemand so Nettes hier arbeitet?

»Danke«, murmele ich und meine es aus tiefster Seele.

»Ist da auch Rhabarberkuchen drin?«, fragt Sophie, sich offensichtlich der Tragweite des Moments nicht bewusst. Sie kann so unschuldig sein – und im nächsten Augenblick viel älter als ihre Jahre wirken.

»Na klar«, sagt die Frau, nicht unfreundlich. Sie hat sich zwar damals beschwert, dass Sophie sie gebissen hat, aber ihr muss bewusst sein, dass meine kleine Schwester das nicht willentlich getan hat. Nach all dem, was ihre angeblichen Eltern mit ihr angestellt haben.

Die Köchin blickt auf die Uhr. »Es ist Zeit. Ihre Pause ist fast vorbei. An der Tür stehen Schuhe, hoffentlich passen sie. Entfernt euch so weit wie möglich vom Haus, ich werde hier ein ganz schönes Feuerwerk veranstalten.«

Auf ihrem von Falten durchzogenen Gesicht drückt sich so etwas wie Vorfreude aus.

Ich neige den Kopf. »Vielen Dank. Machen Sie's gut«.

»Sie auch. Und passen Sie gut auf Sophie auf.«

Das Mädchen sieht uns beide an. »Kommen wir nicht zurück?«

Hoffnung und Angst kämpfen in ihren Augen.

Ich nehme ihre Hand und drücke sie fest. »Nein. Für uns beginnt ein neues Leben.«

Mir bleibt die Luft weg, als wir aus dem Gebäude treten.

Endlich frei.

Wir sind von Häusern umgeben, die meisten niedriger als das turmähnliche Gebäude, in dem man mich festgehalten hat. Da gibt es zu viele Augen, die uns sehen könnten. Wir müssen hier so schnell wie möglich verschwinden.

»Wir sollten unser Picknick an einem ruhigeren Ort machen. Kennst du da einen? Vielleicht einen Wald?«

»Da ist der Grafenwald«, schlägt Sophie vor, und ihr gesundes Auge funkelt vor Aufregung. »Der ist nicht weit weg.«

»Gut. Wollen wir ein Wettrennen dahin machen? Ich nehme auch den Korb, damit wir gleiche Chancen haben.«

Sie schnaubt. »Ich bin zwar kleiner, aber ich wette,

ich bin schneller als du, selbst wenn ich den Korb trage. Aber gut. Wer zuerst am Wald ist, bekommt den Rhabarberkuchen.«

Und sie rennt los.

Lachend folge ich ihr. Meine Sinne sind nach allen Seiten ausgerichtet und in Alarmbereitschaft, denn wir sind hier sehr angreifbar. Jeder kann uns von seinem Haus aus sehen. Und das können Leute sein, die in Lord Delaneys Diensten stehen – oder sogar Sirenen. Wir sind hier nicht sicher, aber daran kann ich nichts ändern; ich kann nur dafür sorgen, dass wir so schnell wie möglich diese Siedlung hinter uns lassen.

Es tut so gut, die Beine zu bewegen. Eine frische Brise fährt durch meine Haare, die Sonne wärmt mir das Gesicht. Die meisten Häuser haben kleine Vorgärten voller duftender Blumen, und dieser Duft treibt mir beinahe die Tränen in die Augen. Wie habe ich das vermisst! Die Natur. Freiheit.

Selbst in meinem geschwächten Zustand habe ich keine Mühe, mit Sophie Schritt zu halten, aber ich überlasse ihr die Führung und halte mich dicht hinter ihr. Sollten uns irgendwelche Nachbarn sehen, denken sie hoffentlich, dass da zwei junge Mädchen sind, die sich an einem sonnigen Tag vergnügen. Auf Sophie trifft das allemal zu. Ihr Glücksgefühl ist ihr nicht nur anzusehen, es umgibt sie wie eine zweite Haut, einfach schön. Das wiederum macht mich so froh für sie. Sie hat diese Momente des Glücks redlich verdient. Wer weiß, wann sie das nächste Mal Grund zu so unschuldiger Freude haben wird.

Nach ein paar Minuten unseres Wettrennens erreichen wir den Rand des Dorfes. Hier sind die Häuser kleiner und in längst nicht so gutem Zustand wie die im Zentrum. Wir laufen an einem verfallenen Gebäude vorbei, bevor uns endlich der Wald aufnimmt.

Es ist wie Heimkommen. Die Katze in mir möchte rausgelassen werden. Aber noch nicht. Zuerst müssen wir in Sicherheit sein und weit weg von Delaneys Haus. Wenn ich mich jetzt wandle, weiß ich nicht, ob ich nicht die Kontrolle verliere. Der Panther in mir könnte die Oberhand gewinnen, und dann wäre ich Sophie keine Hilfe mehr. Außerdem bin ich vielleicht noch zu schwach, um mich überhaupt zu wandeln.

Sophie hält an einer alten Birke an und keucht leicht. »Gewonnen!«

Ich lache. »Ja, hast du. Der Kuchen gehört dir. Aber lass uns noch ein Stück weiterlaufen, okay? Wir wollen doch nicht, dass uns jemand beim Essen stört.«

Sie wirft dem Picknickkorb einen sehnsüchtigen Blick zu, nickt dann aber. »Wo gehen wir denn hin?«

»Wie groß ist dieser Wald?«

»Sehr groß. Es dauert vielleicht zwei Stunden, bis wir am anderen Ende ankommen.«

Ich ziehe die Augenbrauen hoch. »Was hältst du von einer Revanche?«

Sie wirft wieder einen Blick auf den Korb. Der Kuchen ist zu verlockend.

»Gut. Ich werde dich schlagen«, sagt sie und wirft sich dabei mit zurück gezogenen Schultern in die Brust. »Ich bin das schnellste Mädchen von Parseldon.«

»Dann beweis es mir. Wer als erstes auf der anderen Seite ankommt, erhält die Blätterteigtaschen.«

»Die wollte ich sowieso nicht.«
Diesmal habe ich sie nicht gewinnen lassen. Das hat mich allerdings fast alle Energiereserven gekostet, die ich in den vergangenen vierundzwanzig Stunden aufgebaut hatte. Ich bin erschöpft und brauche eine Pause. Und außerdem kann ich Sophie wohl nicht länger davon abhalten, hier Picknick zu machen. Wahrscheinlich ist sie sich schon im Klaren darüber, dass wir auf der Flucht sind. Sie ist viel zu schlau; aber die Vorstellung, es handele sich nur um einen kleinen Ausflug, wird es ihr erleichtern. Ich darf schließlich nicht vergessen, dass sie den Einfluss der Leute, die sie jahrelang festgehalten haben, nicht einfach so abschütteln kann. Das wird Zeit brauchen.

Wir setzen uns und stopfen uns mit den Köstlichkeiten voll, die die Köchin uns bereitet hat. Sophie hat kein Auge für die Messer im Korb. Ihr Blick gilt nur dem Rhabarberkuchen. Zumindest weiß ich jetzt, womit man sie in Zukunft bestechen kann. Dieses Mädchen wird für ein Stück dieses Kuchens alles tun. Hoffentlich kann Caitlin ihn auch backen. Wenn nicht, muss sie es lernen. Ich werde mich auf gar keinen Fall in die Küche stellen und backen. Das könnte in einer Feuersbrunst enden.

Nachdem mein Magen mir ein befriedigendes

Völlefühl signalisiert hat, übermannt mich fast der Schlaf. Aber dafür ist jetzt keine Zeit. Wir müssen noch weiter weg von Parseldon. Inzwischen wird man unser Verschwinden sicher bemerkt haben. Sie werden uns verfolgen. Durch den dichten Wald werden sie nicht reiten können, aber die Mutanten sind mindestens genauso schnell wie wir, und sie werden sicher zwischendurch kein Picknick veranstalten.

»Sophie? Was passiert, wenn du dein Auge abdeckst?«

»Das darf ich nicht.« Sie verzieht das Gesicht. »Das will mein Vater nicht.«

»Aber du hast es schon mal probiert, nicht?«

»Ja, einmal. Aber ich habe versprochen, es nicht wieder zu tun.«

Die Angst in ihrem Gesicht sagt einiges über die Strafe, die sie damals wohl bekommen hat. Armes Ding. Aber ich muss noch mehr wissen.

»Kann er dich noch Dinge tun lassen, auch wenn er nicht mehr durch das Auge sehen kann?«

Sie nickt. »Aber es ist schwerer für ihn. Und im Moment kann er mich sowieso nicht mehr erreichen.«

Ich bin verwirrt, aber erleichtert. »Wie das? Ich dachte, die Entfernung sei egal? Er hat dich doch gestern beäugt, obwohl er nicht zu Hause war.«

»Aber die Antenne ist doch nicht hier, Dummkopf«, sagt sie mit vorwurfsvollem Unterton, als sei das doch offensichtlich. »Er braucht die Antenne, um das Signal zu senden. Er hat mir mal erklärt, wie das alles funktioniert. Er muss entweder in meiner Nähe sein oder ich muss mich in der Nähe der Antenne aufhalten.«

»Also das bedeutet, er kann jetzt ganz bestimmt nicht dein Auge kontrollieren?«

Sie schüttelt den Kopf, offensichtlich hochzufrieden darüber. »Kein Beäugen. Es gibt hier nur uns beide.« Ihr Lächeln schwindet. »Wir gehen doch nicht zurück, oder?«

»Nein. Ich nehme dich mit nach Hause. Da bist du in Sicherheit. Du wirst meine Freunde und unsere Schwestern kennenlernen. Und viele Katzen.«

»Schwestern?«

Aha. Sie weiß nicht Bescheid. »Das erkläre ich dir später. Wir müssen weiter.«

»Wo ist denn dein Zuhause?«

Ich seufze auf. »Attenburg. Zumindest war da unser Zuhause, bevor man mich entführt hat. Ich weiß nicht einmal, ob sie alle noch dort sind. Wir müssen irgendwo ein Telefon finden, damit ich das herausfinden kann. Wenn sie noch in Attenburg sind, müssen wir irgendwie dahin kommen.«

»Als wir dich besuchen kamen, haben wir den Zug genommen.«

Gesegnet sei ihre Unschuld. Mich besuchen kamen. So kann man eine Entführung auch bezeichnen. Man hat sie als Köder missbraucht, und sie weiß es nicht einmal.

»Ich würde gern den Zug nehmen, aber da fahren nur reiche Leute.«

»Ich bin reich.«

Das ist keine Angeberei, es hört sich an wie eine

Feststellung. Trotzdem sollte sie etwas bescheidener auftreten. Ich persönlich habe zwar Geld, aber es gibt auch immer etwas, wofür ich es gleich wieder ausgeben muss. Und damit meine ich keinen teuren Schmuck oder einen Whirlpool. Eher eine ständig kaputte Leichenhalle oder neue Laborgeräte für Bethany.

»Hast du denn Geld dabei?«, frage ich. Ist eigentlich eine rhetorische Frage, aber zu meiner Überraschung nickt sie.

»Ich weiß aber nicht, ob das für den Zug reicht.«

Sie zieht ein Bündel Banknoten aus ihrer Rocktasche. Mir fallen fast die Augen aus dem Kopf. Das müssen mindestens tausend Darem sein. Woher hat sie so viel Geld?

Auf meine Frage zuckt sie mit den Schultern. »Meine Mutter hat mir Taschengeld gegeben, aber ich durfte ja nie raus und konnte es also auch nicht ausgeben. Manchmal hat die Köchin etwas für mich gekauft, aber ich habe trotzdem das meiste behalten.«

Ihre angebliche Mutter hat sich auf diese Art wahrscheinlich von ihrer Verantwortung freigekauft. Ich müsste für so viel Geld normalerweise mindestens zwanzig Aufträge erledigen und das schließt schon Unkosten für Gifte und enorme Summen für Wäsche-Fleckentferner mit ein. Denn die besten gegen Blutflecke sind natürlich auch die teuersten.

Mit ihrem Geld könnten wir uns tatsächlich die Zugfahrt leisten, aber das wäre vielleicht zu auffällig. Nur die Reichen fahren mit der Bahn, die das Land wie eine Kompass-Rosette in alle Himmelsrichtungen durchquert.

Da kennen sich die Passagiere untereinander. Wir würden gewaltig ins Auge stechen. Nein, wir müssen auf langsamere Art reisen. Aber zunächst muss ich herausfinden, ob meine Familie sich noch in Attenburg befindet.

»Gibt's hier ein Dorf in der Nähe?«, frage ich Sophie. »Ich muss ein Haus finden, in dem ich ein Telefon benutzen kann.«

»Ich weiß nicht. Ich glaube, es gibt rund um den Grafenwald nur Felder, aber ich war nur ein paarmal zu langen Spaziergängen hier. Und das war immer mit meinen Eltern, wir sind also immer auf den Wegen geblieben.«

»Dann müssen wir einfach weiterlaufen und abwarten. Wenn wir erstmal von dem Wald weg sind, kann ich vielleicht erkennen, ob es Menschen in der Nähe gibt.«

Das Essen hat mir ziemlich schnell neue Energie verschafft. Meine Sinne schärfen sich, mein Körper wird wieder kräftiger. Wenn ich weiter nach Herzenslust essen kann, werde ich bald meinen Normalzustand wieder erreicht haben. Hoffen wir mal. Ist ja nicht so, dass ich viel Erfahrung damit hätte, dass man mich fast verhungern lässt und gleichzeitig psychisch und physisch foltert. Bin mir sicher, dass das Spuren hinterlassen hat, die erst später sichtbar werden. Darüber muss ich mir im Moment allerdings keine Gedanken machen. Es gibt Dringenderes.

Jetzt, wo das meiste Essen gegessen ist, scheint es wenig sinnvoll, den Picknickkorb mit herumzuschleppen. Ich wünschte, ich hätte meine normale Kleidung mit all den Taschen, nicht dieses dünne Kleidchen, in das sie mich gesteckt haben. Meine Waden sind voller blutiger Kratzer von dem Gebüsch, durch das wir durchmussten, und die Füße tun weh in den unbequemen Schuhen, die die Köchin mir gegeben hat. Aber ich darf mich nicht beschweren. Besser als nackt und barfuß. Positives Denken!

»Wo werden wir schlafen?«, spricht Sophie aus, was ich mich auch schon gefragt habe.

»Wir werden bestimmt einen sicheren Ort finden. Aber nicht jetzt schon. Wir wollen doch nicht, dass die Wächter uns finden, oder?«

»Nein, die sind nicht nett. Einige von denen können noch nicht einmal sprechen. Die grunzen nur und greifen ohne Vorwarnung an.«

Ich sollte sie fragen, ob sie ihr jemals wehgetan haben, aber ich will die Antwort eigentlich nicht hören. Die kenne ich schon. Jeder, der um sie herum war, wird sich früher oder später an ihr vergriffen haben, außer vielleicht der Köchin und andere Dienstboten. Es ist von daher wie ein Wunder, dass sie mir vertraut.

»Wenn wir erstmal zu Hause sind, können sie uns nichts mehr tun«, verspreche ich. »Wir müssen nur ein Telefon finden und herausfinden, wo meine Freunde jetzt sind. Dann wird alles gut.«

Wenn ich doch nur meinen eigenen Worten Glauben schenken könnte...

KAPITEL NEUN

Sobald wir den Wald verlassen haben, laufen meine Sinne auf Hochtouren. Überall könnten uns Feinde auflauern. Im Wald waren wir durch die Bäume einigermaßen geschützt, aber hier sieht uns jeder.

Um uns herum dehnen sich Felder aus soweit das Auge reicht. Auf den meisten stehen Stoppeln der Getreidearten, die hier angebaut wurden, aber einige sind auch schon vollständig abgeräumt. Die Erntezeit muss mindestens einen Monat zurückliegen, noch ein Indiz dafür, wie lange ich in Gefangenschaft war. Ich mochte die Erntezeit immer sehr. Die Marktstände waren voller reifer Früchte, aber Lennox und ich gingen immer direkt zu den Lagerhallen und aßen, was auf dem Weg dahin von den Wagen gefallen war. Manchmal waren wir schon satt, bevor wir überhaupt dort ankamen und haben uns in den Hallen dann nur eine ruhige Ecke gesucht und ein Nickerchen gemacht.

Ich führe uns durch die Felder, die noch die höchsten Pflanzenleichen aufweisen. Mir ist bewusst, dass sie nicht ausreichend Deckung bieten, aber so kann ich meine Nervosität doch etwas im Zaum halten. Leichtsinnigerweise habe ich die unbequemen Schuhe kurz hinter unserem Picknickplatz dann doch zurückgelassen, weil ich außerhalb des Waldes auf Feldwege gehofft hatte. Die scharfen Enden der Stoppeln stechen mir nun in die Füße, aber meine Selbstheilungskräfte als Wandler sind soweit wiederhergestellt, dass ich die Schmerzen ertragen kann. Sophie folgt mir klaglos, aber sie hat auch teuer aussehende Stiefel an und trägt Hosen, die ihre Beine schützen.

Bis die Nacht uns in ihren dunklen Mantel hüllt, haben wir noch immer kein Zeichen einer menschlichen Siedlung gesehen. Nirgends ein Haus. Und auch keine Geruchsspuren. Zum Glück kann Sophie anscheinend ebenso gut bei Nacht sehen wie ich, also gehen wir weiter. Der Vollmond scheint auf uns hernieder. Lennox wird wohl wieder auf seinem Trip sein. Er hat seinen inneren Wolf zwar unter Kontrolle, aber bei Vollmond fällt es ihm schwer, seine menschliche Gestalt beizubehalten. In Attenburg rannten wir einmal gemeinsam die ganze Nacht hindurch bis zum Morgengrauen und haben uns auf einer kleinen Wiese dann gewandelt. Hatten dort tollen Sex. Ich muss lächeln bei dem Gedanken. Sex nach einer Wandlung ist immer der beste. Dann sind meine Sinne noch viel schärfer, und jede Berührung bewirkt eine Gefühlsexplosion in mir.

»Wie sind denn deine Freunde so?«, fragt mich Sophie unvermittelt.

»Die sind alle sehr verschieden, aber sich in mancher Hinsicht auch wieder sehr ähnlich bei den Dingen, auf die es ankommt. Einige von uns sind eher Einzelgänger, aber wir passen zusammen wie die Teile eines Puzzles. Wir sind alle ganz unterschiedlich aufgewachsen, aber das stört dabei nicht. Griffon ist ein Siron und hatte als Kind viele Privilegien. Er war sogar auf der Universität und hat Medizin studiert. Dann ist da Lennox, der ist wie ich bei der Meute aufgewachsen. Wir hatten als Kinder nicht viel zu essen, aber wir waren zusammen, und das hat viel geholfen.«

Ich erzähle ihr weiter von meinen Männern und dann allen Angestellten von M.I.A.U. Ich kämpfe mit den Tränen, als ich an sie alle denke. Sie hört aufmerksam zu, stellt manchmal eine Frage, nimmt aber größtenteils alles nur in sich auf. Bei jedem Wort bricht mir das Herz ein kleines bisschen mehr. Wie ich sie vermisse! Es ist so lange her, dass ich sie gesehen habe. Sie berührt habe. Meine Haut kribbelt allein bei dem Gedanken. Ich habe niemanden berührt, seit ich in meine Entführung eingewilligt habe. Merkwürdig. Hätte nie gedacht, dass ich das vermissen würde, und sei es nur ein Handschlag oder eine kurze Umarmung. Ich bin nicht einmal so scharf auf Umarmungen, aber...

»Ich rieche was«, unterbricht Sophie meinen Gedankengang. »Ich glaube, es ist ein Mensch.«

Ich halte inne und atme die Nachtluft tief ein. Sie hat recht. Ganz schwach und mit meinen Sinnen kaum noch erkennbar, entdecke ich Spuren eines Mannes. Er ist alt und riecht nach Schweiß.

»Gut gemacht. Lass uns in diese Richtung gehen, vielleicht hat er ein Haus, das wir nutzen können.«

Schweigend gehen wir weiter durch die Felder. Immer mehr Pfade führen durch sie hindurch, aber wir halten uns weiter in der Mitte, wo wir etwas mehr Deckung haben. Meine Füße tun mittlerweile höllisch weh. In die Schnitte muss Dreck eingedrungen sein, so dass sie nicht heilen konnten.

Aber als wir in der Ferne endlich Lichter sehen, ist der Schmerz nicht mehr wichtig. Ein Haus. Wie es aussieht, steht es allein auf weiter Flur. Perfekt.

Je mehr wir uns nähern, desto sicherer bin ich mir, dass nur ein Mann dort anwesend ist. Es sind noch weitere Gerüche von anderen Menschen in der Luft hängengeblieben, aber sie sind mindestens einen Tag alt. Hier dürften wir sicher sein. Jetzt müssen wir nur noch den Alten loswerden, dann können wir uns ausruhen und neue Kräfte sammeln.

Neben dem Haus steht ein großer Stall mit ganz offensichtlich undichtem Dach.

»Warte hier«, flüstere ich Sophie zu. »Ich schau mal nach der Zielperson.«

»Zielperson?«

Oje. Da bin ich in alte Sprachmuster zurückgefallen. Das hier ist kein Mordauftrag. Und ich bin kein Mörder. So gut sich das Töten vielleicht auch anfühlen würde, sollte ich mich doch darauf beschränken, ihn außer Gefecht zu setzen, während wir uns hier aufhalten. Ich habe meine Betäubungspfeile nicht zur Hand, also werde ich die guten altmodischen Methoden von Hand anwenden müssen.

»Sagt man nur so«, murmele ich. »Warte hier, bis ich dich rufe.«

Zum Glück ist sie darauf trainiert, keine Widerworte zu geben und Anweisungen zu befolgen. Wenn wir erstmal zu Hause sind, werde ich ihr beibringen müssen, selbst nachzudenken und gelegentlich die Regeln zu brechen. Das gehört schließlich zum Katzendasein dazu. Wir nehmen Regeln zur Kenntnis und entscheiden dann, ob es wert ist, sie zu befolgen – und tun das nur, wenn wir dadurch einen Vorteil erlangen.

Ich schleiche mich hinüber zum Haupthaus und ducke mich unter einem offenen Fenster. Lautes Schnarchen dringt an mein Ohr. Das erleichtert die Sache. Statt mich durch das Fenster zu quetschen, probiere ich's erst einmal an der Tür. Sie ist nicht abgeschlossen. Wahrscheinlich stimmt es, was man über das Leben auf dem Land so erzählt. Hier schließen die Leute ihre Türen nicht ab. Ist beinahe enttäuschend, aber in meinem jetzigen Zustand sollte ich dankbar sein für kleine Gnaden.

Das Haus ist alt und riecht nach Kuh. Ich habe aber keine Tiere bemerkt, nur einen Stall voller Hühner; eventuelle Kühe müssen also weit draußen auf der Weide stehen oder verkauft worden sein. Staub hat sich auf allen Oberflächen angesiedelt, der Boden ist verdreckt. Hier wohnt jemand, der sich um seine Umgebung wenig kümmert.

Ich gehe auf Zehenspitzen auf das Schnarchen zu. Die Schlafzimmertür steht einen Spalt breit offen und gewährt mir einen Blick auf den Hausbesitzer. Er muss über siebzig sein, hat einen struppigen Bart und noch struppigere Augenbrauen und schläft nackt. Ohne Decke. Danke, aber den Anblick hätte ich meiner Netzhaut gern erspart. Ich habe schon einige männliche Schwänze gesehen, aber dies ist ein besonders hässliches, verschrumpeltes Exemplar. Wie gut, dass ich Sophie nicht mitgenommen habe.

Er schläft fest und macht mir die Sache leicht. Ich schnappe mir eines der Kopfkissen neben ihm und presse es gegen sein Gesicht, achte dabei darauf, dass seine Augen bedeckt sind. Er wehrt sich, ist aber zu schwach und muss sehr bald dem Sauerstoffmangel nachgeben. Ich achte auf seinen Herzschlag und entferne das Kissen, als der sich gefährlich verlangsamt. Ich will nicht, dass er stirbt. Nun ja, vielleicht schon, aber das wäre nicht richtig.

Im Schrank finde ich einige Schals und fessele ihn damit. Ein fleckiges Taschentuch dient als Knebel. Hoffentlich wird er aus der Bewusstlosigkeit gleich wieder in den Schlaf gleiten und sich gar nicht daran erinnern, was passiert ist. Wenn wir am Morgen weiterziehen, werde ich ihn losbinden, und er wird gar nicht wissen, wer bei ihm die Nacht verbracht hat.

Nachdem ich mich vergewissert habe, dass er uns keine Probleme bereiten wird, rufe ich Sophie und untersuche dann das Haus. In der Küche kann ich Essen riechen, eine nützliche Zugabe, aber der eigentliche

Schatz befindet sich in dem düsteren Wohnzimmer – ein Telefon. Chaka!

Ohne auf Sophie zu warten, wähle ich die Nummer des M.I.A.U. Hauptquartiers.

Es klingelt einmal, zweimal, dreimal, dann wird endlich abgenommen. Mein Herz hätte weiteren Aufschub auch nicht ausgehalten.

»Hallo? Wir haben geschlossen.«

Lillys Stimme. Meine Tränendrüsen haben ein Leck. Hat ihre Stimme schon immer so melodisch geklungen? Ich könnte sie jetzt küssen und zu Tode drücken. Aber gerade da kommt Sophie herein, und ich versuche, mich zu beherrschen. Sie muss meinen aufgelösten Zustand nicht mitbekommen. Die ganzen Emotionen kann ich erst später rauslassen, wenn ich alleine bin.

»Ich bin's«. Erstickte Worte, ich kann kaum sprechen.

»Kat?« Sie klingt unsicher, was ich ihr nicht verdenken kann angesichts meiner heiseren Stimme.

»Ja. Ich bin's.«

Im Hintergrund geht irgendetwas zu Bruch. Sie muss etwas umgestoßen haben. Lilly ist sonst nicht so ungeschickt, aber dies ist eine Ausnahmesituation.

»Bist du's wirklich? Wir waren nicht sicher...«

»Wir sind in der Nähe von Parseldon. Seid ihr noch immer in Attenburg?

»Parseldon? Was zum Teufel machst du da? Und was heißt wir?«

»Meine Schwester und ich. Ist eine lange Geschichte, aber wir müssen so schnell wie möglich von hier fort. Ich bin nicht gut in Geographie, kannst du uns einen Weg nach Attenburg ausarbeiten? Wir haben Geld, aber keine Waffen.«

»Ja...klar... Ich kann einfach nicht glauben, dass du es bist. Geht's dir gut?«

»Sicher doch«. Ich schnauze sie beinahe an. Ich will nicht, dass sie mitbekommt, wie wenig gut es mir geht.

»Ich merke selbst am Telefon, dass du lügst. Aber lassen wir's dabei. Erst einmal. Das besprechen wir, wenn du wieder zu Hause bist. Lass mich mal auf die Karte schauen. Ich glaube, Griffon ist dir am nächsten. Die Männer sind vor einigen Monaten ausgeschwärmt und haben verschiedene Spuren verfolgt. Wenn wir Glück haben, ist er noch in Darwin. Ich werde mal ein paar Anrufe machen. Bist du an einem sicheren Ort?«

»Ja, wir sind bei einem alten Kerl eingebrochen. Für die nächsten Stunden müsste das in Ordnung sein, aber ich will bei Tagesanbruch weiter. Sie werden uns suchen.«

Lilly seufzt. »Ich hab so viele Fragen, aber ich weiß, dass das nicht der richtige Augenblick dafür ist. Ich mache die Anrufe und versuche herauszufinden, wer dir am nächsten ist. Dann kann ich dir den besten Weg dahin beschreiben. Wir werden dich heimholen, keine Sorge.«

»Ich kann's kaum erwarten«, gebe ich zu. »Das war nicht wirklich das, was ich unter einem Urlaub verstehe.«

Sie lacht. »Glaub mir, ich habe schon bessere Ziele verfolgt als dich. An manchen Tagen dachte ich, er hätte dich einfach umgebracht und deine Leiche entsorgt. Sie zerstückelt oder in Säure aufgelöst.«

»Nö, ich lebe noch. Mit intaktem Körper. Arme, Beine, alles dran.«

»Dem Himmel sei Dank. Ich sehe deine Nummer hier auf dem Bildschirm, kann dich also zurückrufen, wenn ich mehr weiß. Obwohl ich am liebsten die Verbindung nicht abreißen lassen würde; ich kann immer noch nicht glauben, dass wir miteinander sprechen.«

Ich stimme ihr zu. Es ist fast wie im Traum. Nach Monaten der Isolation ist es so überwältigend, mit Lilly zu reden.

Nachdem ich aufgelegt habe, bleibe ich noch einen Augenblick gedankenverloren stehen. Sophie sieht mich neugierig an, sagt aber nichts. Sie scheint zu verstehen, dass ich jetzt nicht über all das sprechen werde.

Griffon ist vielleicht in Darwin. Wenn ich nicht völlig falsch liege, ist das zwei Tagesmärsche von hier entfernt, wenn wir laufen müssen und keine andere Transportmöglichkeit finden. Wenn wir rennen oder ich irgendwo Pferde stehlen könnte – dann wären wir schon morgen dort. Ach mein armes kleines Herz. Es wird noch brechen, so schnell schlägt es. Mensch, sei nicht so emotional, Kat. Das steht dir nicht.

»Ich schau mal nach was Essbarem«, sagt Sophie und läuft hinaus und gibt mir die Gelegenheit, das zu tun, wonach mir schon die ganze Zeit ist. Ich lasse mich auf den Boden sinken und breche in Tränen aus.

KAPITEL ZEHN

Wir nutzen die Wartezeit bis zu Lillys Rückruf zu einem Angriff auf die Speisekammer und finden für mich auch etwas Passendes zum Anziehen. Der alte Mann ist einen Kopf größer als ich und etwas breiter um die Hüften, aber nach ein paar kleinen Änderungen und mit Hilfe eines breiten Gürtels habe ich doch eine neue Ausstattung. Ich gewinne sofort mehr Selbstvertrauen und glaube allmählich auch, dass wir es tatsächlich schaffen werden. In diesem furchtbaren Kleid habe ich mich einfach viel verwundbarer gefühlt, aber jetzt, wo Stoff wieder meinen ganzen Körper umhüllt, sehe ich alles etwas positiver.

Sophie hat einen Rucksack gefunden, der – Überraschung! – nach Kuh riecht. Wir haben ihn mit Konserven und zwei Wasserflaschen gefüllt und oben eine Decke draufgeschnallt. Wer weiß, ob wir morgen Nacht wieder eine Unterkunft finden. Mir wird nicht so schnell kalt, aber Sophie vielleicht schon; und selbst wenn nicht, die Decke wird uns als weiche Unterlage dienen.

Während ich mich damit beschäftige, für die Messer, die mit im Picknickkorb lagen, und auch für eine furchterregend aussehende Axt aus dem Keller Hüllen zu basteln, klingelt endlich das Telefon. Ich stürze mich darauf wie auf ein Beutetier.

»Lilly?«

»Nein, ich bin's, Griffon.«

Mir stockt der Atem. Verdammt, nimm dich zusammen, Kat. Jetzt nicht schwach werden.

»Kat? Bist du da?«

Er klingt hungrig. Verstehe ich. Ich sehne mich so sehr nach ihm, dass ich ihn anspringen und sofort von Kopf bis Fuß vernaschen würde, wenn er jetzt hier hereinkäme. Auf eine Art, die Sophie besser nicht sehen sollte. In mir steigt die Hitze auf; das Bedürfnis nach Berührung.

»Ja, ich bin hier.« Meine Stimme klingt heiser und brüchig.

»Verdammt nochmal tut das gut, deine Stimme zu hören. Als Lilly mich angerufen hat, hab ich zuerst gedacht, sie macht einen schlechten Witz. Du bist wieder da! Wie hast du das geschafft?«

»Ist 'ne lange Geschichte. Ich erzähl dir alles, wenn wir uns sehen.« Nein, werde ich wohl kaum. Ich will die anderen nicht mit dem belasten, was ich durchgemacht habe. Ich werde ihnen eine bereinigte Version geben, die ohne Folter.

»Lilly hat gesagt, du bist in Parseldon?«

»Ja, inzwischen einen Tagesmarsch entfernt davon. Wir sind den ganzen Tag gelaufen und haben uns jetzt in einem Bauernhof verkrochen. Wo bist du?«

»In den Außenbezirken von Darwin. Ich wollte als nächstes Parseldon und dann die Hauptstadt ansteuern. Ich hab wohl endlich eine zuverlässige Spur gefunden, aber du warst noch schneller. Ich kann Pferde mieten und zu eurer Farm reiten oder euch auf halbem Weg treffen.«

»Ich will hier nicht länger bleiben als unbedingt nötig. Ich bin überzeugt davon, dass die uns jagen, wir müssen uns also beeilen. Wir schlafen ein paar Stunden und gehen dann wieder.«

»Gut, haltet euch nach Westen, bis ihr an den Banai kommt. Egal, wo genau ihr gerade seid, diesen Fluss könnt ihr nicht verfehlen, den muss man auf dem Weg nach Parseldon überqueren. Flussaufwärts gibt es eine Brücke mit einem Gasthaus auf der anderen Seite. Dort werde ich euch treffen.«

Ich kann das alles noch nicht richtig glauben. Morgen sehen wir vielleicht Griffon wieder. Wie er leibt und lebt. Zum Anfassen. Ich werde ihn umarmen können. Mit ihm reden. Ihn ablecken.

Also letzteres vielleicht nicht in Gegenwart von Sophie...

Tief in meinem Innern schnurrt die Katze. Griffon ist zwar selbst kein Katzenmensch, aber sie hat ihn sich auserkoren, genau wie die anderen beiden Männer. Und das bedeutet viel. Ich hätte nie gedacht, dass mein

Panther irgendeinen Gefährten auf Dauer akzeptieren würde, erst recht nicht drei von der Sorte. Diese große Katze ist dafür viel zu unabhängig und einzelgängerisch. Nun, anscheinend nicht mehr.

»Ich kann's kaum erwarten, dich wiederzusehen«, sagt er leise. »Das hat viel zu lange gedauert.«

Ich muss schlucken. Mein Hals ist wie zugeschnürt. Die ganzen Quälereien müssen in meinem Kopf auch Schaden angerichtet haben. Ich bin einfach zu emotional. Die Mauern, die ich einmal um meine Gefühle errichtet hatte, sind kaum noch vorhanden. Ich bin verwundbar geworden, und das gefällt mir nicht.

»Bis bald«, krächze ich. »Wenn wir in dem Gasthof nicht bleiben können, hinterlasse ich dort eine Nachricht.«

»Wer ist wir?«

»Meine Schwester und ich.«

Fühlt sich toll an, das sagen zu können. Sophie scheint das genauso zu sehen, denn sie lächelt mich an, ihr gesundes Auge strahlt vor Freude. Sie hat endlich ihre wahre Familie gefunden, und das waren nicht die Sirenen, die vorgaben, ihre Eltern zu sein, sie in Wirklichkeit aber für ihre Zwecke missbraucht haben. Wenn ich sie so ansehe, ist mir aber auch klar, dass sie auffallen wird, wenn wir uns erst einmal unter Menschen befinden werden. Wir müssen irgendwie ihr mechanisches Auge abdecken, vielleicht mit einer Augenklappe, sonst wird sie zu viel Aufmerksamkeit erregen.

»Deine Schwester! Freut mich, dass du sie auch rausgeholt hast. Wie heißt sie?«

»Sophie. Sie hat sich diesen Namen selbst gegeben, und hat sich auch selbst für Lila als ihre Lieblingsfarbe entschieden. Und sie liebt Rhabarberkuchen. Und sie sieht genauso aus wie ich in diesem Alter.«

Die Worte stürzen nur so aus mir heraus, als ungeordneter Schwall. Ich sollte besser auflegen, bevor ich noch total die Kontrolle verliere und Dinge sage, die ich lieber für mich behalten möchte.

»Wann wirst du an dem Gasthof ankommen?«, frage ich.

»Am späten Nachmittag, vielleicht auch schon früher, das hängt davon ab, wie schnell ich ein paar Pferde finden kann. Braucht Sophie ein eigenes?«

»Nein, sie kann mit mir reiten. Sie ist klein genug.«

»Ich kann aber alleine reiten«, protestiert Sophie. »Meine Mutter hat mich zu den Ställen mitgenommen und es mir beigebracht.«

Ich lächele sie an. »Bestimmt, aber es geht schneller und ist sicherer, wenn wir es gemeinsam tun. Du darfst mir bald deine Reitkünste zeigen, versprochen.«

Das beruhigt sie, stelle ich dankbar fest. Aber mich wundert, dass sie gerne reitet. Ich mag das gar nicht, und die Pferde unter mir auch nicht. Sie spüren, dass ich kein reiner Mensch bin, wissen instinktiv, dass da ein Raubtier auf ihrem Rücken sitzt. Jetzt ist das allerdings die schnellste Fortbewegungsart, mal abgesehen von der Bahn. Wir könnten die Pferde auch vor einen Wagen spannen, aber das würde uns langsam machen, und wir müssten auf den Straßen bleiben. Also kommt nur Reiten in Frage. Die Zugfahrt heben wir uns auf für eine andere Gelegenheit, wenn wir nicht gerade von Mutanten und ihren Herren, den Sirenen, gejagt werden.

»Also zwei Pferde. Das dürfte nicht allzu lange dauern. Achte auf dich Kat, verstanden? Geh keine Risiken ein. Ich will dich nicht noch einmal verlieren, besonders jetzt, wo du so nah bist.«

»Keine Angst, ich will mich nicht wieder fangen lassen. Bis wir an der Brücke sind, halten wir uns fern von irgendwelchen Siedlungen. Halt uns einen Platz frei und bestell schon mal ein Bier, wenn du vor uns da bist. Nein, für Sophie lieber einen Apfelsaft. Sie ist wohl noch zu jung für etwas Stärkeres.«

Sie wirft mir einen beleidigten Blick zu, aber ich werde den Teufel tun und ihr Alkohol geben. Mein Verantwortungsgefühl lässt mich sicher manchmal im Stich, aber selbst ich weiß, dass man Kindern keine bewusstseinsverändernden Drogen verabreichen sollte. Katzenminze mal ausgenommen. Mit der mache ich sie bekannt, sobald wir wieder zu Hause sind.

»Pass auf dich auf«, wiederholt er noch einmal und beendet das Gespräch. Ich starre einen Moment lang auf den Hörer in meiner Hand. In meinem Kopf schwirrt es vor Glück und Sorgen. Wie ich mich und den Zufall kenne, wird man uns ein paar hundert Meter vor der Brücke wieder einfangen. Vielleicht sehe ich sogar noch Griffon aus der Ferne, bevor sie mich wieder einsperren. Ich balle meine Hände zu Fäusten. Nein, das lasse ich nicht zu.

»Griffon hört sich nett an«, sagt Sophie lächelnd. »Ich freue mich so darauf, ihn kennenzulernen.«

»Wenn alles gut geht, brauchst du darauf nicht mehr lange zu warten. Jetzt schlafen wir besser, damit wir morgen die meiste Zeit rennen können.«

Sie nickt und gähnt. Fast so niedlich wie eine junge Katze.

Während sie sich auf dem Sofa zusammenrollt, sehe ich noch einmal nach dem alten Mann. Er ist noch immer bewusstlos, atmet aber normal. Ich schließe mich also meiner Schwester an; es ist Zeit, eine Mütze voll Schlaf zu bekommen und davon zu träumen, in Griffons Armen zu liegen.

Ich befinde mich in einem weißen Zimmer. Nein, das ist kein Zimmer. Es ist weißer Raum, ohne Wände oder eine Decke. Alles ist weiß, so weit das Auge reicht. Ich bin mir sofort bewusst, dass dies ein Traum ist, aber das macht es nicht weniger unwirklich. Ich stehe auf weißem Grund, habe aber keinen Schatten. Ich kann nicht einmal sagen, ob ich auf festem Grund stehe oder auf etwas völlig anderem.

Eine vage Erinnerung sagt mir, dass ich hier schon einmal war, aber diese Erinnerung fühlt sich unecht an, so als sei sie nicht meine eigene. Ich hebe die Hand zu meinen Augen, um sie zu reiben und fühle kaltes Metall. Das bin nicht ich. Ich bin Sophie.

Befinde ich mich in ihrem Traum oder träume ich nur von ihr?

In der Ferne erscheint eine Gestalt. Es ist ein Mann, er trägt eine einfache Jeans und ein schwarzes Hemd, aber in diesem Meer aus Weiß sieht er so bunt aus wie ein Papagei, der in verschiedene Farbtöpfe gefallen ist.

Er bewegt sich geschmeidig, ist ein Raubtier wie ich. In dieser Welt gibt es keine Gerüche, ich muss mich also auf meine Augen verlassen und warten, bis er nah genug ist, dass ich seine Gesichtszüge erkennen kann.

Als er endlich da ist, weich ich automatisch einen Schritt zurück. Es ist der Siron. Lord Delaney. Sophies sogenannter Vater. Mir läuft ein Schauer über den Rücken, aber es ist nicht einmal mein eigener. Sophie hat Angst. Jetzt bin ich mir sicher, dass wir gemeinsam in diesem Körper stecken. Ich sende ihr ein paar beruhigende Gedanken und hoffe, sie kann sie fühlen, bevor ich meine Aufmerksamkeit wieder auf den Siron richte.

Er nähert sich vollkommen sorglos, scheint nicht zu ahnen, dass ich ihn jeden Moment anspringen und angreifen werde.

Ich habe diesem Mann nichts zu sagen, das würde nichts bringen. Ich möchte ihn nur leiden sehen. Ihn verletzen. Ihn vernichten. Ihm die Eingeweide herausreißen und ihn zwingen, sie zu essen. Ihm den Schwanz abbeißen, das Rückgrat brechen. Ich lecke mir die Lippen. Es ist Zeit, das hier zu beenden.

Ich springe, fliege in perfektem Bogen auf ihn zu, wandle mich auf halbem Weg in der Luft, aber bevor ich ihn nur berühren kann, werde ich von einer unsichtbaren Schranke zurückgeworfen. Ich lande mit Mühe auf allen vieren, nicht so sauber wie geplant, bin aber sofort wieder sprungbereit.

Der Siron grinst mich lauernd an, sagt aber nichts.

Sophies und mein eigener Ärger vereinen sich zu gehöriger Wut. Wir werden ihm das Grinsen aus dem Gesicht fegen.

Wir greifen erneut an, diesmal von unten, rennen direkt auf ihn zu, aber – da ist wieder etwas, das uns daran hindert, zu ihm vorzudringen. Diesmal sind wir aber besser vorbereitet und lassen uns nicht zurückwerfen.

Wir brüllen und schlagen nach der unsichtbaren Schranke. Sie ist so hart wie Glas, unsere scharfen Krallen hinterlassen darauf nicht einmal Kratzer. Wir fauchen voller Frust.

»Du hast gegen mich keine Chance«, sagt der Siron ruhig, aber mit deutlich drohendem Unterton. »Hattest du nie. Ich habe dich erschaffen. Ich habe dich erzogen. Ich habe dich gezähmt. Und so lange du unter meiner Kontrolle stehst, wirst du mich nie angreifen können.«

»Ich bin nicht unter deiner Kontrolle«, knurren wir.

»Bist du doch«.

Er hebt die Hand, und ein roter Blitz zischt zwischen seinen Fingern hervor. Ein Schmerz rast durch unseren Schädel, er kommt aus dem metallenen Auge. Denn auch nach unserer Wandlung blieb das künstliche Auge erhalten. Wir halten uns heulend vor Schmerzen den Kopf mit unseren Pfoten. Erinnerungen zeigen mir, dass dies schon oft geschehen ist. Deshalb hat Sophie auch Angst, sich zu wandeln. Immer wenn sie es getan hat, wurden ihr Schmerzen wie diese zugefügt. Oder noch Schlimmeres. Ihre Furcht durchdringt jetzt auch meinen Verstand, wie sehr ich auch versuche, diese Angst zurückzudrängen, sie droht mich zu überwältigen.

Durch all den Schmerz hindurch erkenne ich aber, dass es nur eine Möglichkeit gibt, ihn zu beenden. Ich muss das mechanische Auge loswerden. Ich bitte Sophie telepathisch um Erlaubnis. Sie zögert. Das hat sie schon versucht, aber nicht geschafft. Es hat die Qualen nur verschlimmert. Aber diesmal ist sie nicht alleine. Wir sind zusammen hier. Schwestern, die nicht nur Blutsverwandtschaft verbindet.

Sie ist einverstanden. Wir kämpfen gegen den Schmerz an, bewegen unseren Pfoten langsam auf das Auge zu. Fahren die Krallen aus.

Der Siron schreit, als sei er mit uns vereint, als wir das Auge herausreißen. Schmerzen, wie ich sie noch nie erlebt haben, rasen durch meinen Schädel, brennen von innen heraus. Aber das Auge fällt auf den weißen Untergrund und bespritzt ihn mit Blut. Es ist draußen, wir haben es geschafft.

Eine warme Flüssigkeit rinnt uns übers Gesicht, benetzt unser Fell. Wir wimmern vor Schmerzen, aber die sind jetzt von anderer Art. Sozusagen natürlicher. Von unserem eigenen Körper in seiner Qual hervorgerufen, nicht von dem Siron produziert. Und diese Erkenntnis lässt sie uns leichter ertragen. Sie werden vergehen. Es wird Heilung geben. Und dann sind wir frei.

»Das war ein Fehler«, zischt der Mann. »Du bist jetzt nutzlos für mich. Vorher wäre es mir noch wichtig gewesen, dich lebendig zu fangen. Aber jetzt werde ich ein Kopfgeld auf dich aussetzen. Auf deinen toten Kopf.«

Ich würde gerne auf ihn losgehen. Ich weiß instinktiv, dass es jetzt funktionieren würde. Die Schranke wird nicht mehr da sein. Aber aus der leeren Augenhöhle läuft noch immer Blut, und mit ihm rinnt auch meine Kraft davon.

Der weiße Raum färbt sich außen rot. Ich blinzele verwirrt, und als ich das gesunde Auge öffne, ist der Siron verschwunden. Wir sind alleine. Bluten Rot über das ganze Weiß.

Trotz der Schmerzen muss ich lächeln.

Wir sind frei.

KAPITEL ELF

Ich wache nach Luft ringend auf und springe aus dem Sessel, in dem ich eingeschlafen war. Der Traum ist mir noch deutlich in Erinnerung und damit auch die Sorge um Sophie. Sie hat sich von mir weggedreht, ihr Körper ist zu einem Ball zusammengerollt. Sie sieht aus, als würde sie schlafen, aber ihr Herzschlag verrät sie.

»Sophie, dreh dich mal um«, bitte ich sie.

Sie wimmert nur. Ich trete rasch an ihre Seite und zwinge sie sanft, mir ihr Gesicht zu zeigen.

Das mechanische Auge ist verschwunden. Wo es einmal gesessen hat, gähnt ein tiefes Loch, fruchtbar anzuschauen.

Scheiße. Wie konnte der Traum denn nur Wirklichkeit werden?

Anders als im Traum blutet sie aber nicht stark.

Sicher, ein Rinnsal läuft noch über ihr Gesicht, lässt aber immer mehr nach. Bei ihr heilt alles schnell, wie bei jedem jungen Wandler. Ich bezweifle, dass das Auge nachwachsen wird, aber zumindest die Wunde wird sich schließen. Wenn wir ihr dann ein Glasauge einsetzen, wird sie wie ein normales Kind aussehen. Zum ersten Mal, seit man ihr dieses scheußliche Teil eingepflanzt hat.

»Wie fühlst du dich?«, frage ich sanft.

»Komisch. Als ob etwas fehlen würde.«

Ich lache beinahe hysterisch auf. Ja, klar, da fehlt ganz bestimmt etwas. Jeder Dorftrottel könnte dir das sagen.

»Wie sehe ich aus?«

Ich lächle sie an und hoffe, das wird ihr die Angst etwas nehmen. »Wie ein richtiger Krieger, der gerade eine große Schlacht geschlagen hat. Das wird verheilen, keine Sorge. Tut's sehr weh?

»Ist schon gut.«

Nein, bestimmt nicht, aber sie ist tapfer. Wie jede richtige Katze, lässt sie sich Schmerzen nicht anmerken. Das ist in der Wildnis eine Notwendigkeit, wo Freund oder Feind eine Schwäche sofort ausnutzen könnten.

»Ich hol mal ein nasses Tuch, und vielleicht ist im Gefrierfach noch ein bisschen Eis. Mach die Augen zu, damit kein Dreck in die Wunde kommt.«

Ich finde nur einen einzigen sauberen Lappen unter dem Abwaschtisch und habe keine Zeit, noch woanders zu suchen. Das muss genügen. Ich nehme einen Beutel gefrorene Erbsen aus dem Gefrierfach und hoffe, dass die Verpackung sauber genug ist. Auf jeden Fall ist der Gefrierschrank des Alten in besserem Zustand als sein verschimmelter Kühlschrank.

Als könnte er Gedanken lesen, ruft der Alte plötzlich aus dem Schlafzimmer. Der Knebel verhindert, dass man Worte verstehen kann, aber er ist hörbar unzufrieden. Ich seufze und gehe zu Sophie zurück. Sobald ich das Wohnzimmer betrete, wandelt sich ihr schmerzverzerrtes Gesicht wieder zu einer neutralen Maske. Braves Kind. Sie ist noch stärker, als ich dachte.

Ich säubere ihr blutverschmiertes Gesicht und das Augenlid so gut ich kann, vermeide aber, die Augenhöhle zu berühren, wo das künstliche Auge gesessen hat. Der Lappen ist sicher nicht frei von Keimen, und das könnte zu einer Infektion führen. Außerdem hat der Heilungsprozess schon begonnen. Es sickert fast kein Blut mehr hervor, ich presse aber dennoch die Packung gefrorener Erbsen dagegen, um den Rest der Blutung zu stoppen.

Sophie legt ihre Hand auf meine. Sie zittert ein wenig, aber nur so schwach, dass die meisten Menschen das nicht bemerkt hätten.

»Kümmere dich um den alten Mann«, flüstert sie. »Mir geht's gut.«

Ich bin zwar nicht überzeugt davon, aber das Schreien geht mir so langsam auf die Nerven; nach einem letzten prüfenden Blick lasse ich sie alleine.

Der Mann hört auf zu schreien, sobald ich den Raum

betrete. Seine Augen sind aufgerissen und blutunterlaufen. Er versucht, zurückzuweichen, aber ich habe ihn zu gut gefesselt, als dass er sich bewegen könnte.

»Hhhhhrmnpppff.«

Ich ziehe die Augenbrauen hoch.

»Hhhhrrrmmm«.

Nö, kann nix verstehen. Aber ich sollte ihn erlösen. Er kann schließlich nichts dafür, dass er in einem Haus wohnt, das wir als Unterschlupf für die Nacht brauchten.

Ich mache noch einen Schritt auf ihn zu und genieße die Furcht in seinen Augen. Sollte ich eigentlich nicht, tue es aber trotzdem. Ich habe zu lange auf solch einen Moment warten müssen.

»Wenn ich den Knebel herausnehme, versprichst du, nicht zu schreien?«

Eine Sekunde lang blitzen Ärger und eine Spur von Widerstandswillen in seinem Gesicht auf, dann nickt er aber.

»Gut. Aber zunächst mal – du hast nichts zu befürchten. Ich werde dir nichts tun. Und leider werde ich dich auch nicht umbringen. So sehr mir auch danach ist, ginge das doch gegen den letzten Rest von Moral, der mir noch geblieben ist. Außerdem liegt da draußen noch ein kleines Mädchen in deinem Wohnzimmer. Ich will nicht, dass sie schon mitbekommt, wer ich eigentlich bin. Jedenfalls noch nicht.«

Ich halte einen Moment lang inne. Will ich wirklich, dass sie weiß, dass ich ein Auftragskiller bin? Will ich, dass sie in meine Fußstapfen tritt? Bei Klein-Kat war das anders. Da war mir gleich klar, dass sie ein Kind bleiben sollte, eine gute Ausbildung bekommen musste und dann hoffentlich ein relativ normales Leben führen könnte. Für die Zwillinge war der Zug abgefahren; denn, auch wenn sie momentan bei Tante Laura wohnen, möchte ich wetten, dass sie in Zukunft keiner legalen Tätigkeit nachgehen werden.

Sophie hingegen hat diese wilde Seite in sich, die sie zu einem ausgezeichneten Killer machen würde. Sie bräuchte noch ein wenig Training, klar, aber sie ist auf einem guten Weg. Wäre das aber richtig? Vielleicht sollte ich das mit Lilly besprechen. Sie hat ja auch auf ihre Art eine raubtierhafte Seite in sich, liebt es, mit Männer zu spielen wie mit einer Beute, aber sie hat höhere moralische Prinzipien als ich. Griffon vielleicht auch, er hat schließlich ebenfalls eine Schwester.

Der Mann räuspert sich. Ach ja. Die Gegenwart ruft. Die Zukunft muss warten.

»Wir werden bald von hier fortgehen«, erkläre ich. »Wir brauchten nur einen sicheren Ort für die Nacht. Sobald wir startklar sind, werde ich dich losbinden, und wir machen uns auf den Weg. Und es gibt keinen Grund, die Behörden zu informieren, sehe ich das richtig?«

Er nickt sofort, noch immer total verängstigt. Erstaunlich, dass er sich noch nicht eingenässt hat. Alte Leute haben doch schwache Blasen, oder? Aber der hier offenbar nicht.

Ich gehe zu ihm hinüber, und diesmal zuckt er nicht zurück. Ich entferne den Knebel und werfe ihn angewidert zu Boden. Menschlicher Speichel. Total nutzlos, der wird ja nicht einmal verwendet, um das Fell zum Glänzen zu bringen.

»Wasser«, krächzt er.

Ich starre ihn böse an. Er wagt es, etwas von mir zu fordern? Aber er hat Glück, auf seinem Nachttisch stehen eine Wasserflasche und ein Glas. Ich hätte nicht extra den Raum verlassen, um danach zu suchen, aber wo die Sachen schon einmal da sind, gieße ich ihm etwas Wasser ein und halte ihm das Glas an die Lippen.

Er verschüttet mehr als er trinkt, beschwert sich aber nicht. Braver Junge. Wäre sonst auch nicht gut für ihn gewesen.

Als er fertig getrunken hat, sieht er mich mit neu erwachtem Interesse an. Die Angst ist verschwunden, er scheint wieder mehr er selbst zu sein.

»Du hättest fragen können«, murmelt er mit heiserer, zittriger Stimme.

»Was?«

»Du hättest fragen können. Ich hätte euch bleiben lassen. War nicht nötig, mich zu fesseln. Und erst recht nicht, mich fast umzubringen.«

Hmm. Darauf weiß ich nichts zu sagen. Das hätte ich nicht erwartet.

»Wieso hättest du das getan?«

Er zieht die Augenbrauen hoch und mustert mich. »Du hast wohl nicht viel Positives in deinem Leben erfahren, mein Kind, oder? Wenn zwei junge Mädchen ein Bett für die Nacht brauchen, dann lasse ich sie doch selbstverständlich rein. Ich hätte euch sogar ein warmes

Essen gemacht. Habt ihr euch aus der Speisekammer bedient?«

Ich nicke, bin sprachlos.

»Gut so. Nehmt noch etwas für unterwegs mit. Ich werde euch nicht fragen, warum ihr hier seid oder wovor ihr weglauft, aber ich habe die Stimme des anderen Mädchens gehört. Sie klingt noch so jung. Ist das deine Schwester?«

Ich habe endlich meine Sprache wiedergefunden. »Das geht dich nichts an.«

»Keine Angst, ich werde niemandem sagen, dass ihr hier wart. Ich habe mit der Polizei sowieso schon genug Ärger. Als ich mich das letzte Mal beschwert habe, dass sie so korrupt sind, haben sie mir mein Vieh gestohlen. Jetzt habe ich nichts mehr.«

Ich habe weder Zeit noch Lust, ihn zu bedauern.

»Sind das da meine Hosen?«

Er zeigt mit dem Kopf auf meine neue Kleidung.

»Die willst du hoffentlich nicht wiederhaben.«

»Nein, kannst du behalten. Aber wenn du auf den Dachboden hochgehst, findest du was Passenderes. Da stehen zwei Truhen mit Frauenkleidern, kannst dich bedienen. Meine Margarete braucht sie schließlich nicht mehr.«

»Deine Frau?«, frage ich, nun doch neugierig.

»Tochter. Ein junger Landarbeiter kam hierher, als sie sechzehn war. Zwei Monate später sind sie weggelaufen. Hab sie nie wiedergesehen. Sie haben mir ihren Ehering geschickt, nachdem sie bei der Geburt ihres Kindes gestorben ist. Dann hat sich herausgestellt, dass ihr Mann in fragwürdige Geschäfte verwickelt war. Hatte Schulden bis über beide Ohren und konnte sich keinen Arzt leisten, als bei meiner Tochter die Geburt nicht glattging. Eines Tages wird ihn sein Schicksal ereilen, diesen Dreckskerl.«

»Das hoffe ich auch.«

»Machst du mich jetzt los? Ich könnte euch ein Frühstück machen. Sie haben mir zwar meine Kühe weggenommen, aber die Hühner sind noch da, und die legen viel zu viele Eier, die kann ich nicht alle alleine essen.«

Ich erinnere mich an den Geruch der Hühner gestern. Zugegeben, ich war in Versuchung, eines davon zu schlachten, möglichst während ich gewandelt bin, aber ein Omelette klingt auch gut.

»Falls du wegläufst oder um Hilfe schreist, bring ich dich um«, warne ich ihn.

Er grinst vorsichtig, zeigt mir dabei etliche Zahnlücken. »Daran habe ich nicht den geringsten Zweifel.«

Ich habe ihn unterschätzt. Der Zustand der Küche ließ nicht auf diese exzellenten Rühreier schließen. Ich lasse ihn nicht aus den Augen, traue seiner Rolle als Guter Samariter noch nicht so recht. Wer hilft schon anderen einfach so, besonders, nachdem diese anderen ihn halb erstickt, gefesselt und eine ganze Nacht lang geknebelt haben. Ich erwarte immer noch, dass er zum

Telefon rennt, die Polizei alarmiert oder – schlimmer noch – ein paar Sirenen aus seinem Bekanntenkreis holt. Die meisten Menschen sind sich ihrer Gegenwart ja gar nicht bewusst, ich schließlich auch nicht vor dem Kindler-Fall, aber hier in der Nähe von Parseldon könnte das anders sein. Jede Wette, dass die meisten Politiker und reichen Leute in dieser Gegend Sirenen sind.

Ich lasse ihn durch Sophie bewachen, während ich den Dachboden durchforste. Seine Tochter hatte ungefähr meine Größe, es gibt aber auch noch kleinere Kleidungsstücke, wahrscheinlich aus ihrer Kindheit. Keine Ahnung, warum er die aufgehoben hat, aber das kommt uns entgegen. Als Bauerntochter hatte Margarete hauptsächlich praktische Kleidung, und ich schnurre in mich hinein, als ich sogar ein paar lederne Leggings entdecke – genau solche, die ich am liebsten trage. Zusammen mit einem Karohemd und abgetragenen, aber bequemen Stiefeln könnte ich so glatt als ortsansässige Bäuerin durchgehen. Ich finde sogar einen Strohhut für Sophie, der helfen könnte, ihr Auge zumindest teilweise zu verdecken. Es ist eigentlich nicht sonnig und warm genug für einen solchen Hut, aber sie ist schließlich ein Kind, und die Leuten könnten denken, sie habe ihn sich ertrotzt, weil sie ihn einfach aufsetzen wollte. Ich suche ihr ein paar lose sitzende Hosen und ein einfaches Hemd aus, damit sie nicht mit ihrer derzeitigen, viel zu teuren Kleidung auffällt.

Unten in der Küche hat sich Sophie zu dem alten Mann an den Küchentisch gesetzt und beobachtet ihn aufmerksam. Keiner von beiden spricht, aber sie scheinen sich in der Gegenwart des anderen wohlzufühlen. Komische Typen. Ich beobachte sie vom Türrahmen aus, bin seltsam berührt von diesem Bild des jungen Mädchens und des alten Mannes, wie sie sich dort gegenübersitzen. Ich habe kein schlechtes Gewissen für das, was ich mit ihm gemacht habe. Ich konnte schließlich nicht wissen, dass er uns freiwillig hätte bleiben lassen. Und an mir nagen immer noch Zweifel. Wenn wir hier weggehen, werden wir einige falsche Fährten legen müssen, falls er uns doch noch meldet. Das dauert zwar etwas, aber dank unseres gemeinsam durchlebten Albtraums sind wir sowieso früh dran.

Sophies Gesicht ist blau verfärbt, sie drückt aber den Erbsenbeutel nicht mehr auf das Auge. Der blutige Lappen liegt auf dem Tisch.

»Hast du eine Sonnenbrille?«, frage ich, und der Mann schreckt hoch. Sophie blinzelt nicht einmal. Klar, sie hat meine Anwesenheit gespürt. Ihre Sinne sind gut entwickelt, auch wenn sie noch nie wirklich jagen war.

»Ich könnte da irgendwo noch eine alte liegen haben. Ich benutze keine mehr, meine Augen sind inzwischen so schlecht geworden, dass ich es nicht dunkler brauche. Wieso? Es wird heute nicht sehr sonnig werden. Die Vorhersage hat Regen angekündigt.«

Ich deute mit dem Kopf auf Sophie, und er versteht.

»Ach so. Ich schau mal nach.«

Ich beobachte ihn, folge mit den Augen jeder seiner Bewegungen, als er durch verschiedene Schubladen wühlt, bis er schließlich eine altmodische Sonnenbrille findet. Damit wird Sophie unmöglich aussehen, aber die

Leute werden hoffentlich denken, sie sei blind und sich nicht weiter darum scheren. Diese Lektion haben wir bei der Meute gelernt. Kinder mit einer Behinderung werden entweder angestarrt oder ignoriert. Und falls sie sie anstarren, werden sie lediglich ein armes Bauernmädchen sehen, das sich keine hübschen Kleider und nicht einmal eine Brille in der richtigen Größe leisten kann.

Nachdem wir nun dieses letzte Stück unserer Ausrüstung hinzugefügt haben, können wir losmarschieren. Unsere Rucksäcke sind mit Proviant vollgestopft, den wir hoffentlich gar nicht brauchen werden, wenn wir tatsächlich heute Abend Griffon treffen. Aber Vorsicht ist die Mutter der Porzellankiste. Der Alte schaut auf seinen Rucksack und macht Anstalten, etwas zu sagen, entscheidet sich dann aber dagegen. Gut für ihn. Wenn er ihn zurückgefordert hätte, wäre das bei mir nicht gut angekommen. Er kann von Glück sagen, dass er nicht mehr festgebunden ist. Einen Moment lang überlege ich, ob ich ihm nicht besser die Hände fesseln soll, damit er ein paar Stunden braucht, sich zu befreien, aber Sophie fasst schon meine Hand und sieht mich in freudiger Erwartung an.

»Jetzt treffen wir bald Griffon.«

Ich schaue sie an und erwidere ihr Lächeln. »Ja, bald. Bist du bereit loszulaufen?«

Sie nickt. Ein blauer Fleck breitet sich unter der dunklen Sonnenbrille aus, aber niemand würde vermuten, dass sie in der Nacht ein Auge verloren hat, wenn auch ein mechanisches.

Ich setze den Rucksack auf und werfe einen letzten Blick auf den alten Mann.

»Wenn du uns verrätst, komme ich zurück und bring dich um.«

Er lächelt. »Gute Reise.«

KAPITEL ZWÖLF

Wir gehen zuerst nach Norden und hinterlassen dabei gut sichtbare Spuren im schlammigen Boden der Felder. Die Sonne geht gerade erst über dem Horizont auf, aber dicke Wolken verhindern, dass erste zögerliche Sonnenstrahlen den neuen Tag ankündigen. Es riecht nach Regen, auch wenn die ersten Tropfen noch nicht gefallen sind. Es kann sich allerdings nur noch um Minuten handeln, bevor die Wolken ihre Fracht entladen.

Nach einer halben Stunde erreichen wir einen kleinen Bach, dessen Wasser uns nur bis an die Waden reicht und der nicht schnell fließt. Perfekt.

»Zieh die Schuhe aus«, weise ich Sophie an und steige selbst aus meinen Stiefeln. Sie tut es, ohne Fragen zu stellen.

Das Wasser ist eiskalt und lässt die letzten Reste an Müdigkeit verfliegen. Ich habe nicht genug geschlafen, aber ich bezweifle, dass ich heute Nacht sehr viel mehr Schlaf bekommen werde, nicht, wenn Griffon da sein sollte. Wir haben viel nachzuholen. Ohne Sophie und vorzugsweise in einem Schlafzimmer.

Wir waten durch das kalte Wasser, bis ich sicher bin, etwaige Verfolger ausreichend abgehängt zu haben. Jetzt bin ich froh, die Decke mitgenommen zu haben, die kann man gut als Handtuch verwenden. Denn mit nassen Füßen sind Blasen vorprogrammiert. Nachdem wir unsere Schuhe wieder angezogen haben, wenden wir uns nach Westen, weiter über Felder, die kaum enden wollen. Die Landschaft ist so eintönig, dass ich beim Gehen beinahe einschlafe.

Sophie ist heute sehr still. Sie hat noch keine einzige Frage gestellt, was mir etwas Sorge bereitet. Gestern war sie das genaue Gegenteil.

»Tut das Auge weh?«, frage ich, nachdem wir uns eine Stunde lang angeschwiegen haben.

»Ist alles in Ordnung.«

»Danach habe ich nicht gefragt.«

Sie schnaubt. »Ein bisschen, aber das macht nichts. Die Wunde hat sich schon zu weit geschlossen, man kann das Auge nicht wieder einsetzen.«

Überrascht bleibe ich stehen und drehe mich zu ihr um. »Warum zum Teufel würdest du es wieder einsetzen wollen?«

Sie öffnet die Hand und zeigt mir ihr mechanisches Auge. Sie muss es die ganze Zeit über mit sich herumgetragen haben. Ich dachte, sie hätte es weggeworfen, nach allem, was sie damit erlebt hat, aber stattdessen hat sie es nicht nur behalten, sondern betrachtet es jetzt auch mit einer gewissen Sehnsucht. Dummes Ding.

»Ich kann nicht richtig sehen«, sagt sie beinahe herausfordernd. »Und damit könnte ich es wieder. So werde ich nie wieder richtig sehen können. Du kannst mir schließlich kein neues Auge wachsen lassen. Jetzt hab ich nur noch eins, und das finde ich total blöd.«

Würde mich nicht überraschen, wenn sie mit dem Fuß aufstampfen und sich in einen richtigen Trotzanfall hineinsteigern würde. Sie steht dicht davor. Aber dies ist weder der richtige Zeitpunkt noch der richtige Ort dafür. Egal, wie traumatisierend das alles für sie sein muss.

»Hat dir das etwa gefallen, dass man dir wehgetan hat? Dass man dich kontrolliert hat? Hast du gern andere Leute verletzt, weil sie dich dazu gezwungen haben? Nein? Dann beklag dich nicht. Ich weiß, dass das alles schrecklich ist, aber nicht so schlimm wie vorher.«

»Dir fehlt ja auch kein Auge«, wirft sie zurück. »Du hast noch beide. Vielleicht sollte ich dir eins auskratzen, damit du weißt, wie das ist.«

Wow, das hat sich ja schnell gesteigert. Ich könnte jetzt eine längere Diskussion mit ihr anfangen, aber wir können hier nicht bleiben. Die Mutanten von Lord Delaney könnten uns auf der Spur sein. Wir müssen das Gasthaus und damit Griffon sobald wie möglich erreichen.

»Vielleicht gibt es eine Möglichkeit, dir zu helfen.«, sage ich so ruhig ich kann. »In Attenburg können wir dich zum Arzt bringen. Und heute Abend kann Griffon sich um dich kümmern. Er hat doch Medizin studiert, weißt du noch?«

Ihr mürrischer Gesichtsausdruck weicht ein wenig. »Kann ich dann wirklich wieder richtig sehen?«

Ich versuche, mir einzureden, dass das möglich sein könnte. Ich will sie meine Zweifel nicht spüren lassen, überzeuge mich innerlich also selbst mit aller mir zur Verfügung stehenden Kraft.

»Es gibt da ganz tolle Wissenschaftler und Ärzte. Und wir wissen ja beide schon, dass es mechanische Augen gibt. Vielleicht kann man dir eines einsetzen, dass dann aber nur dir gehört, durch das niemand anderes sehen kann, was du siehst oder dich auf irgendeine Art kontrolliert. Wir werden eine Möglichkeit finden, das verspreche ich dir. Aber wir müssen erst nach Hause gehen. Dann können wir weitersehen. Einverstanden?«

Sie blickt mich forschend an, als wolle sie feststellen, ob ich die Wahrheit sage. Wenn mich ein Mensch anlügt, kann ich das normalerweise riechen, bei Wandlern ist das schwieriger, aber nicht unmöglich. Diese Fertigkeit werde ich ihr zu Hause ganz bestimmt beibringen. Ich will ihr überhaupt so Vieles weitergeben. Sie muss so viel nachholen. Zum Glück kann sie von Ryker alles lernen, was zum Katzendasein dazugehört. Er ist eine Autorität auf diesem Gebiet, hat schließlich sein Leben lang als Katze gelebt.

»Einverstanden.« Sie lächelt mich unsicher an. »Aber wenn du gelogen hast, kratze ich dir beide Augen aus.«

»Abgemacht. Aber jetzt müssen wir weiter, wir wollen

doch nicht zu spät zu unserer Verabredung mit Doktor Griffon kommen.«

Zu meiner Überraschung nimmt sie meine Hand. Sie liegt so klein in meiner und erinnert mich daran, wie jung sie noch ist. Sie scheint so oft älter zu sein als ihre Jahre, aber ich muss das immer bedenken. Sie ist nicht so stark, wie sie vorgibt.

Wir gehen schweigend weiter, aber jetzt ist es keine belastende Stille mehr. In Gedanken überlege ich, wie ich Griffon begrüßen werde, wenn wir uns endlich wiedersehen. Sage ich einfach »Hallo«? Reicht das? Oder greife ich ihn mir und küsse ihn? Oder werden wir fremdeln? Wird die Chemie zwischen uns noch stimmen?

Ich trete in ein Erdloch und falle beinahe hin. Verdammte Kaninchen, die überall ihre Löcher graben. Aber sie holen mich auf den Boden der Tatsachen zurück. Ich muss mich auf die Umgebung und mögliche feindliche Annäherungen konzentrieren. Wir befinden uns noch nicht in Sicherheit, auch wenn ich das noch so gerne glauben würde. Es ist keine Entspannung möglich, bevor wir nicht wieder in Attenburg sind. Und selbst dann...

Ich seufze, als mir die Realität so richtig bewusst wird. Solange Delaney und die anderen Sirenen da draußen ihr Unwesen treiben, werde ich nie in Sicherheit sein. Und meine Familie auch nicht.

Sobald ich wieder zu Hause bin, müssen wir Pläne schmieden. Kein Verstecken mehr. Keine

Verteidigungsstrategie. Es wird Zeit, dass wir in die Offensive gehen und sie ein für alle Mal besiegen.

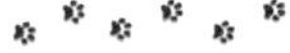

Der Fluss ist größer als gedacht. Er ist so breit, dass er mehr wie ein See aussieht und weist eine Strömung auf, die zu stark ist, als dass man zur anderen Seite schwimmen könnte. Wobei das von mir nie geplant war. Wir nehmen die Brücke, wie Griffon gesagt hat.

Wir machen eine kurze Pause und öffnen eine der Corned-Beef-Dosen, die wir aus der Speisekammer des alten Mannes mitgenommen haben; dann geht's weiter. Sophie ist nach wie vor sehr still, aber nicht so sehr, weil sie sich über mich ärgern würde als vielmehr, weil sie in Gedanken vertieft ist. Ich lasse sie in Ruhe. Sie wird schon reden, wenn sie soweit ist.

Wir müssen weiter flussabwärts laufen, als ich gehofft hatte. Nach vielen Stunden temporeichen Marschs sehen wir noch immer keine Brücke. Ich frage mich langsam, ob wir uns in der Richtung geirrt haben. Hätten wir links statt rechts gehen sollen, als wir den Fluss erreichten? Griffon wusste schließlich nicht genau, wo wir waren, er könnte einen Fehler bei seiner Wegbeschreibung gemacht haben.

Wir haben keine Wahl, müssen dem Fluss weiter folgen. Vor ungefähr einer Stunde haben wir das unwegsame Dickicht hinter uns gelassen und sind auf einen kleinen Pfad gestoßen, auf dem wir schneller vorankommen. Außerdem sind unsere Fußspuren hier nicht leicht auszumachen. Hier sind schon viele Leute gelaufen; die jüngsten Geruchsspuren sind erst ein paar Stunden alt. Wenn wir weiter rennen, könnten wir sie vielleicht einholen; aber ich will nicht zu viel Energie verschwenden. Vielleicht werden wir noch vor Einbruch der Nacht in einen Kampf verwickelt, wer weiß. Deshalb gehen wir nur schnellen Schrittes und rennen nicht mehr. Ich wünschte, wir könnten uns wandeln, dann kämen wir schneller voran, aber das wäre zu riskant. Ich weiß außerdem nicht, was geschieht, wenn ich Sophie zur Wandlung auffordere. Vielleicht wird sie dann wild, und das würde uns mehr Zeit kosten als dieses menschliche Schritttempo.

Andererseits könnte ich mich wandeln und sie auf meinem Rücken reiten lassen. Das hat noch nie jemand getan. Ich bin schließlich kein Pferd. Aber sie ist meine kleine Schwester und so langsam am Ende ihrer Kräfte. Diese Erfahrungen hat sie sicher noch nie machen müssen – fast kein Schlaf, Verlust eines Auges, zwei Tage lang beinahe ununterbrochen rennen; tja, kein Wunder, dass sie langsamer wird.

»Sag mir, wenn du noch eine Pause brauchst«, biete ich ihr an, aber sie nimmt davon keine Notiz. Sie läuft sogar schneller, wie um mir zu zeigen, dass ich mich irre. Tolles Mädchen. Ich lächele, sage aber nichts.

Allmählich verengt sich der Flusslauf und ähnelt eher einem Fließgewässer als einem See, hat aber auch eine stärkere Strömung. Weißer Schaum zieht sich an den sandigen Ufern entlang und bedeckt die vom Wasser rund gewaschenen Steine.

Ein Geräusch durchdringt die Stille, und ich bleibe sofort stehen und hebe die Hand, um Sophie aufmerksam zu machen. Sie nickt mir kurz zu, hat es auch gehört. Das Knacken eines Zweiges unter dem Gewicht von etwas Schwerem. Etwas, das kaum ein Tier sein könnte, höchstens ein Bär – aber die gibt's meines Wissens nicht in diesem Teil der Welt.

Ich kauere mich auf den Boden nieder und bedeute Sophie, es mir gleichzutun. Zu beiden Seiten des Pfades wächst hohes Gras, das sollte uns Deckung bieten. Ich mobilisiere meine Sinne, um herauszufinden, wer dieses Geräusch verursacht hat. Männliche Stimmen werden vom Wind zu uns getragen, aber zu weit entfernt, um Worte verstehen zu können. Es könnte Mutanten sein, die auf der Suche nach uns sind oder einfache Reisende. So sehr ich auch auf letztere hoffe, ich kann kein Risiko eingehen.

So leise ich kann, setze ich den Rucksack ab und ziehe die Messer hervor. Die Axt trage ich schon in einer Hülle um die Hüfte gebunden, aber ich bin geübter mit den Messern und kann sie sowohl zum Werfen wie auch Stoßen einsetzen. Und Aufschlitzen. Und Ritzen. Und Foltern. Und Drohen. Deshalb liebe ich sie. Ich könnte auch versuchen, die Axt zu werfen, habe das aber noch nie getan. Sie lässt sich wohl hauptsächlich zur Abschreckung einsetzen. Sieh dir diese tolle, scharfe Axt an und renne, bevor ich dir den Kopf abhacke. Oder so ähnlich.

Auch Sophie nimmt ein Messer. Sie hält es komisch. Ich fürchte, sie könnte sich damit eher selbst verletzen als andere, sage aber nichts. Eine Waffe in der Hand wird ihr hoffentlich ein wenig das Gefühl von Sicherheit vermitteln. Ich kann ihre Furcht riechen. Sie versucht aber, tapfer zu sein, und ich werde ihr nicht zeigen, dass ich weiß, wie groß ihre Angst ist.

Wir verharren so und warten, ob sie näherkommen oder verschwinden. Leider folgen sie demselben Pfad, auf dem wir gekommen sind. Wir könnten uns im Gras verstecken, aber ehrlich gesagt, bin ich es leid, mich zu verstecken. Es sind nur zwei Männer. Mit denen sollte ich fertig werden können. Ich habe meine volle Stärke noch nicht zurückgewonnen, aber ich habe Waffen und bin verzweifelt. Verzweiflung ist ein guter Antrieb. Man muss immer vor denen Angst haben, deren Verzweiflung groß genug ist, dass sie bedingungslos Risiken eingehen.

Endlich werden ihre Stimmen hörbar.

»...süß. Ich kann's kaum erwarten, sie zu schmecken.«

»Was der Herr nicht weiß, macht ihn nicht heiß.«

»Er will nur die Kleine unverletzt zurück. Wir können sie KO schlagen und dann mit der anderen unseren Spaß haben.«

»Sie riecht zum Anbeißen. So schade, dass wir sie nicht schon im Haus vernaschen durften.«

Ich erschauere. Das sind ganz bestimmt keine einfachen Reisenden. Ich sehe Sophie an, ob sie das auch gehört hat. Ihre weit aufgerissenen Augen sagen alles.

»Das wird schon klappen«, flüstere ich. »Versteck dich im Gras. Ich werde mit denen fertig.«

Sie schüttelt den Kopf. »Ich werde kämpfen.«

KAPITEL DREIZEHN

Die Vorfreude auf das Töten ist meist besser als der eigentliche Kampf. Adrenalin rauscht durch meine Adern und beschwört die guten alten Zeiten herauf. Ich werde wieder ein Leben auslöschen. Gut, zwei. Ohne Bedauern oder andere Komplikationen. Herrlich. Genau das, was ich brauche. Gut, es wäre noch schöner, wenn ich in Bestform wäre und nicht halb verhungert, aber man kann nicht alles haben.

Ich konnte Sophie doch noch überreden, im hohen Gras Schutz zu suchen, indem ich ihr versprochen habe, sie könnte die anderen so besser überraschen. Hoffentlich überlegt sie es sich noch anders und bleibt in ihrem Versteck – aber sie ist meine Schwester. So schnell wird sie sich aus der Sache nicht heraushalten.

Ich bleibe an meinem Platz, geduckt, aber kampfbereit. Ich werde mich nicht länger verstecken. Werde ihnen die Stirn bieten. Heute bin ich kein Killer, sondern ein Krieger, der sich rächen wird. Meine Gefährten wären damit nicht einverstanden. Lilly auch nicht. Aber ich will ein bisschen Spaß haben, und ein solches Risiko einzugehen, ist mein Verständnis von Spaß. Außerdem brauchen die anderen davon nichts zu wissen. Und nicht zu vergessen – ich bin ihr Boss. Schließlich leite ich noch immer M.I.A.U., auch wenn ich lange und unfreiwillig abwesend war. Hoffen wir mal, dass sie die Firma am Laufen gehalten haben. Wir waren gerade dabei, uns in Attenburg einen Namen zu machen, besonders mit Hilfe von Lady Lara, die ja auf unserer Seite stand.

Die beiden Männer sind uns jetzt so nahe, dass ich sie riechen kann. Beide sind Mutanten, aber in ihrem Geruch ist ein erstaunlich hoher Anteil an menschlichen Komponenten enthalten. Bisher waren die Mutanten, mit denen ich es zu tun hatte, nicht besonders hell im Kopf, aber die beiden hier haben tatsächlich ein Gespräch geführt. Vielleicht wurde inzwischen eine intelligentere Unterart entwickelt. Was sie natürlich auch gefährlicher macht; andererseits sind sie sich ihrer Sache zu sicher und gehen zu selbstbewusst davon aus, dass sie uns fangen werden. Und ich weiß, dass sie nicht gerade sanft mit mir umgehen werden, mich wahrscheinlich sogar umbringen wollen. Das spornt mich an, ihnen zuvorzukommen und sie zu töten. Und wenn ich sie dabei ein bisschen leiden lassen kann, umso besser. Den einen töten, den anderen foltern. Soweit mein Plan.

Als sie noch circa fünfzig Meter entfernt sind, richte ich mich auf und gebe mich zu erkennen. Sie scheinen nicht im Geringsten überrascht zu sein. Ihre Sinne sind denen von Menschen überlegen, weit überlegen. Ich hoffe nur, sie empfinden Schmerzen auch eher wie Menschen. Sonst wäre das nur der halbe Spaß.

Ich lasse die Messer in meinen Händen wirbeln. Es sind Küchenmesser, längst nicht so scharf und gut austariert wie meine normalen, aber sie werden ihren Dienst tun. In den richtigen Händen ist auch ein stumpfes Messer eine hervorragende Waffe. Und ich verfüge über die besten Hände dafür. Sie wurden schließlich von früher Kindheit an trainiert.

Ich grinse sie an. Da kommt meine Beute. Ich muss sie nicht einmal jagen.

Der eine zieht ein langes Schwert hinter seinem Rücken hervor. Die Klinge ist auf der einen Seite gezackt, wie ein Brotmesser. Unschön. Der andere hat zwei Krummschwerter ähnlich denen, die ich einmal auf einer Auktion erstanden habe. Sie gefielen mir aber doch nicht so, wie ich erwartet hatte, und endeten als Dekoration an einer Wand.

»Wenn du gleich aufgibst, schlagen wir dich nur bewusstlos, und du kannst auf dem Rückweg zu unserem Herrn einfach schlafen«, ruft der eine. »Wenn nicht, wird's wehtun.«

Ich schenke ihnen mein süßestes Lächeln. »Wenn ihr jetzt aufgebt, wird's trotzdem wehtun.«

Sie zeigen mir beide mit einem wilden Grinsen die Zähne. Sie werden den bevorstehenden Kampf so sehr genießen wie ich selbst. Das macht mich beinahe froh. Sie werden glücklich sterben.

Ohne Vorwarnung kommen sie auf mich zugerannt. Meine Instinkte übernehmen, und plötzlich ist alles wie früher. Mein Körper bewegt sich in einer einzigen fließenden Bewegung, als ich zur Seite springe und gleichzeitig eines der Messer auf den linken Mutanten werfe. Er weicht ihm mit unglaublicher Schnelligkeit aus, aber es trifft ihn dennoch an der Schulter. Er grunzt, als es sich in sein Fleisch bohrt, er wird aber nicht langsamer. Er reißt es sich im Laufen heraus, das Blut spritzt nur so aus der Wunde. Was für ein Dummkopf.

Dann sind sie bei mir, und ich verliere aus den Augen, wen ich gerade schneide und wer am meisten blutet. Das Ärgerliche an der Sache ist, dass diese Mutanten fast genauso schnell heilen, wie ich sie verletze. Ihre Selbstheilungskräfte sind erheblich besser als meine, was bedeutet, dass ich aufpassen muss, damit ich nicht zu viel abbekomme. Alles andere als leicht, es steht schließlich zwei gegen eins. Sie sind Kolosse, dazu noch gut im Training, die ihre Waffen gebrauchen, als handele es sich um mit ihnen verwachsene Körperteile. Ich bin beinahe beeindruckt, hatte eher erwartet, dass sie nur brutale Kraft einsetzen. Aber sie arbeiten gut zusammen. Auch dafür zolle ich ihnen Respekt. Ich werde sie aber nicht gewinnen lassen.

Während sie beide mit ihren Schwertern auf mich zielen, lasse ich mich fallen und schneide ihnen die Kniesehnen durch. Sie heulen vor Schmerzen und der zu meiner Rechten wankt, hat eindeutig Schwierigkeiten, sich auf den Beinen zu halten. Ich lege mein ganzes

Gewicht auf meine Arme und trete ihm mit den Füßen genau an die Stelle, wo ich ihn geschnitten habe.

Er fällt auf die Knie, aber der andere Typ steht noch – und ist stinksauer. Sein Schwert saust durch die Luft, und ich kann gerade noch ausweichen. Fast. Die Klingenspitze hat mich an der Wange erwischt, aber der Schnitt ist nicht tief und tut nicht so weh, dass mich das ablenken könnte. Ich springe wieder auf die Füße und dann auf die Schultern des vor mir knienden Mannes. Er fällt um und gibt mir die Chance, ihm meine Messer über die Kehle zu ziehen. Aber er ist zu schnell und wirft mir seinen Arm in den Weg. Die Klingen schneiden bis auf den Knochen in sein Fleisch, sind aber nicht scharf genug, ihn zu durchtrennen. Das Blut läuft aus seinen Wunden, aber ärgerlicherweise lebt er noch.

Der andere Mann wartet nicht ab, bis ich nachgebessert habe. Er greift mich von hinten an, und ich verdanke es nur meinen gut geschmierten, maschinenartigen Reflexen, dass er mich nicht in zwei Teile haut. Ich springe von dem einen Kerl runter und konfrontiere den Schwert-Mann. Das Grinsen auf seinem Gesicht spiegelt meines wider. Wir haben beide unseren Spaß. Das Adrenalin in meinen Adern ist, als würde ich ein Bad in Katzenminze nehmen, wie eine süße Droge.

»Pass auf«, schreit Sophie plötzlich, aber zu spät. Eines der Krummschwerter schneidet in meine linke Pobacke. Er hat das beabsichtigte Ziel wohl verfehlt, es tut aber trotzdem höllisch weh. Nichts mit Sitzen im Gasthaus heute Abend.

Ich knurre und erhöhe meine Geschwindigkeit,

duelliere mich mit beiden Männern gleichzeitig. Mein linkes Bein fühlt sich ein bisschen taub an, ich bin nicht mehr so schnell wie vorher. Es zeichnet sich ab, dass ich im Nachteil bin. Die Beiden heilen einfach zu schnell. Wenn ich das hier beenden will, ohne noch mehr Federn zu lassen, muss ich ihnen die Köpfe abschneiden, wie ich das mit allen Mutanten in der Vergangenheit getan habe. Ich bezweifle, dass meine Messer dafür scharf genug sind, lasse also eines zu Boden fallen und ziehe die Axt aus meinem Gürtel.

Sie ist so schwer, dass ich jetzt weniger zielgenau operieren kann, dafür habe ich aber einen größeren Radius. Äxte werden wohl nie zu meinen Lieblingswaffen werden, aber es verschafft mir schon einige Befriedigung, die Klinge in die Brust des einen Mutanten zu hauen. Er heult auf wie ein Wolf und starrt die Axt an, die zwischen seinen Rippen steckt. Dann grinst er nur, ergreift den Schaft und zwingt mich loszulassen. Er reißt die Klinge aus seinem Fleisch, und ich beobachte schockiert, wie sich die Wunde zusammenzieht. Scheiße. Jetzt hat der meine Axt, und mir fehlt auch noch ein Messer.

Ich muss wohl meine Taktik ändern. In manchen Kämpfen ist es von Vorteil, kleiner zu sein, aber momentan bin ich dadurch im Nachteil. Ich muss größer werden.

Ich lasse auch das zweite Messer fallen und wandle mich, bevor es noch den Boden berührt hat.

Fell bricht aus meiner Haut hervor, während mein Körper seine Form ändert; das ist mit das schönste

Gefühl der Welt. Außer vielleicht in Katzenminze zu baden. Meine Fingernägel werden zu Klauen, und ich schlage nach dem am nächsten stehenden Mutanten, bevor die Beiden sich noch auf die neue Lage eingestellt haben. Meine Krallen dringen durch seine Haut wie Butter, ganz weich, äußerst befriedigend.

Der Geruch von Blut umgibt mich schlagartig, und meine innere Katze kämpft sich an die Oberfläche. Sie übernimmt das Kommando, und ich lasse sie gewähren. Sie war viel zu lange eingesperrt und hat sich das Spielen mit der Beute verdient. Die beiden Kerle scheinen nicht zu wissen, wie sie mit einem Panther kämpfen sollen. Im Schwertkampf waren sie gut, aber jetzt habe ich die Oberhand.

Ich werfe mich in die Luft und lande auf einem der beiden, bringe ihn zu Fall, bevor er zum Schwert greifen kann. Meine Kiefer umklammern seine Kehle und senken sich tief in seinen Hals. Ein befriedigendes Knirschen signalisiert mir, dass ich ihm das Rückgrat gebrochen habe. Ich werfe den Kopf von einer Seite zur anderen und ziehe dann, bis ich ihm die Kehle herausgerissen habe und nur noch ein blutiger Haufen vor mir liegt.

Das Blut füllt meinen Mund, und ich schlucke. Wohlgefühl breitet sich aus in Körper, Geist und Seele. Neu gewonnene Kraft lässt meine Muskeln spielen und mein Fell sich aufstellen. Ich bin stark. Und ich brauche mehr von diesem süßen Saft.

Der andere Mutant stößt einen Schlachtruf aus und stürzt sich auf mich. Ich wehre ihn mit der Pfote ab. Er wird mich nicht bei dieser köstlichen Mahlzeit stören. Ich lecke das Blut auf, das noch immer aus der Halsöffnung des Mannes strömt. Es ist warm, wie Tee, steigt aber zu Kopf wie guter Rotwein. Ich kann nicht genug davon bekommen.

Ich trinke und trinke, und auch, als mich im Rücken ein Schmerz durchfährt, achte ich nicht darauf. Ich kann schon spüren, wie die Wunde heilt; ein Vorgang, der durch die Macht des Blutes beschleunigt wird, das ich gerade aufsauge. Ich bin unbesiegbar. Ich bin stärker als je zuvor. Und ich werde den Kerl zerquetschen, der da gerade versucht, mir zu nahe zu kommen.

Ich schwinge herum und konfrontiere ihn, weiche mit Leichtigkeit seinem Angriff aus. Ich bin jetzt zwar groß, aber auch schnell und geschmeidig. Ich ziehe ihm meine Klauen über den Bauch und hinterlasse dort klaffende Wunden. Seine Eingeweide schauen hervor. Auch schmackhaft. Ich will sie essen. Sie aufsaugen wie Spaghetti.

Er hält sich mit der einen Hand den Bauch, gibt aber noch nicht auf. Und er ist jetzt verärgert. Nein, wütend. Er erkennt, dass er sterben könnte und ist verzweifelt. Er hat nichts mehr zu verlieren. Und so kämpft er auch. Wild, ungezähmt, ohne jede Rücksicht. Toll. Aber der Geruch seines Blutes gefällt mir noch besser. Das will ich haben. Es mit dem seines Freundes mischen und den Cocktail genießen.

Jetzt ist es kein Spiel mehr. Ich habe Hunger. Will das hier beenden und achte nicht darauf, dass sein Schwert mir die Sehnen am linken Vorderbein durchschneidet.

Ich verliere das Gleichgewicht, aber zu spät für ihn. Es ist um seine Kehle geschehen, noch bevor er schreien kann. Seine Augen weiten sich, starren mich erschrocken an, dann gehen die Lichter aus und sein Geist schwindet. Ich lasse den leblosen Körper zu Boden fallen und beginne mit dem Festmahl.

Am liebsten schlecke ich nur das Blut auf, aber die kleinen Stückchen darin stören mich nicht. Ist nur zusätzliches Eiweiß, oder? Und das braucht man ja.

»Kat, hör auf!«

Ich beachte den Ruf meiner Schwester nicht. Sie hat doch keine Ahnung, wie gut sich das anfühlt. Man hat mich ausgehungert, nicht nur den menschlichen Teil, sondern auch die Katze in mir. Ich brauche das jetzt. Brauche die Kraft und Stärke, die mit dem Blut der Mutanten in meinen Körper fließt. Ich schnurre voller Zufriedenheit. Das ist himmlisch. So könnte ich mir den Katzenhimmel vorstellen, falls er existiert. Brunnen, nein ganze Wasserfälle aus Mutanten-Blut. Bäume von Katzenminze, die bis in den Himmel aufragen. Katzenmilch – das Zeug, das die Menschen jungen Katzen geben – in großen Teichen. Spielzeuge in Panthergröße, die mit Katzenminze gefüllt sind. Und zum guten Schluss noch kleine Pappkartons, in die ich mich hineinquetschen kann.

Ohne weiter zu überlegen, lasse ich mich auf die Seite fallen und reibe mich am Gras. Das tut soooo gut. Jetzt müsste mich nur noch jemand zwischen den Ohren kraulen. Fest. Aber weil das kein anderer tut, benutze ich den toten Körper eines der Mutanten und reibe mich an ihm wie an einem Katzen-Kratzbaum. Ja, reib das Kätzchen.

Mit jedem Tropfen Blut, das ich aufnehme, wird die Katze in mir stärker, und der menschliche Teil rückt in den Hintergrund. Vernünftiges Denken ist unwichtig, solange es noch Mutanten-Blut und –Fleisch zu genießen gibt. Was zählt, ist einzig, meinen Hunger zu stillen.

Nachdem ich endlich zufriedengestellt bin, strecke ich meine langen Gliedmaßen und gähne. Zeit für ein Nickerchen. Aber nicht hier. Das ist alles zu offen, und ein nerviges Menschlein will auch noch was von mir. Ich beachte sie nicht. Ich habe keinen Hunger mehr, und sie hat viel zu wenig Fleisch auf den Rippen, um als Nachtisch zu dienen.

Ich schüttele meinen Pelz, entferne so etwas von dem Blut darin, und laufe dann weg vom Fluss. Rufe folgen mir, aber mich interessiert der Wald dort hinten viel mehr. Ich finde dort bestimmt einen Baum für ein entspannendes Schläfchen. Und dann werde ich auf die Jagd gehen. Jetzt, wo ich wieder das Blut von Mutanten gekostet habe, brauche ich mehr davon. Kann mir nicht vorstellen, mich mit kleinerem Getier zufrieden zu geben. Auf keinen Fall. Und falls ich keine Mutanten finde, dann nehme ich auch mit Menschen vorlieb.

KAPITEL VIERZEHN

Das Leben einer Katze ist nicht kompliziert. Schlafen, essen, schlafen – und dann das Ganze von vorne.

Der Wald ist voller Leben. Ich esse gelegentlich ein Eichhörnchen, aber sehne mich nach etwas Besserem. Ich war noch einmal an der Stelle, wo ich die Mutanten getötet habe, aber sie waren verschwunden. Ich habe sogar den Boden abgeschleckt, wo sie lagen und hoffte auf etwas mehr von diesem süßen, verführerischen Geschmack. Hatte aber kein Glück.

Der Mensch in mir weiß, wo ich noch weitere Mutanten finden könnte, verbirgt diese Kenntnis aber vor mir. Sie weigert sich, mit mir zu sprechen, deshalb habe ich sie zurückgedrängt und sie tief in meinem Innern weggesperrt. Erst war ich der Gefangene in ihr; jetzt haben wir die Rollen getauscht.

Ich genieße meine Freiheit. Menschen sind so kompliziert. Es langweilt mich, auch nur an ihre Probleme zu denken. Ich hätte schon längst die Kontrolle übernehmen sollen. Das ist für uns beide besser. In diesem Wald hier sind wir das größte Geschöpf in weitem Umkreis. Alle anderen liegen uns zu Füßen. Jeder von ihnen ist eine Mahlzeit.

Ich springe von dem Ast hinunter, auf dem ich mich ausgeruht habe und scheuere mich an der Rinde des Baumes. Tut das gut! Ist zwar nicht dasselbe, wie von einem Menschen gestreichelt zu werden, ist aber trotzdem sehr angenehm.

Ich habe Hunger, mir ist aber nicht nach einem Eichhörnchen. Ich brauche etwas Richtiges.

Ich stoße in mein Inneres vor, bis ich Kat erreicht habe. Sie starrt mich böse an. Es gefällt ihr nicht, im Dunkeln gelassen zu werden. Ich schnurre ein bisschen für sie, fast entschuldigend, aber nicht ganz.

Wo finde ich noch mehr von diesen delikaten Mutanten?

Sie stellt wieder ihre mentalen Schranken auf, und ich stehe draußen. Ich knurre. Das ist nicht sehr freundlich von ihr. Ich wollte doch nur wissen, wie ich noch mehr vom besten Essen im weiten Umkreis bekommen kann. Sie muss meinen Hunger spüren. Wenn sie die Oberhand hat, spüre ich ihre Wünsche ja auch. Die stehen zwar auf meiner Prioritätenliste nicht weit oben – ich ziehe es vor, zu dösen und die Welt an mir vorüberziehen zu lassen, bis ich bei einer Wandlung zum Vorschein kommen kann – aber ich merke sehr wohl, wenn sie Hunger hat. Vielleicht sollte ich hungern, bis sie mir das Geheimnis verrät, aber das klingt nicht sehr verlockend.

Ich könnte auch den Wald verlassen und mich nach der nächstgelegenen menschlichen Siedlung umsehen. Dort gibt es vielleicht ein paar Mutanten – und wenn nicht, schmecken Menschen auch gar nicht so schlecht. Kat hat mich nie einen fressen lassen, aber ich hatte schon ihr Blut und Fleisch im Mund, als ich sie getötet habe. Wäre eine schöne Abwechslung zu Eichhörnchen- und Rehfleisch. Und die Jagd würde auch mehr Spaß machen. Menschen sind nicht besonders schnell und haben keine Krallen, nicht einmal Hufe, mit denen sie sich verteidigen können, aber sie sind doch ziemlich schlau. Sie stellen Waffen her und zögern nicht, sie auch zu benutzen. Sie sind von Natur aus grausam. Besonders zu Mitgliedern ihrer eigenen Spezies. Einige der Dinge, die ich durch Kats Augen gesehen habe, ließen mich froh sein, kein Mensch zu sein.

Ich schüttele mich noch einmal und wende mich dann dem frischen Duft des Flusses zu. Menschen, hier komme ich.

Ich bin eine Gefangene. Schon wieder. Wenn das nicht so deprimierend wäre, würde ich darüber lachen. Bin gefangen von meiner eigenen Katzen-Seite.

Sie hat die Kontrolle übernommen, wie nie zuvor. Ist das die Bedeutung des Begriffs ‚verwildern‘? Muss wohl so sein. Lennox wurde wild, nachdem man sein Halsband entfernt hatte, aber er blieb nicht so lange ein Wolf, wie ich jetzt schon als Panther herumlaufe. Fünf Tage lang. Mir ist der Geschmack von Eichhörnchen so zuwider. Nach all dem werde ich Vegetarier werden. Oder zumindest nur noch Tiere essen, die mehr Fleisch haben und weniger Sehnen. Und weniger pelzig sind. Ich glaube, mir stecken noch Eichhörnchenhaare im Hals. Das wird ein episches Katzen-Gewölle werden.

Ich kann nichts weiter tun, als zuzusehen, wie meine Katze zu der Stelle am Fluss läuft, wo ich die Mutanten getötet habe. Wir waren schon einmal hier, aber diesmal wendet sie sich nach rechts und läuft flussaufwärts. Ich hoffe, Sophie hat es bis zum Gasthaus geschafft und Griffon gefunden. Ich war so nahe dran. Aber wieder einmal scheint sich alles gegen mich verschworen zu haben. Ein kleines bisschen Glück wäre eine zu große Abwechslung zu all dem Elend gewesen, das mir widerfahren ist. Ich hatte allerdings nicht erwartet, dass meine eigene Katze der Verräter sein würde.

Sie ist unberechenbar in ihrem ungezügelten Zustand. Ich glaube nicht, dass ich sie davon abhalten kann, Menschen zu töten, denen wir vielleicht begegnen. Und das ist schlimm. Man wird sie erwischen; Lord Delaney wird davon erfahren und er wird noch mehr Mutanten schicken. Ihr würde das gefallen, aber ich weiß es besser. Der köstliche Geschmack von diesen Kerlen ist es nicht wert, dafür wieder in Lord Delaneys Kerker zu landen. Das wäre noch schlimmer, als von meiner eigenen Katze gefangen gehalten zu werden. Die ja schließlich irgendwo ich selbst bin. Ich bin also in eigener Geiselhaft. Mein Leben ist einfach verrückt.

Wir stoßen auf immer mehr Geruchsspuren von Menschen. Die Brücke und der Gasthof müssen ganz in der Nähe sein. Ich sammle alle Energie, bin bereit, anzugreifen und meiner Katze die Kontrolle zu entreißen. Ich will nicht dafür verantwortlich sein, dass sie Menschen tötet. Ich habe das Monopol darauf, und ich mache es nur für Geld. Nicht der Ernährung wegen.

Als die Brücke ins Blickfeld rückt – ein großes weißes Monstrum, das breit genug ist, um mehreren Wagen nebeneinander Platz zu bieten – bin ich beinahe bereit. Durch mein Stillhalten und ihre Übernahme der Kontrolle ist es mir gelungen, Energiereserven aufzubauen. Ich bin jetzt stärker als zu dem Zeitpunkt, zu dem sie mich während des Kampfes überrascht und niedergerungen hat. Ich kann das durchziehen. Ich muss nur einen Moment abpassen, in dem sie abgelenkt ist.

Die Abenddämmerung breitet sich über der flachen Landschaft aus. Sie verhindert hoffentlich, dass man uns entdeckt. Ein riesiger Panther auf der Brücke würde schon für Aufsehen sorgen.

Aber wir erreichen die Brücke gar nicht. Ein neuer Geruch liegt plötzlich in der Luft, und meine Katze bleibt stehen und schnüffelt. Die Duftspur stammt von einem bekannten Wesen; nein, von zweien. Wir erkennen sie beinahe gleichzeitig. Eine Katze und ein Wolf. Ryker und Lennox. Sie sind hier. Ich könnte heulen vor

Erleichterung. Sie können meine Katze daran hindern, etwas zu tun, das ich bereuen würde.

Die Gedanken meiner Katze sind leicht zu lesen. Sie ist unentschlossen. Soll sie zu ihren Freunden gehen? Oder gewinnt der Hunger die Oberhand? Ich bin froh, dass sie sie als Freunde betrachtet. Da war ich mir nicht so sicher; nicht, nachdem mir bewusst geworden war, dass nach jeder Wandlung in der Vergangenheit ich, Kat, es immer noch war, die das Kommando hatte. Sie hatte die Gewalt über unseren Körper, aber ich konnte im Hintergrund immer noch die Richtung vorgeben und die Entscheidungen treffen. Vielleicht galt das auch für unsere Gefühle, wen wir als Freund oder Feind betrachteten.

Lass uns zu Lennox und Ryker gehen, sage ich ihr, merke aber sofort, dass das ein Fehler war.

Sie ist eine Katze. Sie macht immer das Gegenteil von dem, was ihr gesagt wird. Ich stöhne frustriert auf, als sie ihren Lauf in Richtung Brücke fortsetzt, statt der Duftspur meiner Gefährten zu folgen, die sich eher linker Hand vom Fluss entfernt. Dumme Katze.

Du kriegst nie wieder Katzenminze.

Sie würdigt mich nicht einmal einer Antwort. Ich hasse sie.

Ich werde immer hungriger. Speichel tropft aus meinem Maul, während ich auf meine Mahlzeit zurenne. Der Menschengeruch wird stärker. Von fleischigen, köstlichen Menschen, deren Blut nur darauf wartet, von mir aufgeschleckt zu werden. Einige Fuhrwerke fahren über die Brücke. Soll ich das erste beste angreifen oder lieber dieses Haus, das sicher voller Menschen ist, die sich gerade die Bäuche vollgestopft haben mit Essen, das mir dann auch noch zugute kommt? Das wäre fast so wie eine dieser gefüllten Blätterteigtaschen, die Kat so gerne mag.

Ein Geräusch von der linken Seite her lässt mich langsamer werden und nach einer Bedrohung Ausschau halten. Da sind in größerer Entfernung zwei Gestalten zu erkennen. Der Wind trägt mir ihren Geruch zu. Aha, Kats Gefährten. Ich hatte gehofft, sie wären noch weiter weg, aber sie kommen auf mich zu gerannt. Sie wissen, dass ich hier bin. Nein, sie werden mich nicht um mein Mittagessen bringen.

Ich beachte sie nicht weiter und renne noch schneller. Die Brücke rückt näher. Ich kann die menschlichen Gerüche besser unterscheiden. Auf dem nächstgelegenen Fuhrwerk befindet sich eine Familie, zwei Erwachsene und ein Kind. Das Kind werde ich nicht weiter beachten, das hat sowieso zu wenig Fleisch auf den Knochen. Aber die Erwachsenen sind prächtig dick und rund, besonders die Frau. Wenn sie mir nicht reicht, kann ich den Mann noch als Nachtisch verspeisen. Er riecht älter als sie, ist wahrscheinlich nicht sonderlich schmackhaft. Warten wir's ab.

Mir knurrt der Magen. Gleich ist es soweit.

Das Heulen eines Wolfs unterbricht die Stille. Die Menschen sehen auf und beschleunigen ihre Fahrt, drängen ihre Pferde zu größter Eile. Ich knurre wütend. Das hat er mit Absicht getan. Dafür sollte ich ihn bestrafen. Ich denke, das werde ich tun. Mein Essen wird nicht weit kommen. Ich bin schließlich schneller als jedes armselige Pferd. Die Vorfreude wird dieses Festmahl noch besser gelingen lassen.

Ich drehe mich um und laufe auf den Wolf zu. Ryker ist nirgends zu sehen, aber ich bin sicher, dass er ganz in der Nähe ist. Diesen beiden Männern muss ich eine Lektion erteilen. Sich nie zwischen eine Katze und ihr Essen zu stellen. Die Krallen schießen aus meinen Pfoten hervor, als ich nur daran denke, sie zu kratzen. Ich will sie nicht umbringen, sie nur so verletzen, dass sie es nicht vergessen werden.

Sein Duft trifft mich, noch bevor seine Krallen zuschlagen. Ich zögere. Er riecht wie ein Freund. Wie mein Partner.

Ich muss für mein Zögern bezahlen. Im nächsten Augenblick liege ich auf dem Rücken am Boden und er hat seine Zähne gegen meinen Hals gepresst. Er heult, während seine Kiefer meinen Hals umklammern, so laut, dass mir fast das Trommelfell platzt.

Ich bin hin- und hergerissen. Einerseits will ich ihn bekämpfen. Ich will ihm nicht nachgeben. Aber dieser Duft...in dem will ich mich am liebsten suhlen. Mich an ihm reiben. Ihn abschlecken. Er ist zwar ein Wolf, aber er riecht nach Heimat. Alle meine Gedanken ans Mittagessen lösen sich in Wohlgefallen auf.

Mein Partner.

Das Heulen wird in der Ferne von einem Miauen beantwortet. Ryker kommt. Mein Herz schlägt schneller.

Mein Partner.

Lennox lockert den Druck auf meinen Hals etwas, weil er wohl merkt, dass ich ihn nicht jeden Moment in Stücke reißen werde. Er bellt und seine Zunge schießt hervor und leckt mein Fell.

Kat macht sich tief in meinem Innern bemerkbar. Sie möchte auch diese Berührung spüren. Ich dränge sie zurück. Jetzt bin ich dran. Sie ist nicht die einzige, die die Männer vermisst hat. Sie mag sie lieben, aber sie sind meine Paarungspartner. Das ist so viel intensiver als menschliche Liebe.

Ein Schnurren bricht aus meiner Brust, als ich Ryker rieche. Während Lennox für mich ein Exot ist, bedeutet Ryker mein Zuhause. Er ist eine Katze wie ich, auch wenn er eher wie eine Hauskatze als ein Panther aussieht. Wir haben die gleiche Denkweise.

Als er uns erreicht, habe ich mich in ein schnurrendes Chaos verwandelt. Lennox lässt los, weil er spürt, dass es nicht mehr nötig ist, mich zu bändigen. Heilige Katzenminze, ich würde mich anketten lassen, wenn ich dann mit diesen beiden Kerlen zusammen sein könnte.

»Hey«, miaut Ryker und berührt meine Wange.

»Hey.«

Andere Wörter fallen mir nicht ein. Mein Kopf ist im Schockzustand. Mein Herz kurz davor, stillzustehen. Auf einmal ist alles wieder so, wie es sein soll. Die Sonne mag hinter den Hügeln am Horizont verschwunden sein, aber für mich fühlt es sich so an, als scheine sie hell über uns. Wärme breitet sich in meinem ganzen Körper aus.

»Wandle dich«, sagt er und stupst mich aufmunternd an. »Ich will dich richtig berühren können. Lennox auch, und er kann dich so nicht verstehen.«

Ich stelle das Schnurren sofort ein und knurre. Ich werde Kat nicht nachgeben. Wenn ich mich wandle, hat sie wieder die Oberhand. Das will ich nicht.

»Nein«, zische ich. »Ich bleibe so wie ich bin. Sie hat dieses ganze Chaos angerichtet, und ich werde ihr nicht wieder die Kontrolle überlassen.«

»Oh, Kat«, miaut er sanft. Seine Stimme ist wie Milch mit Katzenminzesirup, so köstlich süß. »Du bist ein und dieselbe. Das hast du mir doch einmal erklärt, erinnerst du dich? Es fühlt sich manchmal so an, als seist du eine Katze und ein Mensch, die im selben Körper gefangen sind, aber in Wirklichkeit seid ihr ein und dasselbe Wesen. Nur zwei Seiten deiner Persönlichkeit. Haben sie dich gezwungen, dich in zwei Teile zu spalten? Was haben sie mit dir angestellt?«

»Wir sind nicht ein und dieselbe«, knurre ich. »Sie ist schwach. Ich musste sie stoppen.«

»Du bist nicht schwach. Du bist die stärkste Frau, die ich kenne. Ich weiß nicht, was mit dir geschehen ist, aber wir werden darüber hinwegkommen. Du musst dich nur wandeln, dann können wir alles besser besprechen, okay? Griffon ist auch in der Nähe, zusammen mit deiner Schwester. Wir können uns mit ihnen treffen und dann reden. Es gibt so viel zu besprechen.«

Mir ist nicht nach Reden. Ich will ihn nehmen, jetzt.

Lennox auch. Ich will sie ficken. Sie für mich in Besitz nehmen. Ihnen zeigen, dass sie meine Paarungspartner sind.

Lennox konnte unserer Unterhaltung nicht folgen, scheint aber zu erkennen, wie zwiegespalten ich bin. Er liegt neben mir auf dem Boden und streichelt mir sanft die Seite mit einer Pfote. Mein Schnurren beginnt automatisch wieder, ich kann es nicht kontrollieren.

Kat stupst mich von innen an. Sie möchte endlich raus. Sie will nackt sein.

Sind wir wirklich ein und dieselbe Person? Fühlt sich nicht so an. Ich kann mich vage daran erinnern, Teil von ihr gewesen zu sein, aber das bin ich nicht mehr. Sie ist eingesperrt, und das soll so bleiben. Ich bin schließlich stärker. Ich bin diejenige mit Klauen und Muskeln. Sie ist ein schwaches, armseliges Menschengeschöpf, die Messer verwenden muss, weil sie keine Krallen hat. Echt mitleiderweckend!

Ryker seufzt und macht einen Schritt zurück. Sein Duft bringt mich um den Verstand. Ich kann es nicht zulassen, dass er weggeht. Ich brauche ihn. Noch bevor ich aufstehen und ihn abschlecken kann, wandelt er sich. Er hat jetzt Übung darin. Es ist eine fließende, schnelle Bewegung. Als hätte er das sein Leben lang getan.

Er steht da in glorreicher Nacktheit. Auch wenn ich ihn als Katze noch sexier gefunden habe, muss ich seinen Körperbau doch einfach bewundern. Seine Brust ist wie aus Stein gemeißelt, seine Bauchmuskeln bereit, dass ich meine Krallen darüber ziehe, sein Schwanz...

Kat wird immer stärker. Sie drängt sich gegen mich.

Woher nimmt sie diese Kraft? Es wird immer schwerer, sie auf Abstand zu halten.

»Kat, wandle dich. Ich muss dich sehen.«

Seine Stimme ist heiser vor Verlangen. Würde meine auch sein, aber ich finde keine Worte. In meinem Kopf herrscht Aufruhr. Soll ich mich wandeln? Behalte ich meine Katzen-Gestalt, wie ich es sollte? Sie ist schließlich meine natürliche Form. Ich sollte so auch Sex haben. Macht nichts, dass Lennox ein Wolf ist. Von der Größe her kommt das hin, es sollte für ihn kein Problem sein. Geht ja schließlich nur darum, seinen Schwanz in mich hineinzuschieben. Da spielt die biologische Art keine Rolle, ich will ja nicht schwanger werden oder so.

»Kat.«

Er ist ungeduldig. Sein Schwanz ist hart. Er will mich genauso dringend, wie ich ihn.

Ich drehe mich zu Lennox um. Seine Augen glühen vor Verlangen. Er tätschelt ein letztes Mal mein Fell, dann stellt er sich auf alle viere und wandelt sich.

Kat rastet in meinem Innern gerade aus, beschimpft mich auf alle mögliche Art, ist aber nicht ganz stark genug, den endgültigen Durchbruch zu schaffen. Ich muss ihr die Erlaubnis geben. Und die kriegt sie nicht von mir, auf keinen Fall. Die gehören mir. Sie kann zum Teufel gehen und schmollen. Das kann sie gut. Und das hat mich immer geärgert.

»Bitte«, sagt Lennox. Ich höre seine Stimme seit Monaten zum ersten Mal, und das lässt beinahe jeden Widerstand zusammenbrechen. Hat er schon immer so verführerisch geklungen? Griffon ist doch der Siron, nicht Lennox, aber es fühlt sich gerade an, als habe er mich nur durch seine Stimme mit einem Zauber belegt.

Mein Schnurren verrät mich, es wird immer lauter. Sie wissen genau, wie sehr ich sie will. Darauf zählen sie. Sie denken, wenn die Versuchung zu groß wird, werde ich mich wandeln. Aber nein. Ich kann nicht. Und will nicht. Kat ist zu schwach, als dass sie mit dem, was uns bevorsteht, fertig werden würde. Sie denkt, dass alles wieder in Ordnung ist, wenn wir erst einmal zu Hause sind. Ich weiß es besser. Unsere Feinde werden nicht aufgeben. Sie werden uns verfolgen. Sie werden uns aufspüren, gleichgültig, wo wir uns verstecken. Sie ist noch nicht bereit, das zuzugeben, und das macht sie schwach. Ich muss das Heft in der Hand behalten. Vielleicht versteht sie es im Moment noch nicht, aber das wird sie, wenn wir uns wieder in einem Kampf befinden. Und wir werden schon bald wieder kämpfen müssen. Dem können wir nicht ausweichen. Fortlaufen wird uns nicht retten.

Lennox steht jetzt neben Ryker und zeigt mir seinen Körper. Er reibt sogar seinen Schwanz, um mich zu reizen. Böse Männer. Mir läuft Wasser übers Kinn. Ich glaube kaum, dass ich noch lauter schnurren könnte. Warum können sie sich nicht wieder wandeln? Ich werde sie als Menschen nicht berühren, das wäre igitt. Der einzige Grund, warum ich sie im Augenblick sexy finde, ist wohl, weil Kats Verlangen in mir nachhallt. Ich finde Menschen nicht attraktiv, aber Kat sehr wohl.

»Kat, wandle dich«, befiehlt Ryker ungeduldig. »Ich kann mich nicht mehr lange beherrschen.«

Der Hunger in seinen Augen ist allumfassend.

Ich kann dem nicht widerstehen.

Ich gebe auf und lasse Kat an die Oberfläche kommen.

Tschüss, meine Partner. Kümmert euch um sie.

KAPITEL FÜNFZEHN

Es ist, als wäre ich aus einem Klartraum aufgewacht, über den ich keine Kontrolle hatte. Ich blinzele die beiden Männer an, die mich da anstarren. Und sehe dann an mir hinunter. Ich bin nackt, genauso wie sie. Es ist merkwürdig, wieder menschliche Gestalt zu haben. Ich strecke Arme und Beine und genieße es, kein Fell mehr zu haben. Normalerweise ziehe ich meinen Katzenkörper vor, aber nachdem ich einige Tage ohne Unterbrechung darin eingesperrt war, kann ich auch meiner menschlichen Form wieder etwas abgewinnen. So von wegen Brüste...

»Kat«, keucht Ryker, und dann fallen sie über mich her. Er nimmt sich meinen Mund, während Lennox mich von hinten umarmt; seine Hände erforschen meine Haut, als würde er mich zum ersten Mal berühren. Ich gebe mich ihrer Umarmung hin und lasse all die Erinnerungen los, all die Sorgen, alles, was geschehen ist.

Ich schiebe es zur Seite und konzentriere mich nur auf den Augenblick. Rykers Geschmack. Lennox Berührungen. Ihren Duft, der die Luft um mich herum vibrieren lässt.

All diese Sinneseindrücke lassen mich stöhnen. Sonst würde ich jetzt schnurren, aber dieses gefühlsgeladene, tiefe Stöhnen ist fast so gut.

Ryker reibt seine Zunge an meiner, während seine gelben Augen sich in meine Seele graben. Ich schließe die Augen. Ich will nicht, dass er in mich hineinschauen kann. Ihm würde nicht gefallen, was er da sieht. Ich habe mich so verändert, seit wir uns das letzte Mal begegnet sind. Das heben wir für später auf. Jetzt will ich nur mit ihnen zusammensein. Mich mit ihnen vereinen.

Lennox legt seine Hände um meine Brüste und drückt sie sanft. Ich stöhne erneut. Ich will mehr. Er rollte meine Brustwarzen zwischen den Fingern und zieht sie in die Länge – auf eine Art und Weise, die mich fast in den Wahnsinn treibt. Und er weiß das. Und zählt darauf. Sein Schwanz drückt hart gegen meinen Rücken, Rykers gegen meinen Bauch. Ich fasse nach unten und drehe mich ein wenig, so dass ich beide umfassen kann. Vielstimmiges Stöhnen füllt die Abendluft.

Ryker stößt einen Finger in mich hinein und küsst mich dabei weiter. Ich komme fast schon dadurch. Und als er meinen Kitzler sanft reibt, ist es um mich geschehen. Ich schreie auf, meine Beine geben unter mir nach, aber sie fangen mich auf, halten mich, tragen mich durch den Sturm und auf die nächste Welle. Einer von beiden dringt in mich ein, der andere streichelt mich weiter. Ich weiß nicht mehr, wer was tut. Und es ist mir egal. Wir sind alle vereint, drei Wesen zu einer Flamme der Begierde. Einer fehlt noch, wir sind noch nicht das Freudenfeuer, das wir sein müssten, aber Denken geht jetzt gerade nicht. Nur der Augenblick zählt.

»Kat«, stöhnt Lennox. Er ist wohl derjenige in mir, der jetzt härter und schneller zustößt. Ryker saugt an meinen Brustwarzen und schickt so Blitze bis tief in mein Innerstes. Ich komme gleich wieder. Und wieder.

Wir liegen schließlich auf dem schlammigen Untergrund, die Haut dreckverschmiert, aber das macht nichts. Wir vereinen uns, kommen zusammen zum Höhepunkt, wir stöhnen, wir küssen uns, wir lieben uns.

Zeit wird bedeutungslos. Ich weiß nicht, wie oft ich einen Höhepunkt erreiche. Oder sie in mir. Wie oft wir uns küssen.

Es ist alles gut so.

Ich fühle mich wieder lebendig. Bis zu diesem Zeitpunkt war mir nicht bewusst, wie sehr ich meine Gefühle abgeschottet hatte, aber jetzt liegen sie wieder nackt und ungeschminkt vor mir. Ich bin verwundbar, habe aber keine Angst davor. Ich weiß, dass meine Partner für mich da sind. Genauso, wie ich immer für sie da sein werde.

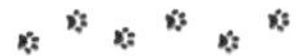

Die Sterne sind unsere Decke, als wir so im Gras liegen, ich zwischen meinen beiden Männern. Unsere Hände sind ineinander verschränkt, und ich habe nicht die Absicht, sie bald loszulassen. Ich muss sie spüren, muss mich mit ihnen verbunden fühlen. Es erscheint mir noch immer nicht real zu sein. Ich hatte fast die Hoffnung aufgegeben, dass solch ein Moment je wieder kommen würde. Zusammen zu sein. Als Familie.

»Griffon wird stinksauer sein«, sagt Lennox in die Stille hinein. »Ich wette, er dachte, er würde der erste sein.«

»Wir können das gerne wiederholen«, murmele ich schläfrig. »Wir alle vier«.

»Ich freu mich schon darauf. Vielleicht könnten wir's sogar in einem Bett tun? Mit ein bisschen weniger Schlamm?«

Ich muss lachen. Es bricht nur so aus mir heraus, ich lache und lache, bis ich außer Atem bin und meine Wangen glühen.

»Alles okay?«, fragt Ryker und klingt selbst amüsiert.

»War noch nie besser.«

»Gut. Das wollte ich hören.«

Lennox seufzt. »Wir sollten zurückkehren. Sie werden sich Sorgen machen. Wir haben gesagt, wir würden bei Einbruch der Nacht zurück sein.«

»Griffon und Sophie sind in einem kleinen Haus nicht weit von dem Gasthaus, wo ihr euch treffen solltet«, erklärt Ryker. »Wir haben ihn überredet, den Babysitter zu spielen, weil wir beide gewandelt viel schneller und weiter laufen konnten.«

»Wie seid ihr hierhergekommen?«, frage ich.

»Lilly hat uns angerufen, sobald sie von dir gehört hatte. Sie hat uns gesagt, wir sollten bleiben, wo wir waren, bis Griffon bei dir wäre, aber darauf haben wir nicht gehört. Lennox ist vor zwei Tagen hier angekommen und ich erst heute Morgen.« Er kichert. »Wir sind in den vergangenen Monaten ganz schön rumgekommen im Land. Zum Glück war keiner von uns außer Reichweite, als wir die Nachricht erhielten.«

»Fühlte sich länger als zwei Tage an«, seufzt Lennox. »Griffon hatte eine vage Vorstellung davon, wo du dich versteckt hieltst, aber Sophie hat ihn gewarnt, dass es in seiner menschlichen Gestalt zu gefährlich sein würde, alleine nach dir auf die Suche zu gehen. Sie wollte sich wandeln und es selbst tun, aber er hat das nicht zugelassen.« Er lächelt verschmitzt. »Die Beiden haben eine gute Beziehung zueinander aufgebaut.«

»Beziehung?«

»Er ist für sie jetzt schon wie ein Onkel. Ich möchte noch nicht sagen Vaterfigur, aber...«

»Vaterfigur«, grinst Ryker bestätigend. »Sie frisst ihm aus der Hand und umgekehrt. Die Beiden werden uns noch Ärger machen, garantiert.«

Interessant. Das hätte ich nicht erwartet, aber wie auch. Griffon hat schon eine Schwester, es liegt also nahe, dass er weiß, wie man mit jungen Mädchen umgeht; ich hatte aber nicht gedacht, dass Sophie so schnell Vertrauen fassen würde. Das macht mich auch ein bisschen neidisch.

»Sind die anderen immer noch in Attenburg?«, frage ich.

Lennox nickt. »Lilly und Bethany sind auch herumgereist und haben versucht, irgendwelche

Nachrichten über dich zu hören. Jetzt sind sie wieder zu Hause. Benjamin und Caitlin haben die Stellung gehalten. Lady Lara hat auch viel geholfen. Sie hat uns die Mittel zur Verfügung gestellt, Berichte über Spuren weitergegeben und es uns ermöglicht, mit einigen ihrer Angestellten zu reisen, was uns Zeit und Geld gespart hat. Sie wird sich so freuen, wenn sie hört, dass wir dich gefunden haben.«

So dankbar ich ihr für die Hilfe bin, ihr etwas zu schulden, hinterlässt bei mir einen faden Beigeschmack. »Ich werde ihr das Geld zurückzahlen.«

Ryker scheint amüsiert. »Sie hat mir gleich gesagt, dass du so reagieren würdest. Aber sie hat vor, dich das Geld abarbeiten zu lassen. Sie hat eine ganze Liste mit Jobs, die schon auf dich warten. Obwohl wir schon einiges für sie erledigt haben, Erkundigungen eingezogen, Briefe ausgetragen, diese Art von Besorgungen. Die Zusammenarbeit klappt wirklich gut.«

Das hört sich so an. Lady Lara ist eine kluge Frau. Und dazu noch hoch intelligent, freundlich und ausgesprochen gut aussehend. Ich bin froh, sie auf meiner Seite zu haben. Als Feindin wäre sie eine echte Herausforderung. Ich freue mich schon darauf, wieder mehr Zeit mit ihr zu verbringen. Man hat mich entführt, als wir uns gerade richtig kennenlernten.

Lennox richtet sich auf und gähnt. »Wir sollten uns auf den Weg machen. Du willst dich wahrscheinlich nicht wieder wandeln, also haben wir einen ziemlich langen Marsch vor uns.«

Er steht auf, und ich habe plötzlich einen Schwanz

vor meinem Gesicht baumeln. Mir fallen alle möglichen ungezogenen Dinge ein, aber zum Glück bin ich noch vollkommen befriedigt. Und ich sehe ein, dass es uns an Zeit mangelt. Ich freue mich sehr auf ein warmes, weiches Bett und davor eine ausgiebige Dusche. Diese beiden Dinge werde ich nie wieder für selbstverständlich halten. Ist schon merkwürdig, wie schnell ich mich an diesen Luxus gewöhnt habe. Als ich bei der Meute aufwuchs, bestand eine Dusche aus einem kalten Wasserstrahl aus dem Gartenschlauch bei uns im Hof. Unsere Betten waren voller Flöhe und immer dreckig. Ja, ich bin jetzt ziemlich verwöhnt. Finde das aber toll.

Wir gehen schnellen Schrittes auf die Brücke zu. Zum Glück sind zu dieser Nachtzeit keine Menschen unterwegs, wir erregen mit unserer Nacktheit also keine Aufmerksamkeit. Immer wenn ich meine beiden Männer anschaue, überkommt mich wieder die Gier, aber ich kann sie beherrschen.

Dusche. Bett. Griffon.

Das wird zu meinem Mantra.

Auf unserem Weg erzählen mir meine Jungs, an welchen Orten sie überall nach mir gesucht haben. Ich habe noch nicht einmal von der Hälfte dieser Dörfer und Städte je gehört. Zu Beginn suchten sie hauptsächlich im anderen Teil des Landes, weil einige Spuren dorthin führten.

»Glaubt ihr, dass Lord Delaney diese Gerüchte verbreitet hat?«, frage ich, als Lennox mit seinem Bericht fertig ist.

Mein Wolf zieht scharf den Atem ein. »Lord Delaney?

Der Lord Delaney? Ist das der Siron, der dich gefangengehalten hat?«

Ach ja. Ich habe ihnen ja noch gar nicht erzählt, was mit mir los war. Ich habe mich dazu noch nicht in der Lage gefühlt. Und ich möchte es nur einmal erzählen, also müssen alle wichtigen Leute dafür um mich versammelt sein. Da müssen die Männer einfach noch warten.

»Ja. Was weißt du über ihn?«

»Er ist der wichtigste Berater des Premierministers. Wie kann es sein, dass du noch nicht von ihm gehört hast? Er ist nie in ein politisches Amt gewählt worden, aber er hat mehr Macht als so mancher Politiker. Er hat das Ohr des PM und alles, was er will, wird getan. Er hat den Premierminister irgendwie in der Hand und ist deshalb unantastbar. Das sagt jedenfalls die Gerüchteküche. Ich bezweifle, dass jemand mutig genug wäre, ihn direkt dessen anzuklagen.«

Ich zucke mit den Schultern. »Du weißt, dass ich mich für Politik nicht interessiere. Aber ja, er war derjenige, der mich gezwungen hat, in meine eigene Entführung einzuwilligen.«

»Einzuwilligen?«, unterbricht Ryker. »Was soll das heißen?«

»Es war meine Wahl. Ich bin selbst in diesen Käfig gestiegen. Ich wurde nicht entführt. Ich habe eingewilligt.«

Ryker ergreift meine Schultern und dreht mich zu sich um, bis ich in seine gelben Augen schaue, die mich mit diesem intensiven Blick anstarren.

»Er hat dich gezwungen. Du hattest keine Wahl. Er hat deine kleine Schwester bedroht, und du konntest natürlich nicht zulassen, dass er sie verletzt. Du bist entführt worden, Kat. Du warst dafür nicht selbst verantwortlich, auch wenn du dir das vielleicht die ganze Zeit eingeredet hast.«

Lennox umarmt mich von hinten, so dass wir nun wie ein Kat-Sandwich dastehen. »Hör auf ihn. Du warst nicht schuld daran, was mit dir passiert ist. Wehe, du machst dich selbst dafür verantwortlich!«

»Mach ich nicht«, protestiere ich, aber das ist eine Lüge. »Ich sage das nicht, um mir die Schuld zu geben. Aber es hat mir geholfen, da durchzukommen. Die Vorstellung, in die Entführung eingewilligt zu haben, hat mir das Heft der Entscheidung in die Hand gegeben. Versteht ihr das?«

»Bin mir nicht so sicher«, murmelt Ryker. Sein Blick bohrt sich tief in meinen, als wolle er herausfinden, ob ich die Wahrheit sage. Ich weiß es selbst nicht so genau. Wenn er recht hat, habe ich nicht nur sie, sondern auch mich selbst belogen. Was für ein Durcheinander. In meinem Kopf muss derzeit das größte Chaos auf diesem ganzen Planeten herrschen.

Lennox fährt mir mit einer seltsam beruhigenden Bewegung mit den Händen über den Bauch. Weniger beruhigend ist die Tatsache, dass sein Schwanz gegen meinen Rücken drückt und mich einmal mehr daran erinnert, dass wir alle drei nackt sind. Reiß dich zusammen, Kätzchen. Die Milch gibt's erst später.

Ich befreie mich aus der Sandwich-Position und laufe

weiter, schaue absichtlich nicht zurück. Ohne ein weiteres Wort kommen sie hinter mir her und jeder greift nach einer meiner Hände. Ich lasse es zu, und ja, ich genieße das Gefühl, würde das ihnen gegenüber aber selbstverständlich nicht zugeben.

Wir überqueren gemeinsam die Brücke. Meine Fußsohlen sind hocherfreut über den anderen Untergrund. Pflastersteine sind doch um einiges angenehmer für die Füße als der unebene, schlammige Grund voller versteckter Steine und scharfer Grashalme. Meine Heilungskräfte als Wandler haben beinahe ihren normalen Stand erreicht, aber so etwas tut trotzdem weh.

Wir bieten sicher einen komischen Anblick. Drei Menschen, die nackt und händchenhaltend mitten in der Nacht über eine Brücke gehen. Zum Glück sieht uns keiner. Die Nacht ist unser Freund und versteckt uns vor neugierigen Blicken, bis wir das Häuschen erreichen, in dem Griffon auf uns wartet.

KAPITEL SECHZEHN

Er sagt kein einziges Wort. Er zieht mich einfach an sich und umfängt meinen Mund mit seinem und küsst mich, als ob sein Überleben davon abhinge. Meine Müdigkeit schwindet etwas, jedenfalls genug, um seinen Kuss mit derselben Leidenschaft zu erwidern. Die beiden anderen Männer verschwinden im Haus und räumen uns so ein wenig Privatsphäre ein. Sie waren schließlich schon dran. Griffon musste am längsten warten. Wir waren uns schon so nahe, aber dann habe ich es nicht bis zu ihm geschafft. Bis jetzt.

Ich lege mein ganzes Bedauern darüber in meinen Kuss. Meine Liebe für ihn. Und er gibt in gleicher Münze zurück. Er gibt mir das Gefühl, im ganzen Universum die einzige Frau zu sein.

»Hey, geht in ein Zimmer!«

Sophie ist hinter ihm erschienen. Griffon lacht, hört aber nicht auf, mich zu küssen; stattdessen wird er noch wilder. Er knabbert an meiner Unterlippe, so wie ich es mag. Nein, nicht nur *mag*. Liebe. Ich stehe in Flammen, und er schürt das Feuer noch.

»Wo hast du deine Kleider gelassen?«, fragt Sophie im Tonfall einer verärgerten Mutter.

»Ja, wo sind eigentlich deine Kleider geblieben?«, flüstert Griffon und lässt seine Hände über meinen nackten Rücken gleiten, bis sie auf meinem Hintern zur Ruhe kommen. Ich hoffe nur, Sophie hat das nicht gesehen. »Wobei - ich beschwere mich nicht!«

»Ich bring dir was zum Anziehen«, verkündet Sophie und läuft davon. Ich hatte beinahe vergessen, wie anstrengend sie sein kann.

Griffon drückt einen letzten Kuss auf meine Lippen, dann macht er einen Schritt zurück, lässt aber einen Arm um meine Taille liegen. »Lass uns reingehen. Es ist kalt hier.«

Ich würde ihm gerne schlagfertig antworten, dass er mir schon genug einheizt, aber er hat recht, und außerdem stehen wir hier draußen schon etwas auf dem Präsentierteller. Das einzige Haus in unserer Nähe ist der Gasthof, ungefähr zehn Minuten zu Fuß entfernt, aber man weiß ja nie, wer vorbei laufen könnte. Meine Nacktheit verursacht mir zwar keinerlei Schamgefühl, aber sie könnte doch unerwünschte Aufmerksamkeit erregen.

Er zieht mich ins Haus. Die Tür ist so niedrig, dass selbst ich den Kopf einziehen muss. Drinnen ist es gemütlich, mit einem offenen Kamin, der für Licht und Wärme sorgt. Das Cottage besteht aus einem großen

Raum mit einer Küchenzeile auf der linken Seite und altmodischen Sofas und Sesseln auf der rechten. Auf jeder Seite gibt es dicht unter dem Dach je eine Empore, die mit einer Leiter zu erreichen ist und die Schlafquartiere beherbergt. Ich sehe nur eine Tür hier unten, hinter der sich hoffentlich ein Badezimmer mit Dusche befindet. Dieser Ort wirkt ziemlich rustikal, da kann man nur beten, dass es wenigstens fließend warmes Wasser gibt.

Sophie winkt oben von einem der Balkone herunter. »Ich habe ein Nachthemd für dich gefunden!«

Sie wedelt mit einem weißen, rüschenbesetzten Teil, das ich garantiert nicht anziehen werde.

Griffon kichert. »Sie ist eine echte Naturgewalt. Da ist eindeutig eine Familienähnlichkeit, selbst wenn man es euch äußerlich nicht ansehen würde. Über das Auge müssen wir noch sprechen, aber das hat Zeit. Wärm dich jetzt erst einmal auf. Soll ich dir beim Duschen helfen?«

»Ich brauche keine…«, fange ich an, besinne mich dann aber eines Besseren. »Doch, ich fühle mich ein wenig schwach. Ich glaube, ich brauche Hilfe. Ich kann unmöglich alleine duschen.«

»Ich würde ja auch mitkommen, aber das Badezimmer ist ein bisschen klein geraten«, ruft Lennox von einem der Sofas herüber. »Aber ich mach uns was zu essen, während ihr … den Dreck abwascht.«

Alles, was er sagt, ist voller Anspielungen. Aber ich höre keine Eifersucht heraus. Er gönnt uns das, und auch von Rykers Seite fühle ich keine Ablehnung. Für sie ist es in Ordnung, mich mit anderen zu teilen. Wobei ich ihnen ja auch keine Wahl gelassen habe; sie gehören alle mir, aber es ist schön, dass wir nicht darüber streiten müssen.

Griffon führt mich ins Bad und schließt hinter uns die Tür ab – ich vermute wegen Sophie. Lennox hatte recht, es ist winzig, gerade genug Platz für eine Dusche, ein schmales Waschbecken und eine Toilette, die schon bessere Tage gesehen hat. Hoffen wir mal, dass die Risse im Porzellan nicht darauf hindeuten, dass sie zusammenbrechen könnte, wenn ich mich daraufsetze.

Sobald sich Griffon die Kleider vom Leib gerissen hat, sind alle Gedanken an unsere Umgebung verflogen. Ich sehe nur noch ihn. Sah er schon immer so phantastisch aus? Seine Narben lassen die wunderschönen grasgrünen Augen und sein kräftiges Kinn nur noch mehr hervorstechen. Und dieses Haar – ich wühle mit meinen Händen in seiner Mähne. Sein Bart ist seit unserer Trennung stark gewachsen. Gefällt mir, er sieht so noch etwas verwegener aus.

»Lilly liegt mir dauernd in den Ohren, dass ich ihn abrasieren soll«, murmelt er. »Ich habe ihr gesagt, dass ich das erst tue, wenn wir dich gefunden haben. Jetzt kannst du entscheiden.«

»Wie romantisch«, necke ich ihn. »Du bietest mir also deinen Bart an? Wirst du ihn zu klassischer Hintergrundmusik abschneiden?«

»Klar doch. Mit Rosenblüten auf dem Boden. Aber soll ich mich wirklich rasieren? Ich finde, er lässt mich männlicher aussehen.«

Jetzt entfährt mir doch ein Schnauben. »Du siehst

immer männlich aus, ob mit oder ohne Bart.« Ich spiele mit den Fingern in seinem groben Barthaar. Es ist nicht mehr so stachelig wie zu der Zeit, als der Bart kürzer war. Gefällt mir irgendwie. Wenn er es noch ein bisschen wachsen lässt, wird es vielleicht noch weicher. Das fühlt sich beim Küssen besser an...

»Lass ihn dran, aber wenn sich da Läuse oder Wanzen einnisten, werde ich ihn eigenhändig abrasieren.«

Er verdreht die Augen. »Ich hatte nicht vor, einen Nistplatz für Ungeziefer daraus zu machen. Es sei denn, du würdest dazugehören.« Er zwinkert mir auf wirklich plumpe Art zu. Es wird Zeit, dieses Wortgeplänkel zu beenden und uns auf wichtigere Dinge zu konzentrieren.

»Wolltest du mir nicht beim Duschen behilflich sein? Ich bin zu müde, um das alleine hinzubekommen.«

Ich lächele ihn unschuldig an und klimpere mit den Wimpern.

»Hast du gerade einen Schlaganfall?«, fragt er stirnrunzelnd.

»Häh?«

»Deine Augenlider zucken so merkwürdig.«

Ich stöhne. »Das sollte gewinnend aussehen. Vielleicht sogar aufreizend.«

Griffon räuspert sich. »Vielleicht solltest du nächstes Mal einfach nur lächeln. Das mit dem Augengeklimper passt nicht zu dir.«

Ich versetze ihm einen leichten Stoß in die Magengrube. Einen sehr leichten Stoß. Er versteht den

Hinweis und zieht mich näher an sich heran, bis unsere nackten Körper sich aneinanderschmiegen.

Ich recke mich zu ihm hoch, um ihn zu küssen, habe die Dusche beinahe vergessen. Ich will ihn, viel mehr als heißes Wasser. Mehr als Essen. Mehr als alles andere. Ich brauche ihn. Er gehört mir, und das will ich ihm zeigen. Trotz allem, was in der Zwischenzeit geschehen ist, fühlt es sich zwischen uns an, als sei die Zeit stehengeblieben. Als er in mich dringt, ist es, als käme er nach Hause.

Wir brauchen zwei Duschgänge, bevor wir aus dem Badezimmer wieder auftauchen. Einen, um uns zu reinigen, den zweiten, nachdem mich Griffon zu einer zweiten Runde Sex verführt hat. Nein, ich beschwere mich nicht. Ich bin erschöpft, aber auf gute, positive Art. Das heiße Wasser hat meine Muskeln weich gemacht, und ich bin jetzt entspannt – zum ersten Mal seit Monaten.

»Das hat aber lange gedauert«, beschwert sich Sophie. »Das Essen ist kalt geworden.«

Sie spielt irgendein Brettspiel mit Lennox, während Ryker sich mit einem Buch auf dem Sofa zusammengerollt hat. Mein Herz macht bei dem Anblick einen Sprung. Das ist so... ganz Familie. Alltäglich. Wunderbar.

Und doch stehe ich einfach nur da, unsicher, was ich tun soll. Mich dazusetzen? Wird das nicht dieses friedliche Bild zerstören? Vielleicht sollte ich mich doch lieber fernhalten. Dieser Moment sollte nie zu Ende gehen.

Griffon schiebt mich sanft vorwärts, zum nächstgelegenen Sofa. »Setz dich, ich hol dir was zu essen.«

Ich bin froh, dass er mir eine Handlungsanweisung gegeben hat. Ich lasse es zu, dass er mich zu dem Sofa führt und setze mich mit einem leisen Seufzer. Ich bin plötzlich so müde. Ich muss nach dem Essen gleich erst einmal schlafen. Ich will eigentlich Pläne für morgen machen, aber die Anwesenheit der Männer lässt mich darauf vertrauen, dass ich damit bis zum Morgen warten kann. Wenn etwas Schlimmes passiert, werden sie mir beistehen. Ist schon seltsam, wie sehr ich ihnen vertraue. Jetzt noch mehr als vor der Entführung. Wahrscheinlich ist mir so richtig klar geworden, wie viel sie mir bedeuten, was sie mir wert sind. Vorher habe ich mir immer noch einreden wollen, dass ich sie nicht wirklich brauche, dass ich alleine glücklich sein könnte, wenn ich das wollte. Unsere lange Trennung hat mich erkennen lassen, wie wichtig sie mir sind. Wie sehr ich sie liebe.

Jetzt sieh mich mal einer an, so emotional und gefühlig. Ich rede jetzt sogar von Liebe! Die Kat von früher würde einen Knödel Katzen-Gewölle auskotzen, wenn sie mich so sehen könnte. Aber ich finde, ich habe mich zu meinem Vorteil verändert.

Griffon gibt mir einen Teller mit Wurst, Kartoffelbrei und Kohl. Ich sehe ihn überrascht an. Das ist erstaunlich gutes Essen. Ich hätte eher Bohnen aus der Dose mit einem Stück Brot erwartet.

»Ich habe ein paar Vorräte auf dem örtlichen Markt eingekauft, als ich Ryker in Seebruch abgeholt habe«, erklärt er. »Das ist das nächstgelegene Dorf. Theoretisch gehören sowohl dieses Haus wie auch der Gasthof an der Brücke noch dazu, obwohl das Dorf selbst eine gute halbe Stunde Fußmarsch von hier entfernt ist. Weit genug, dass uns keiner stört, aber nah genug, um anständiges Essen zu bekommen.«

Ich lasse mich nicht lange bitten und vergesse alles um mich herum. Diese Würstchen sind jetzt meine besten Freunde. Ich verschlinge sie im Rekordtempo. Zwei weitere erscheinen auf meinem Teller. Ich schaue nicht auf, um demjenigen zu danken, der sie hervorgezaubert hat; dafür bin ich zu sehr mit Essen beschäftigt.

»Ich kann noch welche machen«, bietet Lennox an. »Wir müssen dich wieder aufpäppeln. Du siehst halb verhungert aus.«

»Das ist aber ein Kompliment für eine Dame«, amüsiert sich Griffon. »Hast du gar keine Manieren?«

»Ich sage nur die Wahrheit. Ich will nicht Angst haben müssen, dass sie auseinanderfällt, wenn ich sie umarme.«

»Meine Mutter hat gesagt, Kat muss immer Hunger haben«, murmelt Sophie, ohne von ihrem Spiel aufzuschauen. »Die Dienstboten mussten darauf achten, dass sie nicht zu viel bekam.«

Eine unangenehme Stille breitet sich aus. Ich weiß nicht, wie viel Sophie ihnen über ihr früheres Leben erzählt hat, aber nach den erschütterten Blicken zu urteilen, hat sie nicht darüber gesprochen, was mir ihre sogenannten Eltern angetan haben.

»Hat sie gesagt warum?«, fragt Griffon mit erstickter Stimme.

»Sie hat gesagt, Kat würde wütend werden, wenn sie zu viel Essen bekommt, und das würde den Prozess verlangsamen.«

Lennox hört auf zu spielen und starrt sie an. »Was für einen Prozess?«

»Sie wollten, dass sie meine Freundin wird, aber sie war zu ungezogen. Mein Vater sagte, sie würde versuchen, mir was zu tun, wenn sie sie mit mir spielen ließen, deshalb mussten sie Kat erst ändern. Sie wollten sie dazu bringen, nicht mehr so frech zu sein.«

Gut, das ergibt eigentlich keinen Sinn.

»Ich hätte dir nie etwas getan, Sophie, das weißt du hoffentlich«, sage ich und schaue ihr dabei direkt in das verbliebene Auge. Das andere ist hinter einem roten Schal verborgen, den sie sich um den Kopf gewunden hat. »Du bist meine Schwester, und ich hätte nie etwas getan, was dir geschadet hätte. Oder dir jetzt schaden würde.«

»Aber sie haben doch gesagt...«

»Nicht alles, was dir deine Eltern erzählt haben, ist wahr oder war richtig«, unterbreche ich sie. »Sie haben deinen Namen nicht gemocht. Sie wollten nicht, dass du eine Lieblingsfarbe hast. Und du hast automatisch gespürt, dass das nicht richtig war. Hör auf dein Gefühl, Sophie. Tief im Innern weißt du, dass es falsch war, mich hungern zu lassen. Und du weißt auch, dass das nicht geschah, weil ich ungezogen war.«

Sie sieht mich fast eine Minute lang an, ohne etwas zu sagen, dann nickt sie.

»Mir gefällt es, eine Schwester zu haben«, sagt sie ruhig. »Und du mochtest das Labor auch nicht. Wir sind gleich. Ich weiß, dass ich gesagt habe, du wärst nicht meine Schwester, aber da habe ich gelogen. Ich mag dich wirklich.«

»Das Labor?«, fragt Ryker scharf. »Was haben sie mit dir angestellt, Kat?«

»Das Labor?«, wiederhole auch ich. »Ich war in keinem Labor. Ich war die ganze Zeit über in einer Zelle und wurde erst in den letzten Tagen vor unserer Flucht in ein anderes Zimmer gebracht.«

Sophie schüttelt den Kopf. »Du warst oft im Labor. Ich habe das beobachtet. Manchmal musste ich dabei sein, damit sie uns vergleichen konnten. Du hast aber immer geschlafen. Du bist eine ziemliche Schlafmütze.«

Verdammt. Es war mir schon klar, dass sie mich mit diesem Gas manchmal bewusstlos gemacht hatten, aber ich konnte mich nie daran erinnern, aus der Zelle geholt worden zu sein. Es gab nie irgendwelche Anzeichen, dass ich bewegt worden wäre. Was auch immer sie mit mir veranstaltet hatten, hinterließ keine Spuren.

Ich schüttele den Kopf, um all die Bilder loszuwerden, die mir gerade durch den Kopf schießen. Was sie eventuell mit mir gemacht haben. Da gibt's so viele Möglichkeiten. Und alle sind beängstigend.

Griffon legt mir die Hände auf die Schultern und

drückt sie sanft. »Wir werden dahinterkommen, Kat. Dreh jetzt nicht durch.«

»Ich dreh nicht durch«, protestiere ich, aber meine Stimme nimmt schon eine leicht hysterische Färbung an. Das ist schließlich nicht das erste Mal, das man mich wie eine Laborratte behandelt hat. Und es ist auch nicht das erste Mal, dass ich mich an nichts erinnern kann. Großmutter Doktor, der Geheimnisvolle Unbekannte, sie alle haben an mir Versuche angestellt, an die ich mich nicht erinnern kann. Das gibt mir ein größeres Gefühl der Verwundbarkeit, als ich auszuhalten imstande bin. Mir wäre es wirklich lieber, ich könnte mich erinnern als auf Spekulationen angewiesen zu sein.

»Was haben sie mit euch beiden gemacht?«, fragt Ryker Sophie.

Man könnte ein Sandkorn zu Boden fallen hören.

Zu meiner Überraschung, sieht mich Sophie voller Freude an. »Ich werde Tante sein.«

KAPITEL SIEBZEHN

»Was soll denn der Scheiß«, flucht Ryker und drückt damit genau meine Gedanken aus.

Sophie kann doch unmöglich meinen, was ich glaube... oder?

»Was soll das heißen?«, fragt Lennox energisch. Normalerweise würde ich es mir verbitten, dass er so mit meiner Schwester spricht, aber in mir klingen ihre Worte nach und lassen keinen Raum für anderes. *Ich werde Tante.*

»Du bekommst ein Baby«, sagt sie zu mir gewandt, als sei dies die natürlichste Sache der Welt. »Und das bedeutet, dass ich Tante werde.«

Die drei Männer sehen mich genauso verwirrt an, wie ich mich fühle.

»Ähm, Sophie, ich weiß nicht, wie viel du darüber weißt, wie Babys gemacht werden, aber ich kann nicht schwanger werden. Unmöglich.«

Soweit ich weiß, verlaufen Schwangerschaften bei Wandlern ähnlich wie bei normalen Menschen, also müsste bei mir nach all den Monaten der Trennung von meinen Männern so langsam etwas zu sehen sein. Ich schaue auf meinen Bauch hinunter. Keine Beule. Ganz sicher nicht. Und ich kann auch keinen Herzschlag hören. Keine Ahnung, wann das Herz eines Fötus anfängt zu schlagen, aber ich kann nichts hören.

Und außerdem weiß ich nicht, ob ich überhaupt schwanger werden kann. Ich bin ein Klon; ich wurde nicht wie normale Leute geboren. Ich könnte vielleicht mit Ryker Nachkommen haben, weil er auch ein Katzen-Wandler ist; wobei – er ist eine Hauskatze, ich bin ein Panther. Und mit Lennox könnte ich wohl kaum ein Kind haben. Ich kenne Gerüchte, dass Wandler mit Menschen Nachkommen hatten, aber ist Griffon dafür Mensch genug?

Ich habe nie wirklich daran gedacht, Kinder zu haben. Ich bin nicht der Muttertyp, nicht im Entferntesten. Ich würde meinem Kind wahrscheinlich das Töten beibringen, noch bevor es richtig laufen kann. Nein, Sophie wird keine Tante werden, so viel ist sicher.

»Doch, du bist schwanger«, beharrt sie. »Meine Mutter hat mir das auf dem Bildschirm gezeigt. Es sah noch nicht wie ein Baby aus, aber das ändert sich noch, bevor es geboren wird. Freust du dich denn nicht?«

Ich würde sie am liebsten schütteln und sie zwingen, mir zu sagen, was zum Teufel hier gerade abgeht, aber gleichzeitig macht mich ihre kindliche Freude traurig.

Mir ist übel. Und das ist keine morgendliche

Schwangerschaftsübelkeit. Es kann verdammt noch mal nicht sein.

»Sophie, haben dir deine Eltern gesagt, wer der Vater ist?«, fragt Lennox sanfter, als ich es gerade könnte.

Sie nickt und lächelt. Ich kann sie nicht ansehen.

»Mein Vater«, sagt Sophie mit größerer Unschuld, als ich momentan ertragen kann. »Aber das ist nicht schlimm, weil ich ja adoptiert bin, ich werde also nicht die richtige Schwester von dem Baby sein. Ich bin die Tante, weil ich Kats Schwester bin. Meine Mutter hat mir das erklärt. Wir werden alle zusammen wohnen. Kat als meine Freundin und die Babys...«

Ich renne ins Badezimmer und erreiche die Kloschüssel gerade rechtzeitig, bevor ich mich übergebe. Ich würge und würge, beinahe dankbar für das ätzende Brennen in meiner Kehle. Das lenkt mich von dem ab, was ich gerade gehört habe.

Das kann nicht sein. Sie lügt. Oder sie haben ihr absichtlich falsche Informationen gegeben. Das darf nicht wahr sein. Ich bin nicht schwanger. Und ich trage mit Sicherheit nicht das Kind dieses mordenden Sirons in mir. Den habe ich während meiner Gefangenschaft nicht einmal gesehen. Mich hat nur seine Frau besucht.

Nein. Ich weigere mich, das zu glauben.

Rykers Duft kündigt ihn Augenblicke vor seinem Erscheinen an, als er mich in seine Arme nimmt. Mit einer Hand hält er mein Haar zurück, während ich erneut würge, mit der anderen streichelt er sanft meinen Bauch. Ich fauche bei der Berührung, und er erkennt sofort seinen Fehler. Er zieht seinen Arm höher, unter meine Brüste. Weit weg von allem, was mit Gebärmutter zu tun haben könnte.

Griffon kommt auch noch ins Badezimmer, das damit aus allen Nähten platzt.

»Wie geht's dir?«, fragt er mit der Stimme des besorgten Arztes. »Ich hole dir einen Schwangerschaftstest, sobald die Geschäfte morgen früh aufmachen.«

Statt einer Antwort, übergebe ich mich erneut. Mir zittern die Knie vor Erschöpfung und Schock. Es ist gut, dass mich Ryker hält, sonst läge ich vielleicht schon auf dem Boden. Das würde auch meiner Gemütsverfassung entsprechen. Mir ist so elend zumute.

Was ist mit mir in diesem Haus geschehen? Hat mich Delaney vergewaltigt, während ich bewusstlos war? Oder hat er mich künstlich befruchten lassen? Allein der Gedanke bereitet mir neue Übelkeit.

Ich schalte ab und drifte aus dieser beklemmenden Realität, spüre nur noch vage, wie die Männer mich sauber machen und mich ins Bett legen. Ich kann nicht einmal sprechen. Ich kann mich nicht erinnern, mich einmal so elend gefühlt zu haben. Selbst die Gefangenschaft in dieser winzigen Zelle, Folter, Hunger, all das war nichts im Vergleich zu dem.

Ich werde Tante.

Sophies Stimme schallt immer wieder in meinem Geist, immer wieder, bis ich schreien könnte, nur um das nicht mehr hören zu müssen.

Die Männer legen sich um mich herum, halten mich, flüstern beruhigend auf mich ein, was den

Schmerz etwas erträglicher macht, aber das reicht nicht.

Ich werde Tante.

Verdammt nochmal, das wirst du nicht, Sophie. Und wenn ich mir dieses abscheuliche Was-auch-immer-Ding eigenhändig aus dem Bauch schneiden müsste.

Die Nacht endet viel zu früh. Ich habe kaum geschlafen, auch wenn ich ein paarmal eingedöst bin. Ich bin weniger erholt als zuvor. Mein Magen krampft sich vor Hunger zusammen; was für eine Verschwendung, dass diese Würstchen in der Kloschüssel gelandet sind.

Griffon und Lennox stehen am frühen Morgen auf, aber Ryker bleibt bei mir und hält mich von hinten umschlungen. Ich atme seinen Katzenduft ein. Der beruhigt mich ein wenig, erinnert mich an zu Hause.

»Wie geht's Pumpkin?«, frage ich und hoffe, dass mich das ein bisschen ablenken wird.

»Sehr gut. Er ist in den vergangenen Monaten kräftig gewachsen. Du wirst überrascht sein, wenn du ihn siehst. Er vermisst dich natürlich, aber er hat sich seinen eigenen kleinen Clan von Straßenkatzen aufgebaut. Das ist süß, wenn er mich auch wegen dieses Wortes allein schon umbringen würde. Ich bin stolz auf ihn. Er hat Führungsqualitäten.«

»Also genau wie sein Vater.«

»Sein Vater wurde nur zum Anführer, weil er keine

andere Wahl hatte«, murmelt Ryker mit einem Anflug von Bedauern in der Stimme. »Ich wäre lieber im Hintergrund geblieben, musste aber etwas tun, als meine Hilfe gebraucht wurde. Ich hatte nie vor, eine ganze Katzengemeinschaft zu gründen; aber es ist so gekommen, und jetzt bin ich stolz darauf. Ich möchte nur nicht immer die Verantwortung haben.«

»Du könntest Pumpkin zu deinem Assistenten machen. Hört sich so an, als wäre er das sowieso schon.«

Ryker seufzt. »Ich hab versucht, ihn aus der Verantwortung rauszuhalten, weil er eine lange, glückliche Kindheit haben sollte. Aber ich denke, du hast recht, er hat sich diesen Weg selbst ausgesucht. Manchmal glaube ich, er meint, mir etwas beweisen zu müssen, weil wir nicht wissen, ob er je in der Lage sein wird, sich zu wandeln. Ich sage ihm immer wieder, dass ich ihn liebe, wie er ist, aber das nimmt ihm wohl nicht die Sorge, dass er trotz seines Erbteils immer eine Katze bleiben wird.«

»Das ist für ihn sicher nicht einfach. Wenn du willst, kann ich mal mit ihm reden, wenn wir zurück sind. Manchmal ist es besser, die Wahrheit von einem Außenstehenden zu hören, nicht unbedingt von den eigenen Eltern.«

Er nickt, reibt seine Wange an meinem Hinterkopf. »Das wäre gut. Er verehrt dich. Wenn ich es recht bedenke, stehe ich in seiner Schuld, dafür, dass er uns einander vorgestellt hat. Ohne ihn hätten wir uns nie getroffen.«

»Er verdient dafür eine Auszeichnung. Und lebenslangen Nachschub an Katzenminze.«

»Wage es nicht, meinen Sohn abhängig zu machen«, lacht er warnend. »Schlimm genug, dich zu erleben, wenn du auf Droge bist.«

»Ich bin nicht auf Droge. Ich entspanne mich nur und genieße das Kraut wie ein echter Kenner.«

»Klar bist du dann zugekifft. Ich erinnere dich daran, wenn du beim nächsten Mal hinter einem Wollknäuel her jagst und gleichzeitig deinen Hintern an den Küchenschränken reibst.«

»Ich reibe nicht...« ich seufze. » Du hast nicht zufällig ein bisschen Katzenminze mitgebracht? Die könnte ich jetzt gut gebrauchen.«

»Leider nein. Aber ich könnte dir Frühstück machen. Ich habe in deiner Abwesenheit besser kochen gelernt. Bethany behauptet, meine Spiegeleier seien die besten, die sie je gegessen hat.«

»Also das musst du mir jetzt beweisen. Mit Schinken?«

»Und Zwiebeln. Falls Griffon welche mitgebracht hat. Ich bezweifle, dass er an Petersilie gedacht hat, aber diese Luxusausführung bekommst du, sobald wir wieder in Attenburg sind, versprochen.«

Mein Magen knurrt voller Erwartung. Aber eigentlich möchte ich noch nicht aufstehen. Einen Moment lang hatte ich vergessen, was geschehen ist. Ich will nicht, dass ich jetzt wieder an alles erinnert werde.

»Lennox holt einen Schwangerschaftstest«, sagt Ryker, als könne er meine Gedanken lesen. »Und Griffon wollte noch einmal mit Sophie reden, um so viele Informationen wie möglich zu erhalten. Die Beiden verstehen sich gut, und sie vertraut ihm. Wir dachten, es sei besser, wenn er das tut. Ist für alle Beteiligten weniger stressig.«

Ich gebe ihm zwar recht, fühle mich aber trotzdem etwas ausgeschlossen. Sie haben ohne mich entschieden. Gut, ich war vergangene Nacht kaum noch zurechnungsfähig und sicher nicht in der Lage, Entscheidungen zu treffen, aber das tut trotzdem weh.

»Willst du mir beim Frühstückmachen helfen, oder möchtest du lieber Frühstück im Bett?«

Eine nette Kat würde jetzt Mithilfe anbieten ... aber so bin ich nicht.

»Frühstück im Bett klingt super.«

Er drückt mir einen Kuss in den Nacken. »Dann machen wir das so. Bin bald zurück. Ruf mich, wenn du etwas brauchst.«

Das hört sich so an, als sei ich ernsthaft krank und bräuchte ständig Hilfe. Oder auch als sei ich eine Königin, der man seine Aufwartung macht. Ja, das gefällt mir besser. Ist weniger deprimierend.

Jetzt, wo er gegangen ist, bin ich wieder alleine mit meinen Gedanken. Dem Schwangerschaftstest sehe ich mit gemischten Gefühlen entgegen, Angst und Hoffnung kämpfen miteinander. Hoffentlich wird er beweisen, dass Sophies sogenannte Eltern ihr Lügengeschichten erzählt haben. Sie haben sie auf vielfache Weise manipuliert, warum sollte das nicht eine andere Art gewesen sein, sie unter Kontrolle zu halten. Ich frage mich nur, warum sie das die ganze Zeit auf unserer Flucht nicht erwähnt hat.

Ich muss an etwas anderes denken. Mich ablenken. Bis jetzt habe ich das Flüstern vom gegenüberliegenden Schlafbereich nicht beachtet. Sophie und Griffon unterhalten sich, wie Ryker gesagt hat.

Ich konzentriere mich auf ihr Gespräch, bis ihre gedämpften Stimmen für mich hörbar werden. Ich sollte nicht lauschen, aber ihnen ist beiden bewusst, dass ich sehr wohl dazu in der Lage bin. Vier von uns Fünfen sind Wandler und verfügen über ein besseres Gehör als Menschen. Wenn sie keine Zuhörer haben wollten, hätten sie das Haus verlassen müssen.

»Weißt du, wann dein Vater das mit Kat gemacht hat?«, fragt Griffon Sophie.

»Nicht genau. Vielleicht vor zwei Wochen? Oder drei? Deshalb haben sie ihr ein neues Zimmer gegeben, damit sie es wegen der Babys bequemer haben sollte.«

Ich halte den Atem an. Hat sie gerade von *Babys* gesprochen? In der Mehrzahl? Verflucht nochmal. Ich werde einen ganzen Wurf haben. Wie eine Katze. Nee, kommt nicht in die Tüte. Ohne mich.

»Du hast gesagt, du hast auf einem Bildschirm was gesehen. Hast du gesehen, wie viele Babys da drauf waren?« Griffons Stimme klingt angestrengt. Ich bewundere ihn dafür, wie ruhig er bleibt.

»Vier. Es waren fünf, aber eins hat man auf dem Scanner nicht mehr gesehen. Mein Vater hat sich darüber sehr geärgert.«

Mir wird ganz schwach. Vier Babys. In mir. Das kann nicht sein. Das muss ein schlechter Witz sein.

Die Tür geht auf, und Lennox kommt herein und schwingt einen Beutel.

»Kat, komm runter, ich habe den Test.«

Ich schlucke schwer. Jetzt naht die Stunde der Wahrheit.

KAPITEL ACHTZEHN

Ich muss die Kerle davon abhalten, mich ins Bad zu begleiten und zu beobachten, wie ich auf dieses Plastikstäbchen pinkele. Das Pinkeln an sich ist schon schwierig genug, wo ich ja nichts mehr in mir habe und sich meine Innereien vor lauter Angst zusammengezogen haben. Ich hatte im ganzen Leben wohl noch nie so viel Angst.

Als ich aus dem Badezimmer komme, stehen alle um mich herum, auch Sophie. Sie hüpft fast vor Aufregung, während wir anderen eher düster dreinschauen. Wenn sie noch einmal erwähnt, wie sehr sie sich freut, Tante zu werden, wird sie enterbt.

Ich schüttele das Stäbchen wie vorgeschrieben und warte auf den farbigen Streifen. Grün für schwanger, rot für nicht schwanger. Bitte, bitte rot. Bitte.

Die Ränder verfärben sich leicht grün, und ich lasse

den Test auf den Boden fallen. Das Universum hat sich gegen mich verschworen.

Ryker nimmt mich in die Arme, während Griffon das Teststäbchen vom Boden aufhebt. Er starrt es an, schüttelt es erneut, damit es vielleicht doch noch die Farbe wechselt, aber es bleibt grün.

»Scheiße«, entfährt es Lennox. »Du wirst Welpen bekommen.«

»Kätzchen«, korrigiert ihn Ryker.

Griffon sieht sie beide stirnrunzelnd an. »Babys«.

»Mir ist scheißegal, wie ihr die nennen wollt«, fauche ich und bin dicht an einem hysterischen Anfall. »Die Dinger da wachsen in mir. Nehmt sie raus!«

Ryker reibt meinen Rücken, um mich zu besänftigen, aber nichts kann mich jetzt beruhigen. Ich fasse mir an den Bauch, die Krallen bereit hervorzuschießen und mich aufzureißen. Ich kann nicht mehr. Da hat mir jemand Babys eingepflanzt, und ich kann nichts dagegen tun. Und nicht irgendeiner. Delaney. Ich werde ihn umbringen. Langsam und qualvoll. Er soll an seinem eigenen Schwanz ersticken, während ich ihm die Gliedmaßen einzeln ausreiße. Ich kann's kaum erwarten, ihn tot zu sehen.

»Wir müssen ihn umbringen«, keuche ich. »diesen Scheißkerl umbringen.«

»Kat, beruhige dich«, flüstert Ryker mit einem leisen Schnurren. »Setz dich. Atme tief ein. Wir müssen jetzt überlegt vorgehen. Und erst einmal herausfinden, was genau mit dir passiert ist.«

Griffon nickt. »Nur weil der Schwangerschaftstest

positiv ausgefallen ist, bedeutet das noch lange nicht, dass du tatsächlich Babys bekommen wirst. Der Test könnte falsch positiv sein. Du hast so viel durchgemacht, da könnten die Hormone verrücktspielen. Wenn wir wieder in Attenburg sind, lassen wir einen Ultraschall machen und sehen dann weiter. Okay?«

»Nein«, fauche ich. »Ich muss das jetzt wissen. Wie würdest du dich fühlen, wenn du wüsstest, dass da Parasiten in dir wachsen? Du bist schließlich Arzt. Operier mich, sieh zu, dass die Dinger rauskommen.«

Er schüttelt den Kopf. »Ich kann dich nicht einfach aufschneiden. Wir brauchen genauere Informationen, bevor wir solche Entscheidungen treffen können.«

Lennox nimmt meine Hand und führt mich sachte zum nächstgelegenen Sofa. Er setzt sich und zieht mich auf seinen Schoß. Ich lasse es zu. Ich habe keine Kraft mehr zur Gegenwehr.

»Wir sind alle bei dir«, betont er. »Wir halten zu dir, egal was geschieht. Falls du wirklich Junge bekommst, ähm, Babys, dann soll's so sein. Wir werden sie wie unsere eigenen großziehen. Nicht wahr, Männer?«

Ryker und Griffon grunzen zustimmend.

»Selbst wenn dieser verfluchte Siron ihr Vater sein sollte, käme die Hälfte des Erbmaterials immer noch von dir. Diese Kinder werden wunderbar sein, weil du wunderbar bist. Und wir werden dafür sorgen, dass sie die beste Kindheit haben werden, die man sich nur vorstellen kann. Wir sind zu viert, also selbst wenn du Vierlinge bekommst, können wir uns jeder um eines kümmern.«

Allein diese Zahl ist für mich unfassbar. Vier Babys. Das sind vier mehr, als ich je wollte. So schön sich das bei ihm auch anhört, eine Familie mit liebenden Vätern, es ist nicht das, was ich will. Das war nicht meine Entscheidung, und das ist schließlich das Entscheidende.

»Ich freue mich so auf...«, sagt Sophie fröhlich.

»Hau ab, verschwinde!«, schreie ich und kann sie nicht einmal ansehen.

Griffon führt sie sanft aus dem Haus und lässt mich mit Lennox und Ryker alleine. Lennox umarmt mich fest, während Ryker mir die Schultern massiert. Bei jeder Berührung spüre ich ihre Hilflosigkeit. Sie wissen genauso wenig wie ich, was sie tun sollen. Wir befinden uns in einer scheinbar aussichtlosen Lage.

Ich bin immer noch versucht, meinen Bauch einfach mit meinen Klauen aufzureißen und mir die Gebärmutter so brutal zu entfernen. Meine Selbstheilungskräfte müssten soweit wiederhergestellt sein. Und wenn ich dabei bewusstlos werde, umso besser. Ich will gar nicht denken müssen. Ich will nur noch schlafen und das alles vergessen. Zurück in mein Leben vor dieser freiwilligen Entführung.

Wie kommt es nur, dass man immer erst im Nachhinein weiß, wie schön das Leben war, das man vorher hatte – bis es einem weggenommen wird? Ich würde der Kat in dieser Vergangenheit gerne zurufen, dass sie jede Minute mit den Männern und mit M.I.A.U. genießen soll, weil nichts so bleiben wird, wie es ist. Jetzt ist es zu spät dafür. Mein altes Leben ist mir entrissen worden, und es gibt keine Möglichkeit, es zurückzuholen. Wir werden zu einer Art Normalität zurückfinden, aber die Narben der Vergangenheit werden nicht verschwinden. Und vier dieser Narben sind vielleicht lebendige, atmende, schreiende Babys. Werde ich sie je lieben können? Das bezweifle ich stark. Die sind nicht von mir, nicht wirklich. Ich war an ihrer Entstehung nicht beteiligt, habe nur meine Eizellen und meine Gebärmutter zur Verfügung gestellt. Das ist wie bei einer Leihmutter. Und die Gene sind nicht so entscheidend. Tante Rose ist dafür das beste Beispiel. Sie hat sich meiner jüngeren Geschwister angenommen und liebt sie wie ihre eigene Tochter, auch wenn sie nicht miteinander verwandt sind.

»Kat, hör auf«.

Lennox zieht meine Hände von meinem Bauch weg und hält sie fest. Auf meinem Hemd sind Blutflecke zu sehen. Mir war nicht bewusst, dass ich mich teilweise gewandelt hatte. Meine Fingernägel waren zu Klauen geworden. Ich spüre keinen Schmerz. Alles ist taub, körperlich und seelisch. Ich könnte jetzt nicht einmal weinen, selbst wenn ich der Typ dafür wäre.

Ryker drückt meine Schultern etwas fester, um mich aus meiner Benommenheit zu holen.

»Was können wir tun, damit du dich besser fühlst?«, fragt er leise. »Wie können wir dir helfen?«

»Töte sie«, schnaube ich. »Töte diese Parasiten in mir. Und dann helft mir, Delaney und seine Drecksfrau umzubringen.«

»Die werden wir ganz sicher bald töten«, sagt er mit fester Stimme. »Daran gibt's überhaupt keinen Zweifel.

Sobald wir wieder mit den anderen zusammen sind, werden wir Pläne machen. Aber im Moment wäre das zu riskant. Du bist nicht in der Lage zu kämpfen - nein, widersprich nicht, du weißt selbst am besten, dass ich recht habe. Du bist halb verhungert und musst erst noch verarbeiten, was alles passiert ist. Wir müssen überlegt vorgehen. Der Kerl ist zu mächtig, als dass wir nur mit halber Kraft gegen ihn vorgehen könnten.«

»Ich stimme Ryker zu«. Lennox drückt einen Kuss auf meine Schulter. Auch das ist mir gleichgültig. Sie könnten jetzt Sex mit mir haben, und ich würde dabei nichts empfinden.

Sie reden weiter, wollen mich beruhigen, versuchen Gründe zu finden, warum das nicht wirklich der Super-GAU ist, aber ich kann mich kaum zwingen, ihnen zuzuhören. Vielleicht sollte ich mich wandeln. Meine Katze übernehmen lassen. Sie hatte recht – sie ist stärker als ich.

Nach einer Weile kommt Griffon zurück. »Sophie kümmert sich um die Pferde. Sie macht das gut. Ich habe ihr ein Pony versprochen, wenn wir wieder zu Hause sind.«

Er erwartet eine Reaktion von mir, aber als keine kommt, setzt er sich seufzend neben Lennox, auf dessen Schoß ich immer noch hänge.

»Ich kann dich hier nicht untersuchen. Das nächste Krankenhaus ist wahrscheinlich in der Hauptstadt, aber das wäre zu gefährlich. Nach Attenburg zurückzugehen ist nicht weniger gefährlich, weil Lord Delaney weiß, wo wir wohnen, aber dort hätten wir wenigstens den Schutz von Lady Lara und Unterstützung durch die anderen Mitglieder von M.I.A.U. Und Rykers Katzen können Wachdienste übernehmen. Deshalb finde ich, wir sollten so schnell wie möglich dorthin zurückkehren. Lady Lara kann dafür sorgen, dass ich im Krankenhaus deren Geräte benutzen darf, um dich zu untersuchen, ohne dass unnötige Fragen gestellt werden. Sie kennt vielleicht sogar ein paar Fachleute, die man bestechen kann, damit sie die Sache für sich behalten.«

»Was nützt mir so eine Untersuchung schon?«, frage ich tonlos. »Schneid sie einfach raus. Werd sie irgendwie los. Erledigt.«

»Kat«, flüstert Lennox und zieht mich noch dichter an sich heran. »So darfst du nicht denken. Noch nicht. Wenn wir erst mal zurück in Attenburg sind und genau wissen, was der Scheißkerl getan hat, können wir darüber reden. Wenn das erst drei Wochen her ist, bleibt uns noch viel Zeit, bevor es zu spät ist. Man weiß ja nie, vielleicht sind es wieder Klone. Kleine Baby-Kats. Das wäre doch niedlich.«

»Nicht so niedlich wie kleine Griffons«, wirft unser Siron ein.

Mir ist nicht nach Lachen zumute. Ich weiß, dass er versucht, die Situation zu entspannen, mich aufzuheitern, aber es funktioniert nicht. Ich kann nicht vergessen, wie hoffnungslos die Lage ist.

»Wie lange brauchen wir bis Attenburg?«, frage ich mit einer Stimme, die kaum wie meine eigenen klingt.

»Mit Pferden und wenn wir den ganzen Tag reiten, nachts nur kurz Pause machen, zehn Tage«, antwortet

Griffon. »Aber eher zwei Wochen. Es ist Herbst, und wir müssen damit rechnen, dass das Wetter nicht hält. Außerdem müssen wir auf Sophie Rücksicht nehmen; sie braucht vielleicht mehr Pausen. Sie ist schließlich nur ein Kind. Benimmt sich zwar nicht immer so, aber sie ist noch sehr jung und kann nicht immer mit uns mithalten.«

Zwei Wochen. Mir dreht sich der Magen um.

»Wie lange dauert es, bis der Fötus einen Herzschlag hat?«

Er räuspert sich, fühlt sich sichtlich unwohl. »Normalerweise neun bis zehn Wochen, aber das ist bei Menschen so. Sirenen haben eine kürzere Schwangerschaft als Menschen, und bei Wandlern weiß ich das nicht.«

»Auch kürzer als bei Menschen«, sagt Lennox. »Bei Wolfs-Wandlern sind es ungefähr sechs Monate. Ryker, weißt du noch, wie lange deine Katzen-Freundin schwanger war? Ich weiß, sie war eine reine Katze, aber du bist ein Wandler, das gibt uns zumindest einen Anhaltspunkt.«

»Pumpkin ist ungefähr drei Monate, nachdem ich mit ihr geschlafen hatte, zu mir gekommen. Da war er erst wenige Tage alt, also ist das wohl die Zeitspanne. Normalerweise dauern Schwangerschaften bei Katzen nur zwei Monate oder so, was bedeutet, dass sie sich durch mich als Wandler verlängert hat.«

Sechs Monate. Drei Monate. Ich erschauere beim Gedanken daran. Ich kenne außer Ryker keine Katzen-Wandler, die mir Auskunft geben könnten. Und selbst wenn, wüsste ich immer noch nicht, wie lange so eine Siron-Wandler-Schwangerschaft dauern würde. Falls das wirklich Lord Delaneys Kind in mir ist. Seine Kinder. Mich überläuft erneut ein Schauer. Nach allem, was ich über Sophie weiß, bin ich mir noch nicht einmal sicher, dass das genetische Material von ihm ist. Das könnte wieder so ein Experiment sein. Was wäre der schlimmste Fall? So ein Mutant? Irgendetwas Monsterartiges, das meine Babys wie Aliens aussehen lassen würde? Oder es ist ihm gelungen, diese leicht zu kontrollierenden, unbezwingbaren Wandler zu schaffen. Ein Kind, das aufs Kommando gehorcht. Wie die Meute es mit Klein-Kat und Caitlin versucht hat. Das scheint immer ihr Ziel zu sein. Uns zu ihren Sklaven zu machen; ihren Soldaten. Sie können uns nicht in Frieden leben lassen. Nein, sie beneiden uns um unsere Kräfte und wollen uns daher ihnen untertan machen. Ob das so eine angeborene Sirenen-Eigenschaft ist? Es gehört wohl zu ihrer Natur, andere zu kontrollieren und zu manipulieren. Ihre Experimente und das Klonen sind nur der nächste Schritt.

Zum Glück ist Griffon da aus der Art geschlagen, genauso wie Tante Rose und ihre Tochter. Was nur beweist, dass die Gene nicht alles sind.

»Wir werden eine Lösung finden«, sagt Griffon sanft. »Wenn wir Zugang zu einem Ultraschallgerät bekommen, werden wir sehen, wie weit sie schon entwickelt sind, und das wird uns einen Hinweis darauf geben, wie lange die Schwangerschaft andauern wird.«

»Ich will nicht, dass sie andauert. Ich will sie beenden, sofort.«

Plötzlich dringt ein neues Geräusch an mein Ohr, und ich erstarre. Lennox und Ryker müssen es auch gehört haben, denn sie sehen mich schockiert an.

Ich sehe ungläubig auf meinen Bauch hinunter.

Da ist ein Herzschlag, der vor einem Augenblick noch nicht da war.

KAPITEL NEUNZEHN

Ich werde noch verrückt. Wirklich. Wild werden ist gar nichts dagegen. Ich halte meinen Kopf in den Händen und fühle mich außerstande, mit dieser neuen Entwicklung klarzukommen.

Da schlägt ein Herz in meinem Bauch. Nein, in meiner Gebärmutter. Das ist nicht länger ein hypothetischer Parasit, der da heranwächst. Es ist ein Baby.

Bisher nur ein Herzschlag, dem Katzenminze-Gott sei Dank. Ich glaube, ich würde umkippen, wenn es mehr als dieser eine gewesen wäre.

»Drei statt neun Wochen«, murmelt Griffon in seinen Bart. »Das könnte bedeuten, dass die Schwangerschaft nur drei Monate statt neun dauert. Wir müssen so schnell wie möglich nach Attenburg«.

Ich höre nicht hin. Will nicht einmal an die Möglichkeit denken.

»Darf ich?«, fragt Ryker und deutet auf meinen Bauch. Wahrscheinlich will er näherkommen, um zu horchen.

»Nein«, knurre ich. »Fass mich nicht an.«

Er weicht zurück, lässt seine Hände aber auf meinen Schultern liegen. Dafür bin ich ihm dankbar; seine sanfte Massage hilft mir dabei, im Hier und Jetzt zu bleiben. Lennox Umarmung hat denselben Effekt. Griffon berührt mich als einziger nicht. Er ist aufgesprungen, als die anderen ihm gesagt haben, dass sie einen Herzschlag gehört haben und kommt gerade mit seinem Stethoskop zurück.

»Darf ich?«, wiederholt er Rykers Frage.

Widerstrebend lasse ich es zu. Bei ihm ist das etwas anderes; er tut es in seiner Kapazität als Arzt, nicht aus reiner Neugier wie Ryker.

Er zieht mein Hemd hoch und bewegt das Stethoskop sanft über meinen Bauch, bis er den optimalen Punkt gefunden hat.

»Dein Gehör ist wirklich phantastisch«, flüstert er. »Ich kann es kaum erkennen. Wenn ich nicht wüsste, dass da etwas ist, hätte ich es nicht bemerkt. Es ist nur einer, nicht?«

Ich nicke. »Dem Himmel sei Dank. Stell dir vor, wenn...«

Ein zweiter Herzschlag folgt dem ersten, nur etwas schneller.

Scheiße.

»Da ist gerade ein zweiter Herzschlag dazugekommen«, informiert Ryker Griffon.

Mein Siron lässt das Stethoskop wieder wandern, scheint aber den zweiten Laut nicht finden zu können. Er ist auch etwas schwächer als der erste, aber er wird ihn sicher bald auch hören. Wenn das so weitergeht, werde ich in den nächsten Minuten vier verschiedene Herzschläge hören. Mir platzt beinahe der Kopf. Ich weiß nicht mehr, was ich denken soll. Es ist, als ob mein Körper nicht länger mir gehörte. Fühlt sich an, als sei er etwas Fremdes, das ich aus der Entfernung betrachte. Diese Spaltung wirkt beinahe beruhigend. Ich kann wieder einen klaren Gedanken fassen, analysieren, was gerade vor sich geht.

»Der dritte«, sagt Lennox im selben Moment, als ich ihn höre.

Am liebsten würde ich das Bewusstsein verlieren. Kann man sich selbst ohnmächtig machen? Ich erinnere mich an den Moment, als ich Ryker damals bat, sich auf meinen Hals zu setzen und mir so das Bewusstsein zu nehmen. Er macht sich darüber immer noch lustig. Wie eine Hauskatze einem Panther, der ein Vielfaches größer war als er, die Lichter ausgeblasen hat. Ich bezweifle, dass er mir im Augenblick diesen Gefallen tun würde. Die Männer wollen, dass ich mich mit der Realität abfinde, aber dazu bin ich noch nicht bereit.

Zwei Minuten später springt ein viertes kleines Herz an. Es ist ein bisschen langsamer als die anderen drei, aber etwas lauter, selbst verglichen mit dem ersten.

Vier verdammte Babys. Grundgütiger Himmel. Ein

ganzer Wurf kleiner Katzen. Abgesehen davon, dass es nicht unbedingt Katzenbabys sein müssen.

Sophie hat uns erzählt, dass der fünfte Fötus es nicht geschafft hat, aber wir warten dennoch ein bisschen ab. Zu meiner Erleichterung, bleibt es bei den vier Herzschlägen. Vier zu viel. Ihr Echo hallt durch den Raum, lauter als Trommeln. Sie hindern mich am Denken.

»Jetzt kann ich sie auch hören«, flüstert Griffon mit ehrfürchtigem Gesichtsausdruck. »Vier Herzschläge. Das ist wunderbar.«

So würde ich das nicht bezeichnen. Erschreckend, fürchterlich, kommt dem näher. Ich dreh noch durch. Ich würde am liebsten schreien, mir die Kleider vom Leib reißen und mich wie ein Kleinkind bei einem Trotzanfall auf den Boden werfen. Und all das würde noch nicht meine tatsächlichen Gefühle widerspiegeln.

»Du siehst aus, als würdest du jeden Moment ohnmächtig«. Griffon sieht mich besorgt an. »Tut dir was weh?«

Ich lache. Das ist sehr, sehr milde ausgedrückt. Ich leide Qualen, mentale. Es zerreißt mich gerade.

Er greift nach meinem Handgelenk und fühlt den Puls, und wieder muss ich lachen. Es erscheint mir plötzlich alles reichlich komisch.

In mir wachsen Babys. Richtige Babys. Das Universum macht Witze. Wo ich doch der am wenigsten mütterliche Typ von allen sein muss – und ausgerechnet ich werde Mutter. Ich werde vier Babys durch meine Vagina pressen müssen. Die wird nie wieder so sein wie vorher. Lose und schlabberig. Die Männer werden hinterher viel mehr Platz in mir haben. Ich kichere.

»Was ist?«, fragt Lennox.

»Hab gerade an meine Vagina gedacht.«

Huch. Das wollte ich eigentlich gar nicht laut sagen.

»Du hast eine hübsche Vagina«, sagt Griffon grinsend. »Sie ist wunderschön«.

Eine Hitzewelle wallt in mir auf. Das ist nicht das Thema, über das ich gerade sprechen wollte.

»Ja, ne schöne Vagina«, bestätigt Ryker. »Aber warum sprechen wir gerade darüber?«

»Weil diese Parasiten sie zerstören werden. Sie werden mich zerreißen. Stellt euch mal vor, wie sie aussehen wird, wenn vier dieser Monster durch sie durchgequetscht wurden.«

»Sie kommen ja einer nach dem anderen«, erklärt Griffon, als ob das nicht jedem klar wäre. »Und der weibliche Körper ist dafür geschaffen. Frauen gebären seid Hunderttausenden von Jahren. Du bist nicht die erste, und wirst auch nicht die letzte sein.«

Ich starre ihn böse an. »Darum geht's nicht«.

»Wir könnten sie vorher fotografieren«, schlägt Lennox vor. »Und können das Bild an die Wand hängen, zur Erinnerung daran, wie deine Vagina vorher ausgesehen hat.«

Ich stoße ihm den Ellbogen in die Seite, dass er aufschreit. »Thema verfehlt.«

Ein Klopfen an der Tür zeigt Sophies Rückkehr an. »Darf ich jetzt reinkommen?«

Ich seufze. Diese Albernheiten über mein intimes

Heiligtum haben zumindest ein bisschen Leichtigkeit zurückgebracht. Ich will diese Babys nach wie vor nicht, aber stecke wenigstens nicht mehr in dieser Schockstarre.

Griffon wechselt einen Blick mit mir, und ich nicke. Ich weiß, dass meine Schwester nichts dafür kann. Sie ist nur der Bote, aber mir wird langsam klar, warum die von den Königen früher oft getötet wurden.

»Herein«, ruft Griffon, und Sophie kommt sofort. »Wie geht's den Pferden?«

»Alma hat mir fast die Hand abgebissen«, erzählt sie mit breitem Grinsen. »Sie hat drei Äpfel gefressen und wollte immer noch mehr. Liilibet hat mir das Gesicht geleckt, und Billy hat sich diesmal sogar anfassen lassen.« Sie scheint stolz darauf zu sein. »Vielleicht wird er sogar mein Freund, wenn ich ihn jeden Tag bürste.«

»Mach das nur«, sagt Griffon mit einem Lächeln, das mich an den Blick eines stolzen Vaters auf seine Tochter erinnert. »Du kannst ihn sogar reiten, wenn du willst. Zusammen mit einem von uns; wir haben ja kein Pferd für jeden von uns. Wir gehen bald los, du kannst also schon mal deine Tasche packen.«

Sie nickt und klettert auf eine der Emporen hinauf. Sie scheint keine Vorbehalte mehr dagegen zu haben, mit Leuten, die sie erst seit wenigen Tagen kennt, ihre Heimat zu verlassen und in eine unbekannte Stadt zu ziehen.

Ich habe nichts zu packen, aber Ryker und Griffon stehen auf, um ihre Sachen zu richten. Lennox behält mich auf seinem Schoß, hat sein Gesicht in meinem

Nacken vergraben. Ich bin hin- und hergerissen zwischen dem Wunsch, mich in seine Umarmung fallenzulassen und aufzuspringen und wegzurennen. Mein Kopf hat sich nach dem Intimitäten-Gespräch etwas beruhigt, aber ich bin noch immer äußerst angespannt. Ein Funke genügt, und ich werde wieder hochgehen.

»Ich kann's kaum erwarten, wieder zu Hause zu sein«. Lennox fährt mit der Hand durch meine Haare. »Dann ist alles wieder wie immer«.

»Das wird es nie wieder sein. Alles hat sich verändert. Jetzt, wo wir wissen, was Delaney mit mir angestellt hat, wird er mich nie wieder frei herumlaufen lassen. Er wird hinter mir und seinen Nachkommen her sein. Ihm ist wahrscheinlich völlig egal, was aus mir wird, solange ich als Brutkasten und Eizellenspender diene. Vielleicht lässt er mich bis zur Geburt in Frieden, aber dann wird er kommen, garantiert.«

»Dann werden wir bereit sein zum Kampf.«

»Ich will mich nicht nur verteidigen«, antworte ich unwirscher als beabsichtigt. »Ich will ihm selbst den Kampf ansagen. Ihn und seine Sirenen ein für alle Mal auslöschen. Bis er nicht verschwunden ist, bleibt nichts, wie es einmal war.«

Er leckt meine Schulter. Wirklich, er küsst mich nicht, er leckt mich. Dummer Hund.

»Dann ist es halt so. Wir werden uns mit unseren Verbündeten zusammentun und kämpfen. Aber lass uns erst mal wieder nach Hause gehen. Lilly war richtig eifersüchtig, weil sie nicht bei den Ersten dabei war, die dich wiedergesehen haben. Griffon hat all seine Überredungskünste aufbieten müssen, damit sie in Attenburg geblieben ist und von dort aus alles koordiniert hat. Dasselbe gilt für Caitlin. Wir mussten sie beinahe anketten. Sie wollte natürlich auch nach dir suchen, aber wir haben ihr begreiflich machen können, dass das für sie zu gefährlich sein würde. Nicht nur, weil wir nicht sicher sein konnten, dass sie in diesen mental kontrollierten Bewusstseinszustand zurückfinden würde, sondern auch, weil sie eine wertvolle Beute wäre; für jeden, der herausfindet wer und was sie ist. Was ja für euch alle gilt.«

Ich nicke, bin froh, dass die Männer Lilly und Caitlin überzeugen konnten. Das war ganz in meinem Sinne. »Habt ihr von Klein-Kat und den Zwillingen was gehört?«

»Ja, denen geht's gut. Wir haben ihnen nicht gesagt, dass du verschwunden warst. Tante Rose weiß Bescheid, hielt es aber auch für besser, erst einmal nichts zu sagen. Wir wollten ihnen nicht unnötig Angst machen. Die Zwillinge wären bestimmt sofort nach Attenburg aufgebrochen, um uns zu helfen, hätten dann aber genauso sicher noch mehr Chaos angerichtet.«

Kann ich mir gut vorstellen, wie die Beiden jeden einzelnen Passanten nach mir befragt hätten. Mit einem Messer an der Kehle. Ja, das wäre nicht so gut angekommen. Und ich will auch nicht, dass sie zu sehr den ganzen Dreck in meinem Leben miterleben müssen. Sie sind noch Kinder und haben eine richtige Kindheit und Schulbildung verdient.

»Wir sollten uns fertig machen«, seufzt Lennox.

»Ich habe nichts zu packen.«

Er lacht leise. »Doch, hast du. Griffon hat dir auf dem Markt ein paar Kleidungsstücke besorgt, und wir alle haben je eins deiner Messer. Als wir mit der Suche begannen, hat jeder eins genommen, und jeder wollte der erste sein, der dir seins zurückgibt. Jetzt können wir es alle drei gleichzeitig tun.«

Das gibt mir vor lauter Liebe und Schmerz einen Stich ins Herz. Solch eine süße Geste! Sie haben mir doch tatsächlich meine Lieblingsdolche mitgebracht. Andere Frauen würden sich über Blumen freuen. Bei mir lösen Klingen dieselben Gefühle aus.

»Danke. Dann ziehe ich mich besser um.«

»Wenn Sophie nicht hier wäre, würde ich dich bitten, dich vor mir umzuziehen«, flüstert er und leckt erneut meinen Nacken. »Aber heute Abend bin ich dabei, wenn du dich ausziehst. Versprochen.«

Ich verdrehe die Augen. Männer!

Griffon hat mir zwei Outfits mitgebracht, beide sind einfach und bequem. Sie sind nicht aus dem von mir geliebten schwarzen Leder, das wäre zu auffällig. Ich werfe mich also in eine moosgrüne Tunika und dicke braune Hosen, die bestens geeignet sind, wenn man den ganzen Tag im Sattel sitzen muss. Er hat sogar an eine Scheide für die Messer gedacht. Der Weg zum Herzen einer Frau führt durch eine hübsche Messerscheide.

Bis wir abmarschbereit sind, ist die Sonne aufgegangen und wirft ihre Strahlen in das gemütliche Häuschen. Ich finde es beinahe schade, diesen Ort wieder zu verlassen. Vielleicht sollten wir irgendwann in ferner Zukunft einen Urlaub hier verbringen. Nur die Männer und ich. Wir haben uns eine solche Erholung verdient.

Aber jetzt noch nicht. Zunächst haben wir eine lange Reise vor uns und dann einen Kampf ums Überleben. Der Einsatz könnte nicht höher sein.

Da wir nur drei Pferde haben, reiten Griffon und Sophie zusammen, und ich sitze vor Ryker. Ich wünschte, ich hätte ein Pferd für mich, aber es ist schon richtig, dass die beiden Schmalsten sich eines mit einem der Männer teilen. Lennox sieht sehr zufrieden aus, dass er ein eigenes Pferd hat.

»Darf ich mal die Zügel halten?«, fragt Sophie aufgeregt, und Griffon gibt sie ihr mit nachsichtigem Lächeln. Die Beiden sind einfach süß zusammen. Die Augen meiner kleinen Schwester sind unter der breiten Krempe eines Strohhuts verborgen, und außerdem hat sie noch eine Sonnenbrille in der Tasche, falls es für den Hut zu windig wird. Griffon hatte noch keine Gelegenheit, mit ihr über das Auge zu sprechen. Und solange wir unterwegs sind, können wir sowieso nichts daran ändern.

Noch ein Grund, so schnell wie möglich nach Hause zu kommen.

Ich schaue mich nach unserer kleinen Gruppe um und nicke mir zu. Zeit, loszureiten.

KAPITEL ZWANZIG

*D*ie ersten drei Tage vergehen wie im Flug. Wir reiten den ganzen Tag lang, machen nur eine kurze Pause zum Mittagessen und damit die Pferde trinken können. Wir verbringen die Nächte in verlassenen Gebäuden am Wegesrand; einem kleinen Schuppen, einem Häuschen ähnlich dem, das wir gerade hinter uns gelassen haben und einem Stall mit undichtem Dach. Selbst noch drei Stunden später kann ich das modernde Heu riechen.

Sophie ist in Griffons Armen eingeschlafen, erschöpft von dem Tempo, das wir vorlegen. Sie hat sich aber nicht beschwert. Und sie wollte ausschließlich mit Griffon reiten. Ich glaube, er fühlt sich durch ihre Anhänglichkeit geschmeichelt. Ihr Verhalten mir gegenüber hat sich etwas abgekühlt. Ich vermute, sie hat mir noch nicht den Brüller verziehen, mit dem ich sie aus dem Zimmer gejagt habe. Ich habe noch nicht versucht, ihr zu erklären, warum ich das getan habe. Sie würde es nicht verstehen. Sie hat noch einige Male die Sache mit dem Tante-Werden erwähnt, aber ich reagiere einfach nicht, wenn sie das tut. Ist schon schlimm genug, ständig vier leise Herzschläge in mir zu hören. Sie treiben mich nicht länger in den Wahnsinn; sie sind auf gespenstische Art und Weise ein Teil von mir geworden.

Parasiten. Ich kann von ihnen nicht als Babys, Jungen, Welpen oder so denken. Sie sind unerwünschte Parasiten. Hässlich und schleimig. Die mich von innen aussaugen. Ich habe schon bemerkt, dass ich hungriger bin als gewöhnlich. Ich bin nie lange satt. Die Männer haben jetzt immer Snacks parat, damit sie mir etwas geben können, wenn ich unleidlich werde. Glücklicherweise leide ich nicht an morgendlicher Übelkeit. Noch nicht. Wenn das passiert, werde ich wohl doch wieder auf meinen ursprünglichen Plan zurückkommen und sie aus mir herausschneiden.

»Wir nähern uns jetzt Ebenmais«, verkündet Griffon als Anführer unserer kleinen Karawane. Er kennt sich in Geographie am besten aus, was vor allem der teuren Privatschule zu verdanken ist, die ihm sein Vater spendiert hat. Was einmal mehr daran erinnert, wie anders er im Vergleich zum Rest von uns aufgewachsen ist.

»Da könnten wir sicher unsere Vorräte auffüllen, aber wenn ich mich recht erinnere, wohnen dort einige Sirenen-Familien. Mir scheint es sicherer, um diese Stadt einen Bogen zu machen und lieber im nächsten Dorf einzukaufen.«

»Was brauchen wir denn eigentlich?«, fragt Lennox von hinten. Heute reite ich mit ihm auf Alma, einer hochgewachsenen Stute mit einem ausgeprägten Interesse an Brombeerhecken. Sie bleibt am liebsten an jedem Busch stehen. Macht mich noch verrückt.

»Morgen haben wir unsere Vorräte aufgebraucht, wenn Kat weiter so zulangt«. Griffon grinst mich an. »Und ich möchte in einer Apotheke was für Sophies Auge besorgen. Es hat angefangen zu jucken.«

»Mir geht's gut«, protestiert Sophie, aber selbst mir ist aufgefallen, dass sie sich am Auge reibt. Wir sprechen immer noch vom Auge, obwohl das ja eigentlich nicht mehr da ist. Das macht es uns aber einfacher. Wir erinnern Sophie nicht gerne daran. Äußerlich scheint sie mit allem klarzukommen, aber es gibt Anzeichen dafür, dass sie in Wirklichkeit Angst hat und sich Sorgen macht. Sie ist meine Schwester; und ich weiß genau, wie ich aussehe, wenn ich versuche, etwas zu verbergen. Sie ist da genauso.

»Wie wär's denn, wenn nur einer von uns nach Ebenmais hineroneginge?«, schlage ich vor. »Wir anderen könnten außen um den Ort herumgehen und uns auf der anderen Seite wieder treffen.«

Griffon seufzt. »Das muss ich dann wohl machen. Kat und Sophie scheiden aus, Rykers Augen fallen zu sehr auf, und Lennox... Okay, ich mach's.«

»Was ist mit mir?«, will Lennox jetzt aber wissen.

Unser Siron verdreht die Augen. »Du bist nicht gerade gut im Einkaufen. Du kannst ein Gemüse nicht vom anderen unterscheiden.«

»Wenn du damit die Sache mit dem Spinat und Grünkohl meinst, das war ja wohl nicht meine Schuld. Die haben beide grüne Blätter. Da hätte zumindest ein Schild stehen müssen, damit man sie auseinander halten kann.«

Ich kichere. »Worum geht's?«

»Wir hatten da ein Blatt-Problem, als du fort warst«, erklärt Griffon. »Bethany brauchte Grünkohl für eine ihrer komischen Mixturen, und Lennox kam mit einem ganzen Arm voll Spinat nach Hause. Sie hat ziemlich geflucht.«

»Die sehen doch gleich aus«, entrüstet sich Lennox. »Wo ist da der Unterschied?«

Ich wechsle einen Blick mit Griffon und muss lachen. Sogar ich kenne den, und ich bin weder Köchin noch Botanikerin. »Ja, ich denke, es ist besser, wenn du gehst, Griffon. Bringst du mir auch ein bisschen Katzenminze mit?«

»Auf keinen Fall. Du musst deine Sinne beisammen haben. Und ich bezweifle, dass Alma es spannend finden würde, wenn du auf ihr rumrollst.«

»Ich rolle nicht«.

»Doch«, erwidern Lennox und Griffon einstimmig. Ryker ist so klug und schweigt. Ich habe ihn erwischt, wie er durch Katzenminze total high war und weiß, dass er sich dann genauso verrückt aufführt wie ich. Wir können nichts dafür. Er hat mir mal erzählt, dass einige Katzen in seiner Großfamilie auf Katzenminze nicht reagieren. Das kann ich kaum glauben. Da möchte ich diese Katzen gleich mitleidig knuddeln. Wo sie doch nie die Freuden einer großen Portion Katzenminze erfahren werden – arme Kätzchen.

»Zwei Stunden«, sage ich ihm, damit sie endlich aufhören, mich weiter auf den Arm zu nehmen. »Wenn du bis dahin nicht zurück bist, schicke ich dir Lennox hinterher.«

Er nickt und steuert sein Pferd dicht an Rykers heran. »Sophie, komm, steig rüber.«

Sie grummelt unzufrieden vor sich hin, tut dann aber wie ihr geheißen. Griffon ist der einzige, der sie so herumkommandieren darf. Mir gelingt das gelegentlich, aber die anderen Männer ignoriert sie weitestgehend. Keine Ahnung, was in ihren Augen so besonders ist an Griffon. Lennox und Ryker sind genauso nett zu ihr und bemühen sich sehr, ihr Vertrauen zu gewinnen.

Ryker hält sie vorsichtig fest und gibt ihr die Zügel. Sie hat gezeigt, dass sie sehr gut reiten kann. Viel , viel besser als ich. Sie bekommt ganz bestimmt ihr Pony, wenn wir wieder in Attenburg sind. Vielleicht sogar ein richtiges Pferd. Ich habe beobachtet, wie sie ohne Hilfe auf Billy aufgesprungen ist. Ich glaube, sie setzt dabei ihre Wandler-Kraft ein, auch wenn sie, seit sie mit uns zusammen ist, keinerlei Anstalten gemacht hat, sich wandeln zu wollen.

Ich sehne mich nach so einer Wandlung, habe aber Angst vor dem Ergebnis. Ich kann mir nicht erlauben, wieder so wild zu werden. Ich muss diesen Wunsch jetzt unterdrücken und es bei meiner menschlichen Gestalt belassen. Schließlich habe ich das in Lord Delaneys Kerker ja auch monatelang getan.

Griffon galoppiert Richtung Stadt davon. Wir anderen verlassen die Landstraße und gehen querfeldein weiter um die Stadt herum, über brach liegende Felder, bis wir die Straße auf der anderen Seite nach ungefähr einer Stunde wieder erreichen. Dort kommt ein Bach wie gerufen, die Pferde können nach Herzenslust trinken. Ich habe wieder Hunger. Ryker reicht mir ein Sandwich, ohne dass ich etwas sagen muss. Das muss wahre Liebe sein. Zu wissen, wann dein Partner dem Hungertod nahe ist.

Ich verschlinge das Brot und dann auch noch die Schokolade, die Lennox mir grinsend gibt. Beide Männer sehen mir fasziniert beim Essen zu. Sophie ist das vollkommen gleichgültig. Sie bürstet die Pferde, während sie saufen, und nimmt von uns Erwachsenen keine Notiz.

Lennox streckt sich und lässt die Schultern kreisen. »Es riecht nach Regen. Hoffentlich finden wir heute Nacht eine nette Unterkunft.«

Ich prüfe die Luft nicht, wie ich das normalerweise täte. Wenn ich momentan meine Katzen-Sinne nutze, lässt das automatisch die vier Herzschläge lauter werden; zu laut, um sie nicht beachten zu können. Deshalb setze ich sie so wenig wie möglich ein und lasse mich von meinen Partnern warnen, sollte sich eine Bedrohung nähern. Das gefällt mir überhaupt nicht, aber ich würde durchdrehen, wenn ich dauernd die Parasiten hören müsste.

Ich mache es wie Lennox, strecke mich und krümme den Rücken. Ich bin vom Reiten total steif. Vielleicht gehe ich heute Abend auch in meiner menschlichen

Gestalt mal joggen. Ich brauche Bewegung. Die Muskeln, die ich beim Reiten beanspruche, sind ganz andere als die, die ich trainieren müsste, um wieder einigermaßen fit zu werden.

»Kat?«, Ryker starrt mich an. Nicht mein Gesicht. Sondern meinen Bauch.

Ich schaue hinab. Und noch einmal. Und fahre mit meinen Händen über meinen Bauch.

»Was ist denn?«, fragt Lennox besorgt und geht zu Ryker hinüber, damit er mich auch von vorne sehen kann.

Ich erschauere. Meine Knie zittern. Und die Welt verfinstert sich vor meinen Augen.

Ich habe eine Beule. Klein, aber deutlich sichtbar. Und heute Morgen war sie noch nicht da. Ich habe mich in einem Teich in der Nähe der Ställe gewaschen, und mein Bauch war so flach wie immer. Gut, flacher als normal, denn ich muss immer noch Muskeln und Fettreserven aufbauen.

»Das darf nicht wahr sein«, flüstere ich schockiert. »Das ist doch viel zu früh.«

Ryker geht vor mir auf die Knie, beachtet den Matsch auf dem Boden nicht weiter. Er starrt meinen Bauch an, als würde er ihn zum ersten Mal sehen. Und da ist er nicht der einzige, der das so empfindet.

Eine verfluchte Beule. Nach nur drei Wochen Schwangerschaft. Höchstens. Das darf nicht wahr sein.

Ich würde am liebsten schreien. Und mich dann wandeln und losrennen und alles um mich herum vergessen. Ob die Parasiten wohl in mir blieben, wenn ich mich wandeln würde? Vielleicht würden sie das nicht überleben. Ich atme tief ein und bereite mich auf eine Wandlung vor. Irgendwie werde ich meine Katze schon unter Kontrolle halten. Und wenn nicht... wäre es wirklich so schlimm, wenn sie wieder das Regiment übernehmen würde?

»Kat, nein«, warnt Ryker. »Tu das nicht«.

Er fasst mich um die Hüften und zieht mich näher zu sich heran. Ich stolpere vorwärts, bis sein Kopf gegen meinen Bauch gepresst ist. Meine Beule.

Ich will ihn davon abhalten, habe aber plötzlich keine Energie mehr.

Er schließt die Augen und lauscht aufmerksam. Keine Ahnung, was er da treibt. Er hätte auch von seinem vorherigen Standort schon die Herzschläge hören können, dafür muss er mir nicht seine Ohren in den Bauch drücken. Dummes Kätzchen.

»Sie sind unterschiedlich«, flüstert er und bleibt in seiner Position.

»Hä?«

»Ihre Herzschläge haben einen etwas anderen Rhythmus. Einer hat beinahe so etwas wie ein Echo. Zwei sind identisch. Vielleicht bekommst du tatsächlich Katzenjunge. Zumindest zwei. Deren Herzschläge kann ich von menschlichen unterscheiden.«

Ich starre ihn an. Was will er verdammt nochmal damit sagen? Dass ich vier verschiedene Babys haben werde? Einen gemischten Wurf, wie eine Katze?

Ich brauche Katzenminze, um damit klarzukommen. Sofort.

»Lass mich auch mal hören.«

Lennox kniet sich neben Ryker und legt auch ein Ohr an meinen Bauch. Ich blicke auf meine Männer hinab, wie sie da vor mir knien. Beinahe möchte ich ihnen durch die Haare fahren. Oder ein bisschen mit ihnen schimpfen, als wären sie kleine Jungs. Sie sehen so niedlich aus, wenn sie kleiner sind als ich.

»Er hat recht«, murmelt Lennox. »Die sind wirklich verschieden. Glaubst du, du kriegst zwei Katzenjunge und zwei Sirenen?«

Ich schiebe sie von mir weg und mache einen Schritt zurück, streiche dabei mein Hemd glatt, um die Beule zu verbergen. »Ich werde gar nichts kriegen. Hört endlich auf so zu tun, als wären das richtige Babys. Das sind Parasiten, die ohne mein Wissen in mich eingepflanzt worden sind. Ich werde nicht so tun, als wäre das in irgendeiner Weise normal, auch wenn euch das so passen würde.«

Lennox steht wieder auf und wirft mir einen um Entschuldigung heischenden Hundeblick zu. Wer könnte diesen Augen widerstehen!

»Wir behaupten ja gar nicht, dass das normal ist. Überhaupt nicht. Was sie da mit dir gemacht haben, ist einfach schrecklich, und ich werde sie eigenhändig umbringen, wenn sie mir in die Pfoten geraten. Aber ich versuche, das von den Kleinen zu trennen. Es ist schließlich nicht ihre Schuld, wie sie in die Welt gesetzt wurden. Wir wissen ja noch nicht einmal, was sie eigentlich sind. Es könnten auch weitere Klone sein, deine Ebenbilder.«

»Nein, das ist nicht möglich«, unterbricht Ryker. »Zwei sind definitiv Katzenjunge, wahrscheinlich Wandler, aber die beiden anderen haben unterschiedliche Herztöne. Ich habe noch nie die Herzschläge eines menschlichen Fötus gehört, deshalb kenne ich mich da nicht so aus. Vielleicht sollte ich in die Stadt gehen und mich etwas umsehen.«

»Willst du etwa irgendwelche Frauen ansprechen und fragen, ob du mal an ihrem Bauch horchen darfst?«, meint Lennox lachend. »Das würde wohl nicht so gut ankommen.«

»Ich muss ja gar nicht so dicht an sie rankommen«, gibt Ryker gereizt zurück. »Du vielleicht schon, mit deinen kleinen Hundeohren, aber ich nicht.«

»Du hast aber gelbe Augen, die würden schon auffallen.«

Diesmal gibt Ryker keine Antwort. Er kann an seinen Augen nichts ändern. Ich fand es immer seltsam, dass er sich offensichtlich nicht komplett wandeln kann. Alle anderen Wandler, die ich kenne, haben menschliche Augen. Einige mögen reichlich wild aussehen, aber sie würden trotzdem als normale Menschen durchgehen.

»Keiner geht irgendwo hin«, seufze ich. »Wir warten, bis Griffon herkommt, dann reiten wir weiter. Ich will in Attenburg sein, bevor diese Parasiten groß genug sind, dass sie aus mir rauskriechen können.«

Allein der Gedanke macht mir Angst. Vergangene Nacht habe ich davon geträumt, dass sie mir den Bauch aufgerissen haben und rausgestiegen sind, und ich blieb als blutige Masse zurück. Dann haben sie angefangen, mich aufzufressen, aber da bin ich zum Glück aufgewacht. Nie im Leben war ich so dankbar für Lennox Schnarchen.

Sophie war die ganze Zeit über, die sie sich um die Pferde gekümmert hat, sehr still gewesen. Aber jetzt dreht sie sich um und schaut auf meine Beule. »Weißt du schon, wie sie heißen sollen?«

Beide Männer erstarren, wahrscheinlich weil sie einen erneuten Ausbruch meinerseits erwarten. Und richtig, ich stehe kurz davor, kann aber gerade noch meinen Ärger hinunterschlucken. Sophie ist ja nicht schuld daran. Sie ist ein neugieriges Kind, die fragt, was ihr gerade in den Sinn kommt. Sie versteht nicht, warum ich so aufgebracht bin. Für sie ist das alles neu und aufregend. Sie will Tante werden. Für jemanden, der ohne Geschwister aufgewachsen ist, noch dazu bei sehr merkwürdigen Adoptiveltern, die mit ihr Experimente angestellt haben, muss damit ein Traum in Erfüllung gehen.

Mein Gesichtsausdruck wird milder, als ich sie anschaue.

»Nein, darüber habe ich noch nicht nachgedacht. Wir wissen ja noch nicht, ob es Mädchen oder Jungen werden. Aber vielleicht kannst du dir ein paar Namen überlegen? Du kannst mir deine Lieblingsnamen sagen, wenn wir erst in Attenburg sind.«

Sie reißt die Augen auf. »Wirklich?«

Ich nicke. »Ja, wirklich. Aber halte sie geheim, bis wir zu Hause sind.«

Sie grinst glücklich und wendet sich wieder den

Pferden zu, flüstert ihnen etwas zu. Ich glaube, so etwas wie »Klein-Sophie« zu hören. Ist letzten Endes nicht schlimmer als Klein-Kat, aber ich werde trotzdem Einspruch dagegen einlegen.

»Gut gemacht«, flüstert Ryker. »Danke«.

»Wofür?«

Er sieht mir nicht in die Augen. Er meint wahrscheinlich, dafür, dass ich Sophie nicht angeschrien habe und heulend zusammengebrochen bin.

»Schon verstanden«, lasse ich ihn wissen. »Ich weiß Bescheid.«

KAPITEL EINUNDZWANZIG

Die Beule wächst jeden Tag ein bisschen mehr. Ich kann den Anblick kaum noch ertragen. Mir macht das Angst. Die Männer geben ihr Bestes, füttern mich mit Kleinigkeiten, während wir reiten, aber sie können diese Furcht nicht abstellen, die meine Gedanken beherrscht. Ich weiß nicht, was da in mir wächst. Auch wenn Ryker meint, zwei der Herzschläge wären die von Katzen, könnte er sich doch irren.

Sie werden jeden Tag lauter. Ich versuche, sie auszublenden, strenge mich dabei so an, dass die Männer mich manchmal anstoßen müssen, damit ich merke, dass sie mit mir reden wollen.

Heute habe ich den ersten Stoß gespürt. Wir sind noch immer vier Tagesreisen von Attenburg entfernt; wobei angesichts der Sturmwolken am Himmel fünf Tage wahrscheinlicher sind. Wir mussten schon einmal einen ganzen Tag in einem verlassenen Haus mit undichtem Dach verbringen, während ein Sturm übers Land raste. Es war einfach nicht möglich, ohne Sicht über sich zunehmend in Schlamm verwandelnden Grund zu reiten. Es war mir gar nicht recht, dass sich unsere Reise so verlängert, aber ich bin trotz allem vernünftig genug, die Realität zu akzeptieren. Jedenfalls meistens.

Nachts fahre ich immer noch meine Krallen aus und ziehe mit ihren Spitzen über meine Haut, und muss mich sehr beherrschen, mir nicht den Bauch aufzureißen. Aber jetzt, wo ich diese Wesen in mir hören und wachsen fühlen kann, ist es nicht mehr so einfach. Sie leben. Und ich weiß nicht, was ich tun soll.

»Kat?« Sophie ruft mich von vorne. Sie sitzt auf Billy, zusammen mit Griffon, wie immer. »Wie hast du Griffon kennengelernt? Ich glaube ihm seine Geschichte nicht.«

Lennox schnaubt so laut, dass er meiner Stute Konkurrenz macht, die regelmäßig solche Laute von sich gibt. »Was hast du ihr denn erzählt, Griff?«

»Nur die Wahrheit«, protestiert unser Siron. »Wie ich mich in Kats Schlafzimmer geschlichen habe und wie eine Spinne unter der Decke hing, jederzeit bereit, mich auf sie runterfallen zu lassen.«

»Kat hätte dich das nie tun lassen«, beharrt Sophie. »Sie hätte dich sofort bemerkt. Sie ist schließlich ein Killer, weißt du?«

Ich unterdrücke das Lachen. Sophie hat eine solch hohe Meinung von mir! Die will ich nicht aufs Spiel setzen, andererseits aber auch nicht lügen.

»Das stimmt im Großen und Ganzen«, gebe ich zu.

»Er war auf meinen Dachboden gestiegen. Ich hatte das Fenster für Pumpkin offen gelassen, Rykers Sohn, der mich gern von Zeit zu Zeit besucht hat. Aber natürlich wusste ich sofort, dass er da war und habe ihn gestellt.«

»Lügnerin«, lacht Griffon. »Du hattest keine Ahnung, dass ich da war. Ich hätte dir die Kehle aufschlitzen können, noch bevor du ‚Katzenminze‘ sagen konntest.«

Ich wünschte, ich hätte etwas weniger Tödliches als ein Messer, das ich nach ihm werfen könnte. Ich hasse es, wenn er die Wahrheit sagt.

»Glaub nicht alles, was er sagt«, erkläre ich Sophie. »Regel Nummer Eins: Jeder lügt.«

»Ich lüge nie«, protestiert er sofort. »Ich biege mir nur manchmal die Wahrheit etwas zurecht.«

»Das ist wie lügen«, beharrt Sophie ernst. »Du solltest nicht lügen. Meine Mutter hat gesagt, davon wird man krank.«

Ich möchte ihr einerseits diesen Irrglauben nehmen, es andererseits aber auch dabei belassen.

»Sie hat gelogen«, meint Lennox, noch bevor ich antworten kann. »Und weil sie nicht krank geworden ist, weißt du jetzt, dass das eine Lüge ist.«

Sophie dreht sich stirnrunzelnd zu ihm um. »Woher weißt du, dass sie nicht krank geworden ist? Das ist nicht unbedingt logisch.«

Ryker kichert vor sich hin, und ich muss mich schwer beherrschen, es ihm nicht gleichzutun. Dieses Mädchen ist urkomisch. Kaum zu glauben, dass sie meine Schwester ist.

»Schhhh«, zischt Griffon plötzlich. »Schaut euch mal das Schild da an«.

Auf der rechten Seite wurde ein altes, rostiges Schild mit ein paar wackelig geschriebenen Wörtern übermalt. TÖTET DIE WÖLFE.

»Was hat das wohl zu bedeuten?«, fragt Lennox und klingt besorgt. »Sind da echte Wölfe oder Werwölfe gemeint?«

»Ich glaube kaum, dass es in dieser Gegend echte Wölfe gibt«, meint Griffon nachdenklich. »Ich bin nicht sicher, aber es gibt hier in der Nähe keine Wälder. Nur Felder und Höfe, also nichts, wo sich ein Wolfsrudel verstecken könnte.«

»Ich wandle mich und sehe nach, ob ich Spuren finden kann.« Lennox springt mit einer eleganten, flüssigen Bewegung vom Pferd. Jetzt würde ich ihn gerne lecken. Wir hatten seit der Nacht im Cottage noch keine Gelegenheit zu weiteren Intimitäten. Wir haben uns das Zimmer immer mit Sophie geteilt. Ich kann's kaum erwarten, bis wir wieder in unserem Haus in Attenburg sind, wo ich zwischen mehreren Schlafzimmern die Auswahl habe.

»Lennox, wir haben keine Zeit dafür«, halte ich ihn zurück. »Das betrifft uns nicht. Wir sind in ein paar Tagen zu Hause und werden wahrscheinlich nie wieder hierher kommen.«

»Doch, das betrifft uns sehr wohl. Wenn hier jemand Wandler tötet, müssen wir etwas dagegen unternehmen.«

Einer der Parasiten tritt mich gerade in diesem Moment heftig. Ich halte die Luft an und mir den Bauch, was ich sofort bereue, weil es mich an die wachsende Beule erinnert. Meine Tunika ist schon ziemlich gespannt, obwohl sie eigentlich lose hängen sollte. Der Hosenbund wird immer unbequemer. Bald werde ich einen der Männer bitten müssen, von ihm etwas geliehen zu bekommen.

»Lass ihn sich wandeln«, sagt Ryker von hinten. »Ich meine auch, wir sollten herausfinden, was hier vor sich geht.«

»Und was, wenn wir feststellen, dass sie tatsächlich hinter Wandlern her sind?«, frage ich. »Was machen wir dann? Hierbleiben? Mit ihnen kämpfen? Seht mich doch an. Ich werde in wenigen Wochen auseinanderplatzen. Wir müssen nach Hause.«

»Nur ein paar Stunden«, bettelt Lennox. »Nur um herauszufinden, was los ist. Sonst könnten wir uns auch trennen, und ich bleibe alleine hier. Oder ich kann alte Bekannte kontaktieren, die mir vielleicht helfen können.«

Ich seufze. Wenn ich nicht schwanger wäre, würde ich sofort ja sagen. Das wissen sie.

»Also gut. Zwei Stunden. Dann können sich die Pferde in der Zeit ausruhen. Griffon, gibt's hier in der Nähe ein Dorf, wo wir uns vor dem Sturm in Sicherheit bringen könnten? Ich glaube, das Wetter hält nicht mehr lange.«

»Ich bin mir nicht sicher, aber dieses Schild deutet darauf hin, dass hier in der Nähe eine Siedlung ist. Wie wär's, wenn wir langsam auf der Straße weiterreiten, und Lennox uns später einholt?«

»Gut. Lennox, du wirst uns aufspüren können, falls wir einen Unterschlupf finden. Wenn nicht, heul einfach. Ich liebe dein Heulen.«

Mein Wolf zwinkert mir zu. »Für dich heule ich jeden Tag.«

Griffon hatte recht, das Schild befand sich in der Nähe eines Dorfes. Es besteht nur aus zehn Häusern, darunter eine schäbig aussehende Kneipe. Wir sind weit genug von Parseldon entfernt, dass wir es wagen können, dort hineinzugehen. Wir haben keine Spuren von Verfolgern gesehen, und Griffon wüsste, wenn hier Sirenen wohnen würden. Es zahlt sich aus, dass er als Kind alle bedeutenden Sirenenfamilien und ihre Wohnorte auswendig lernen musste. So können wir bestimmten Städten und Dörfern aus dem Wege gehen.

Das Wirtshaus ist schlecht beleuchtet und hat bessere Tage gesehen. Einige der Tische sind lange mit keinem Putzlappen in Berührung gekommen, sehen jedenfalls so aus. Die Bedienung hinter der Theke wirft uns neugierige Blicke zu, stellt aber keine Fragen. Auf der Speisekarte steht Eintopf, gefolgt von Eintopf und – Eintopf. Wenigstens gibt es beim Bier etwas mehr Auswahl, und Apfelsaft für Sophie.

Während wir auf unser Essen warten, fängt es draußen an zu regnen. Armer Lennox. Das hier ist zwar nicht der schönste Ort auf Erden, aber wir sitzen im Trockenen und werden bald etwas im Magen haben. Wir haben eine Extraportion bestellt – theoretisch für Lennox, wenn er nachkommt, aber wahrscheinlich wird sie in meinem Bauch landen. Ich esse schließlich für fünf.

»Kann ich mal dein Bier probieren?«, fragt Sophie und zieht einen der Krüge zu sich heran. Ganz schön frech.

»Probier ruhig. Wird dir nicht schmecken.«

Sie wirft mir einen zweifelnden Blick zu und nimmt einen Schluck. Der Bierschaum hinterlässt eine weiße Linie auf ihrer Oberlippe, was ich mit einem Grinsen quittiere. Sie ist einfach süß.

»Stimmt«, gibt sie zu meiner Überraschung zu. »Schmeckt wie Pferdepisse.«

»So was sagt man nicht«, tadelt Griffon sofort.

»Pferde-Pipi. Besser?«

Er nickt. »Viel«.

»Warum trinkt ihr das Zeug, wenn das so schlecht schmeckt?«

Ryker lacht. »Wir haben uns daran gewöhnt. Der Geschmack ändert sich, wenn man größer wird, dann macht einem das nichts mehr aus.«

Die Bedienung bringt unseren Eintopf in großen irdenen Schüsseln. Mir läuft das Wasser im Mund zusammen bei dem Anblick. Das sind für eine Katze die richtigen Portionen. Ein paar Fleischbröckchen schwimmen in der ansonsten ziemlich wässrigen Suppe herum, aber das macht nichts. Ich schaufele sie mir in den Mund, Löffel für Löffel und bin fertig, bis die anderen noch nicht einmal die Hälfte gegessen haben.

Wortlos schiebt Ryker mir die zusätzliche Schüssel hin. Ich schenke ihm ein dankbares Lächeln. Das Fleisch ist teilweise trocken und zäh, obwohl es in der Brühe gekocht wurde. Was soll's. Es ist was zu essen.

Auch nach der zweiten Schüssel bin ich noch hungrig. Die Menschenfrau hinter dem Tresen starrt mich an, sichtlich schockiert über die Mengen, die ich verschlinge. Ich grinse sie an.

»Könnten wir noch zwei Schüsseln haben, bitte? Vielleicht auch ein bisschen Brot?«

Sie nickt wortlos und verschwindet wieder in der Küche.

»Ich wünschte, es würde einen Nachtisch geben«, murmelt Ryker. »Das ist für mich das Schönste am ganzen Wandeln. Nachtisch. Katzen essen immer nur eine Hauptmahlzeit. Gut, mehrmals am Tag, aber es gibt keine Vorspeise und keinen Nachtisch. Und Leckerli nur, wenn Menschen sie uns geben. Die findet man draußen in der Wildnis nicht.«

»Wie war das so als Katze?«, fragt Sophie. Sie hat sich mit Ryker noch nicht viel unterhalten, weil sie ihre Zeit immer mit Griffon verbracht hat. Aber so langsam taut sie den anderen Männern gegenüber auf.

Er zuckt mit den Schultern. »Einfach normal. Ich kannte ja nichts anderes. Kat hat dir sicher schon erzählt, dass ich nicht einmal wusste, dass ich ein Wandler war, bis sie und ihre Freunde mir das gesagt haben. Und selbst als ich wusste, dass ich anders war, konnte ich mich immer noch nicht wandeln. Das hatte mir nie jemand beigebracht. Erst, als ich keine andere Wahl hatte, als ich Kat und meinen Sohn retten musste, da habe ich es geschafft. Aber seitdem geht es leicht.«

»Fühlst du dich eher als Katze?«

Ryker nickt. »Das wird sich wohl auch nie ändern. Ich habe mein ganzes Leben als Katze verbracht, diese Zeit kann ich nicht einfach ausradieren. Das bedeutet aber nicht, dass ich nicht gern auf zwei Beinen laufe. Da erlebt man die Welt ganz anders, nicht nur wegen dem Nachtisch.«

Sophie zieht die Stirn kraus und sieht wieder zum Anbeißen süß aus. »Wenn ich als Katze aufgewachsen wäre, würde ich mich dann auch so fühlen?«

»Das werden wir wohl nie erfahren. Fühlst du dich denn als Mensch?«, fragt er sanft.

Sie schüttelt den Kopf. »Ich durfte mich nicht oft wandeln, aber ich habe mich nie so gefühlt wie die Leute, die für meine Eltern gearbeitet haben. Die waren immer ganz anders. Sie bewegen sich sogar anders, so, als ob sie Probleme hätten, ihre Arme und Beine zu koordinieren.«

Ryker lacht. »Typisch Mensch. Die landen nicht einmal auf allen vieren, wenn man sie fallenlässt.«

Griffon schnaubt. »Das tue ich auch nicht. Und ich auch kein Mensch.«

»Ja, aber du bist äußerlich wie ein Mensch«, sagt Sophie und verdreht die Augen. Sie hat oft mit ihm darüber diskutiert. »Du kannst nur auch ein bisschen zaubern.«

»Ein bisschen zaubern?«, tut Griffon empört. »Ich könnte diese Bardame dazu bringen, einen Handstand zu machen und dabei die Nationalhymne zu singen.«

Er reißt die Augen auf, als er seinen Fehler bemerkt.

Sophies Grinsen wird breiter. »Dann tu's doch. Ich wette, du kannst das nicht.«

Ryker und ich tauschen Blicke. Aus der Nummer kommt er nicht mehr heraus. Er will Sophie beeindrucken, auch wenn das bedeutet, dass er etwas tun muss, was er sonst vermeidet.

Griffon seufzt. »Gut, aber ich lasse sie etwa anderes tun. Um Kat aufzumuntern.«

»Mich muss keiner aufmuntern...«, protestiere ich, bin dann aber still. Ich bin schließlich neugierig, was er tun wird. Ein bisschen Unterhaltung kann nicht schaden.

»Junge Frau«, ruft er, und sie tritt hinter dem Tresen hervor. »Könnten Sie uns bitte einen Nachtisch machen?«

Sie sieht ihn verärgert an. »Nachtisch haben wir nicht.«

»Das war ohne Zauberei«, flüstert er Sophie zu, wendet sich dann wieder an die Frau. »Bitte machen sie uns einen Nachtisch.«

Ihre Augen nehmen einen starren Blick an, sie nickt und verschwindet in der Küche.

»Wieso hast du ‚bitte‘ gesagt?«, fragt Sophie leise. »Du hättest es ihr doch einfach befehlen können.«

»Weil ich gerne höflich bin. Nur, weil man andere Leute manipulieren kann, bedeutet das nicht, dass man es tun sollte oder dass man sich dabei schlecht benehmen muss. Gutes Benehmen ist wichtig.«

Sie wird ganz still, während sie das bedenkt. Griffon grinst Ryker und mich vielsagend an.

»Du hättest mit dem Dessert schon ein bisschen

genauer sein können«, merke ich an, um ihn ein bisschen aufzuziehen.

»War ich. Aber nur im Geiste, ich wollte die Überraschung nicht verderben.«

Ich könnte ihn küssen. Wenn er nicht am anderen Tischende sitzen würde, neben meiner kleinen Schwester, würde ich es glatt tun. Das muss bis später warten.

Bevor der Nachtisch serviert wird, kommt Lennox, total durchnässt und alles andere als glücklich aussehend. Ich durchwühle unsere Taschen und finde eine Decke, die ich ihm als Handtuchersatz reiche. Er nimmt sie dankbar und trocknet sich als erstes die Haare. Eitles Hündchen.

»Hast du was gefunden?«, frage ich ihn, bevor er fertig ist. Ich bin nun mal neugierig und ungeduldig.

»Ja«, antwortet er mit ernster Stimme. Also keine guten Nachrichten. »Ich habe einen Leichnam gefunden. Mit Sicherheit ein Wandler. Er war alt, um die sechzig, und damit der älteste Wandler, den ich je gesehen habe. Wir überleben selten so lange, nicht in diesem Land.

Ryker schiebt sich auf die Holzbank neben mich und macht so für Lennox einen Stuhl frei. »Wie ist er gestorben?«

»Er wurde von hinten erschlagen. Sieht so aus, als hätte er keine Möglichkeit gehabt, sich zu verteidigen. Ein echt feiger Angriff. Ich wette, er hat hier gewohnt und hätte denjenigen erkannt, der das getan hat.«

»Wieso glaubst du, dass er von hier kam?«, frage ich.

»Er hatte kein Gepäck dabei, nur einen Geldbeutel in

der Tasche. Seine Schuhe waren nicht für lange Wege gemacht, und er roch leicht nach Alkohol, als hätte er auf dem Heimweg ein Bierchen getrunken. Vielleicht ist er hier gewesen. Griffon, wenn du den Besitzer der Kneipe fragst, kannst du ihn hinterher vergessen lassen, dass er befragt wurde?«

Der Siron nickt. »Kein Problem. Aber lass mich die Fragen stellen, das macht die Sache einfacher.«

Die Bedienung kommt just in diesem Moment zurück mit einem großen Teller voll dampfender Brownies. Lieber Himmel! Schokolade kommt für mich gleich hinter Katzenminze, besonders, wenn sie heiß und geschmolzen ist. Ich nehme mir eines der warmen Schokoküchlein, noch bevor sie den Teller abgesetzt hat.

Sophie ist fast genauso schnell. Genau wie ihre große Schwester hat sie eine Vorliebe für Süßes, die in ihrem Zuhause nie befriedigt wurde. Das kann man als zusätzliche Folter ansehen, der sie ihre Adoptiveltern ausgesetzt haben.

»Köstlich«. Ich nehme mir noch ein Stück. »Ich liebe dich, Griffon.«

»Freut mich zu hören. Lass mir nur eins übrig, dann liebe ich dich auch.«

»Ey, ich hoffe doch sehr, die liebst mich auch so.«

»Ihr Beide«, ruft Sophie. »Hört sofort auf.«

Ich grinse sie mit schokoladeverschmiertem Mund an. »Soll ich ihn küssen, damit er sieht, wie sehr ich ihn liebe?«

Sie hält sich die Hände vors Gesicht. »Iiih, nein. Nehmt euch ein Zimmer.«

Ryker lacht. »Sollten wir wirklich. Der Regen wird eher noch schlimmer. Wenn es hier ein Zimmer gibt, sollten wir hierbleiben. Hoffentlich klart es morgen wieder auf.«

»Gute Frau, haben Sie zwei Zimmer für uns?«, ruft Griffon. Offenbar wendet er wieder seine Zauberkräfte an, denn die Frau zuckt nicht mit der Wimper, dass er nur nach zwei Zimmern fragt für fünf Personen.

»Selbstverständlich, ich werde sie gleich richten. Wie viele Betten benötigen sie in jedem der Zimmer?«

Der Siron zuckt mit den Augenbrauen in meine Richtung. »Vier in dem einen, bitte schön eng nebeneinander. Wenn dafür nicht genug Platz ist, zwei oder drei nebeneinander, das ist auch OK. Wir teilen gerne.«

Im Geiste reibe ich mir die Hände. Endlich Zeit für mich zusammen mit meinen Männern. Ohne Sophie im selben Zimmer. Ich liebe diesen Ort!

KAPITEL ZWEIUNDZWANZIG

Warm und gemütlich unter einer dicken Decke zu liegen, während draußen der Regen aufs Dach prasselt, muss zu den schönsten Gefühlen überhaupt gehören. Und dabei zwei warme, männliche Körper zu jeder Seite zu haben, ist sogar noch besser.

Lennox ist noch unten und telefoniert gerade vom Gastraum aus mit Herrn Moon. Hoffentlich kann sein früherer Boss und Alpha-Werwolf ein paar Leute herschicken und den Mord untersuchen lassen. Wir haben dafür wirklich keine Zeit, auch wenn ich mich gerne selbst darum kümmern würde. Aber ein Tritt in meinen Solar Plexus bekräftigt die Entscheidung. Ich zucke unweigerlich zusammen.

· · ·

Diese Ausgeburten der Hölle in mir scheinen immer abends besonders aktiv zu werden, gerade dann, wenn ich mich hinlege.

»Treten sie wieder?«, fragt Griffon und rückt noch ein bisschen näher an mich heran.

»Jo. Ich wünschte, sie würden einfach nur schlafen.«

»Ich könnte versuchen, sie dahingehend zu beeinflussen. Ich habe noch nie versucht, meine Kräfte auf Babys im Mutterleib anzuwenden, aber wer weiß. Bei Babys, die schon auf der Welt sind, funktioniert es jedenfalls. Meine Mutter hat auf diese Weise immer meine Schwester zur Ruhe gebracht. Sie hat's nicht ausgehalten, wenn einer von uns geschrieben hat.«

Sein Blick verdüstert sich und ich strecke meine Arme nach ihm aus, nehme sein Gesicht in die Hände und ziehe ihn heran, bis ich ihn küssen kann. Er braucht keine weitere Einladung. Er fällt über mich her, küsst mich leidenschaftlich.

»Hey, vergesst mich nicht«, beschwert sich Ryker und setzt sich auf. »Ich dachte, wir warten noch auf Lennox.«

Wir beachten ihn nicht. Griffon lässt seine Hand unter mein Hemd gleiten und greift nach meiner Brust. Meine Brüste sind im Moment äußerst empfindlich, und ich glaube, sie sind auch größer geworden. Noch ein Punkt, den ich in Bezug auf diese ganze Situation hasse. Wenn ich über die Dächer schleiche und von Haus zu Haus springe, wären massige, wackelnde Brüste nur im Weg. Bis die Parasiten aus mir raus sind, wird es also wohl kein Schleichen für mich geben. Bei meinem derzeitigen Gewicht würde ich wahrscheinlich sowieso durch jedes Dach brechen.

Es ist so scheußlich, schwanger zu sein.

Ryker seufzt und zieht die Decke zurück, legt meinen Körper frei.

»Ihr habt also ohne mich angefangen«, sagt er und umfasst meine andere Brust, massiert sanft die Brustwarze.

Ich stöhne gegen Griffons Mund und beiße ihm fast die Zunge ab. Er scheint das als Zeichen zu werten, etwas rauer vorzugehen und nagt an meiner Unterlippe. Ich entblöße die Zähne, drücke ihn auf die Matratze zurück. Ich kann mich nicht so schnell bewegen, wie ich das gerne täte, aber ich bin schneller auf ihm, als er reagieren kann. Ich drehe seinen Kopf auf eine Seite und beiße ihm in den Nacken. Blut füllt meinen Mund.

· · ·

Oh, wie ist das schön.

So süß.

»Kat, was machst du da?«, fragt Ryker und klingt verwirrt. »Wirst du gerade wieder wild?«

Ich lecke mir über die Lippen und genieße den herben Geschmack von Griffons Blut. »Nur ein kleiner Nachtisch.«

Griffon starrt zu mir auf, reißt die Augen auf, aber versucht nicht, von mir fortzukommen. Er scheint nur verblüfft zu sein über das, was ich da tue. Ich habe früher schon an ihm geknabbert, und er an mir, aber ich habe ihn noch nie bis aufs Blut gebissen. Das ist neu. Und macht Angst.

Ich halte Ausschau nach meiner inneren Katze, aber sie ist größtenteils wieder mit mir vereint. Nicht mehr ein von mir getrenntes Wesen wie an dem Tag, als mich die Männer fanden. Die Gefahr, dass ich wieder verwildere und mich verliere, besteht nicht mehr.

.   .   .

»Du schmeckst gut«, murmele ich und lecke noch einmal seine Wunde. Meine Zähne haben tiefe Spuren auf seiner Haut hinterlassen; das könnte eine Narbe geben. Ich habe ihn für immer gezeichnet. Das macht mich unheimlich an. Habe ihn für mich in Besitz genommen.

»Hormone?«, macht Ryker einen schwachen Erklärungsversuch. »Ich habe gehört, die können bei einer Frau alles durcheinander bringen.«

Ich fauche ihn an. »Ich hab keine Hormone.«

»Die hast du ganz bestimmt. Ich habe von Menschenfrauen gehört, die auf einmal Lust auf ganz merkwürdige Dinge haben, wie saure Gurken mit Sahne oder Fischstäbchen mit Vanillesoße, wenn sie schwanger sind. Vielleicht ist das bei dir genauso, nur dass du statt Sahne lieber Sirenenblut magst?«

Ich denke einen Moment lang nach. »Nein, Sahne mag ich auch. Die ist aber gerade nicht verfügbar. Wirst du uns jetzt bitte nicht weiter unterbrechen?«

. . .

»Kat, könnte es sein, dass du Vampire bekommst?«, fragt Griffon und sieht mich vor Verwirrung groß an. »Das könnte die Ursache sein.«

»Vampire gibt's doch gar nicht.«

»Doch, die gibt es, allerdings nicht so wie in den Geschichten, die man sich über sie erzählt. Sie sind entfernte Verwandte der Succuben, aber statt sich von der sexuellen Energie der anderen zu ernähren, brauchen sie deren Lebensenergie, um zu überleben. Blut ist die beste Quelle dafür, obwohl es auch andere Möglichkeiten gibt. Aber Bluttrinken ist eben so ungewöhnlich, dass dies in den Geschichten zum typischen Merkmal von Vampiren wurde.«

Ich wechsle einen Blick mit Ryker. »Hast du das gewusst?«

»Was gewusst?«, fragt Lennox, der gerade den Raum betritt. Er hält einen Moment inne, als er mein blutiges Kinn und die Bissspuren in Griffons Nacken sieht, hat sich aber gleich wieder unter Kontrolle.

· · ·

»Dass es Vampire wirklich gibt«, antworte ich.

»Nein, wusste ich nicht. Und ich glaube das auch nicht. Nicht, nachdem ich monatelang kreuz und quer durchs Land gereist bin. Ich bin da auf viele sehr merkwürdige Wesen gestoßen, aber nicht auf einen einzigen Vampir.«

»Doch, die gibt es«, beharrt Griffon. »Ich habe einige auf den Partys meines Vaters getroffen. Sie sind äußerlich nicht von Menschen zu unterscheiden. Ich weiß nicht, ob sie für euch Wandler anders riechen; aber ich kann sie nur daran identifizieren, dass sie sich von mir nicht manipulieren lassen. Nicht im Geringsten. Sie haben eine Barriere um ihren Geist errichtet, die ich nicht durchbrechen kann. Es gibt andere übernatürliche Kreaturen, die man auch nicht leicht beeinflussen kann oder bei denen meine Kräfte oft versagen, aber es ist bei ihnen nicht so ganz und gar unmöglich wie bei Vampiren.«

»Wieso sprechen wir über Vampire?«, will Lennox wissen und zieht sein Hemd aus. Einen Moment lang lenkt mich dieser Anblick ab. Ich lecke mir die Lippen. Ihn würde ich auch gerne für mich markieren, und dann Ryker. Mich von ihnen nähren, ihr Blut trinken, eins mit ihnen werden.

Eines der Babys tritt mich wieder.

Ich erschrecke. Ich habe es Baby genannt. Nicht Parasit. Gut, also mit mir stimmt etwas ganz und gar nicht. Das Bluttrinken war schon reichlich seltsam, aber das ist der Gipfel.

»Kat hat von meinem Blut getrunken, deshalb denken wir jetzt, unter den Babys könnten Vampire sein«, fasst Griffon mit bitterem Lächeln zusammen.

»Ach so. Griffon, könntest du deine Zauberkünste einsetzen, um das herauszufinden?«

Was uns wieder zur ursprünglichen Frage zurückbringt. Ich runzele die Stirn. Will ich wirklich, dass Griffon meine Nachkommenschaft manipuliert?

. . .

Gut, das ist jetzt wenigstens ein neutraler Begriff. Nicht so negativ wie Parasiten, aber nicht so gefühlsgeladen wie Babys oder Katzenjunge.

Eines dieser Nachkommen tritt mich heftig, wie zur Bekräftigung. Ich hole tief Luft. Sie werden mit jeder Stunde kräftiger. Ich weiß nicht, was Delaney mit ihnen angestellt hat, aber sie wachsen viel schneller, als selbst Wandler das tun sollten. Ich bezweifle so langsam, dass ich drei Monate habe, so schnell entwickeln sie sich. Bis dahin wäre ich auch eine wandelnde Erdkugel.

»Du musst dich dafür hinsetzen.«

Es dauert einen Moment, bis ich mir klar werde, dass ich noch auf Griffons Brust sitze. Ich lecke seine Wunde ein letztes Mal – lecker – und klettere dann von ihm runter. Oder rolle eigentlich mehr. Ob sich Seelöwen so fühlen?

Griffon legt beide Hände auf meinen Bauch und schließt die Augen. Alle beobachten ihn still. Ich wünschte, ich hätte seine Kräfte. Ich würde auch gerne fühlen können, was in den Köpfen meiner Nachkommenschaft vor sich geht. Nur um sicher zu sein, dass sie keine Mutanten, Tiere oder irgendetwas Scheußliches sind. Ich könnte ruhiger schlafen, wenn ich wüsste, dass ich keine Monster in mir trage.

»Ich kann die Gedanken von ihnen allen erreichen«, sagt Griffon leise, hoch konzentriert.

Puh. Keine Vampire. Das ist schon mal gut. Hätte nicht gewusst, was ich mit denen anfangen soll. Hätten sie lieber Blut als meine Milch getrunken? Darüber will ich nicht einmal nachdenken.

»Du hattest recht, Ryker, zwei von ihnen sind zweifellos Katzen-Wandler. Sie haben dieselbe mentale Signatur wie ihr beide.«

Katzenjunge? Ich werde tatsächlich kleine Kätzchen bekommen?

Eine merkwürdige Wärme breitet sich in mir aus. Winzige, mauzende, süße Kätzchen, die herumtaumeln, noch unsicher auf den Beinen sind, übereinander rollen und so süß miauen...

· · ·

»Ich habe Hormone«, informiere ich die Männer. »Ich spüre sie gerade jetzt, in diesem Augenblick. Macht, dass das aufhört.«

Ryker schnaubt. »Das wird wohl kaum möglich sein. Wieso, hast du merkwürdige Gelüste?«

»Außer auf Sirenenblut«, erinnert Lennox mit schiefem Lächeln.

Ich erkläre ihnen das nicht weiter, wüsste auch gar nicht, was ich sagen soll. Ich will nicht zugeben, dass ich gerade so gefühlsduselig an Katzenjunge gedacht habe.

»Zwei Katzen«, wiederholt Griffon. »Und zwei Sirenen. Aber das sind keine reinen Sirenen. Sie haben Wandler-Blut in sich. Da ist etwas, das nicht zu Sirenen passt an ihnen.«

»Etwas nicht Sirenenhaftes?«, wiederhole ich, als alle Wärme schwindet und mich die kalte Realität wieder einholt. »Auf gute oder schlechte Art?«

· · ·

Griffon öffnet die Augen und lehnt sich zurück, nimmt die Hände von meinem Bauch. Ich ziehe mein Hemd wieder zurecht, um die unförmige Beule zu verdecken. »Einer von ihnen erinnert mich an Lennox, aber wo sollten die Werwolf-Gene herkommen? Und der andere ist weder Katze noch Wolf, sondern etwas mir vollkommen Unbekanntes. Aber denkt dran, das sind alles noch Spekulationen. Ich habe das noch nie an Ungeborenen probiert.«

»Wenn dieser Mistkerl Delaney der Vater ist, kann keine Wolf-DNA dabei sein«, meint Lennox knurrend. »Und ich bezweifle, dass mein Samen so lange in deinem Körper war, dass er jetzt etwas befruchten konnte.«

»Samen«. Ryker tut so, als müsse er sich übergeben. »Was für ein hässliches Wort.«

»Er nennt sich Sophies Vater, obwohl er das gar nicht ist«, meint Griffon nachdenklich. »Und wir wissen bisher nur, was Sophie uns erzählt hat. Vielleicht hat sie etwas missverstanden. Oder er meinte, er sei der Vater mehr im Sinne von Schöpfer, weniger als Samenspender. Vielleicht sind das Klone. Oder er hat Wandler-DNA aus einer Genbank verwendet.«

· · ·

»Es gibt keine Genbank für Wandler«, sagt Lennox und verdreht die Augen. »Vielleicht gibt's so etwas für euch vornehme Sirenen, aber nicht für uns; wir haben dafür kein Geld, und uns will sowieso keiner haben. Erinnert ihr euch an die Wandler-Kinder bei uns zu Hause, als wir versucht haben herauszufinden, wer von ihnen die vergifteten Süßigkeiten gegessen hatten? Den meisten ihrer Eltern war es peinlich, solche Wandler-Bastarde zu haben.«

Vielleicht hat er irgendwelches Werwolf-Sperma in mich eingeführt. Mich schaudert bei dem Gedanken. Könnte zwar besser sein, als von Delaney vergewaltigt worden zu sein, ist aber trotzdem keine angenehme Vorstellung. Ich weiß immer noch nicht, warum er das eigentlich getan hat. Wir haben die Labore und Einrichtungen der Meute zerstört, aber es gab sicher noch andere, die wussten, wie man Klone herstellt. Dafür bräuchte er mich nicht. Nein, ich glaube, ich verstehe langsam. Er wollte keine Klone, bloße Abbildungen von etwas, das sowieso schon existierte. Er hat versucht, Sophie zu verändern, hat ihr ein Metallauge eingepflanzt, versucht, sie grausam zu machen, indem er ihr die Macht gab, andere zu verletzen. Das hat nicht funktioniert. Jetzt versucht er, seine eigenen Kreaturen zu erschaffen, indem er mich als Vorlage verwendet. Er hatte viele Jahre Zeit, Sophie genauestens zu studieren. Nach ihrer Aussage hat er mit ihr experimentiert, seit sie geboren wurde.

. . .

Damit ist die eine Hälfte des Erbmaterials vollständig verstanden und entziffert. Die andere Hälfte ist die große Unbekannte. Ich bezweifle, dass er da ohne Plan vorgegangen ist. Es muss sich dabei um Muster handeln, die er auch genau untersucht hat. Vielleicht gibt es da draußen noch andere Klone, zum Beispiel von Wölfen; und die Katzenjungen hat er im Labor hergestellt.

Wieder erschauere ich. Es gibt so viele Möglichkeiten, aber ich glaube, ich habe recht. Nein, eigentlich bin ich überzeugt davon. Genau das hat er getan. Es passt. Etwas herzustellen, das er als seine Schöpfung bezeichnen kann. Wenn ich nicht geflohen wäre, hätte er die Babys vom ersten Moment ihres Daseins an studieren können.

Ich frage mich, ob die beiden katzenähnlichen Babys Klone von mir sind oder ob er Gene eines anderen Katzen-Wandlers genommen hat.

Und das vierte ist also eine andere Art von Wandler. Die meisten Wandler sind Werwölfe; andere Formen kommen selten vor. Deshalb hatte ich vor

Ryker ja auch nie einen anderen Katzen-Wandler getroffen. Ich weiß nicht einmal, welche anderen Arten es da draußen noch geben mag. Bitte, bitte, lass es keine Kuh-Wandler sein. Ich habe ein Problem mit Hufen, wie mir in den vergangenen Tagen auf einem Pferderücken bewusst geworden ist. Sie wirken auf mich einfach abstoßend. Es ist so unnatürlich, keine Zehen zu haben.

»Gibt es Kuh-Wandler?«, frage ich meine Männer.

Griffon räuspert sich. »Wie bitte?«

»Kuh-Wandler. Also Kühe, die menschliche Gestalt annehmen können.«

»Von denen habe ich noch nie gehört«, meint er zögernd. »Wieso?«

Ich fasse meine Beule mit beiden Händen. »Weil einer von denen in mir sein könnte.«

. . .

Plötzlich breche ich in Tränen aus. Ich versuche, sie aufzuhalten, aber da hat sich schon ein salziger Wasserfall gelöst.

Die Männer stellen sich um mich herum, umarmen mich von allen Seiten, während ich schluchze.

»Das sind die Hormone«, schniefe ich, »und ich hasse sie.«

KAPITEL DREIUNDZWANZIG

*W*ir haben letztlich keinen Sex. Stattdessen verbringen wir den größten Teil der Nacht damit, uns zu fragen, welche Art von Wandlern wohl in mir wachsen mag. Bis die ersten Sonnenstrahlen die sich verziehenden Sturmwolken durchbrechen, finde ich meine Situation nicht mehr ganz so gruselig. Aus den Parasiten sind Nachkommen und fast schon Babys geworden. Ob das jetzt an Hormonen liegt oder der Gewissheit, dass da keine gefühllosen Mutanten in mir wachsen, keine Ahnung. Interessiert mich auch nicht.

»Ich will Waffeln«, teile ich den Männern mit, sobald der erste Gedanke daran in mir auftaucht.

»Bin mir nicht sicher, dass die hier so was haben«, gähnt Griffon. »Ich könnte aber die Bedienung dazu bringen, welche zu machen. Und dann sollten wir weiterziehen, bevor das Wetter wieder schlechter wird.

Ich möchte Abstand gewinnen zu diesem merkwürdigen Ort, wo man Wandler umbringt.«

Dem kann ich nur beipflichten. Ich strecke mich und stehe auf, ziehe mich aus, um meine Straßenkleidung anzulegen. Verdammt. Das Ding ist schon wieder gewachsen. Wie geht das nur so schnell? Ich esse zwar viel, aber nicht *so* viel.

Lennox pfeift anerkennend. »Du bist einfach schön.«

»Hast du je das Gefühl, nach vorne umzukippen?«, fragt Ryker aus echter Neugier. »Du siehst jedenfalls so aus, als könnte das jeden Moment geschehen.«

Ich werfe ihm einen bösen Blick zu. »Ich bin zwar dick und rund, aber ich kann noch auf zwei Beinen stehen ohne umzufallen, danke der Nachfrage. Kann mir einer von euch was zum Anziehen geben? Ich passe wohl kaum noch in meine eigenen Kleider, nicht mit der da.« Ich zeige angewidert auf meine Beule. Der Umstand, dass ich mich langsam an die Vorstellung gewöhne, einen ganzen Wurf an Nachkommen zu haben, bedeutet noch lange nicht, dass mir die körperlichen Veränderungen gefallen.

Lennox nickt und reicht mir ein Hemd und eine Hose. Ich brauche für die zwar einen Gürtel, aber das ist viel bequemer als gestern. Wenn ich weiter so an Umfang zunehme, muss ich wohl bald auf ein Kleid zurückgreifen.

»Kat!«

Sophies Schrei lässt mich herumfahren. Er kommt nicht aus dem Nachbarzimmer, sondern von unten, aus dem Gastraum. Was zum Teufel macht sie da?

Ich renne, so schnell die Beule und meine Riesenbrüste es erlauben, die Treppe hinab. Meine Messer sind noch im Schlafzimmer, aber wenn nötig könnte ich eine Teil-Wandlung vornehmen und meine Krallen einsetzen.

Wut kommt in mir auf angesichts der Szene, die sich mir im Gastraum bietet. Vier stämmige Männer haben Sophie umzingelt, einer von ihnen drückt ihr ein Brotmesser an die Kehle. Seine Hand zittert leicht; ich bezweifle, dass er schon einmal getötet hat. Das wird uns die Sache erleichtern. Er wird das Messer nicht gleich benutzen.

Die Bedienung von gestern Abend steht mit hämischem Gesichtsausdruck etwas abseits und scheint sehr mit sich zufrieden zu sein. Griffons Zauber ist wohl verflogen.

»Geh raus«, sagt einer der Männer zu mir, nicht unfreundlich. »Wir tun schwangeren Frauen nichts.«

Ich ziehe die Augenbrauen hoch. »Aber Kindern schon?«

Er lacht verächtlich und spuckt auf den Boden. Die Bardame zuckt zusammen, sagt aber nichts. »Das ist kein Kind. Sie ist ein Wechselbalg. Martha hat uns das gesagt. Jetzt hau ab, bevor ich's mir anders überlege.«

Während er geredet hat, habe sich die anderen in Position gebracht. Diese Männer wissen es noch nicht, aber Ryker wartet draußen vor der Tür, ist bereit, hereinzustürmen und sie zu überraschen, während Lennox und Griffon sich oben am Treppenabsatz im

Dunkeln versteckt haben. Ich bin mir sicher, dass Griffon ein paar Giftpfeile und Messer parat hält.

Sophie weiß ebenfalls Bescheid. Ein dünnes Lächeln umspielt ihre Lippen, trotz des Messers an ihrer Kehle.

»Was ist denn ein Wechselbalg?«, frage ich unschuldig.

»Ein Feen-Kind, das man für ein richtiges Baby ausgetauscht hat«, erklärt einer der Männer, dessen Bart aussieht, als würde er Generationen von Läusen beherbergen. »Normalerweise finden wir die, bevor sie so groß werden, aber wir erledigen sie auch noch in diesem Alter. Das hier ist kein richtiges Kind.«

Sophie zuckt bei diesen Worten zusammen. Ich muss später mit ihr reden und klarstellen, dass diese Menschen keine Ahnung haben und das alles nicht stimmt.

»Habt ihr deshalb den alten Mann umgebracht?«, frage ich. »Wir haben hier in der Nähe eine Leiche gefunden.«

Der erste Mann nickt grimmig. »Jawoll, das war Tobi. Hätte nie gedacht, dass er dazugehört, aber Flori hier hat beim letzten Vollmond gesehen, wie er sich in einen Wolf verwandelt hat. Das bringt Schande über uns alle. Wir hätten es wissen müssen.«

Der angewiderte Ausdruck auf ihren Gesichtern macht mich wütend. Da ist so viel Unwissen, so viel Hass.

»Er war kein Wechselbalg«, fauche ich giftig. Ich wünschte, ich hätte meine Waffen, damit ich ihnen mit gleicher Münze heimzahlen könnte, was sie mit ihrem Mitbürger gemacht haben. »Den hat keine Fee geboren.

Er war ein Wandler, ein Werwolf. Und falls ihr das vorher nie bemerkt hattet, nehme ich an, dass von euren Tieren keines abhandengekommen ist; und das bedeutet, dass er seiner Wolfsnatur nicht nachgegeben hat, sondern sie unter Kontrolle hatte. Ihr hättet stolz auf ihn sein müssen, ihn loben können, statt ihn zu töten.«

Keiner der Männer zeigt auch nur eine Spur von Schuldbewusstsein. Damit ist ihr Schicksal besiegelt.

Ich wechsle einen Blick mit Sophie. Sie ist bereit. Ich bin es auch. Meine Muskeln sind zum Sprung gespannt. Ich hoffe nur, die Beule wird nicht zu sehr im Weg sein.

»Jetzt!«, rufe ich, und dann geschieht alles auf einmal.

Sophie tritt ihrem Angreifer ins Gemächt und windet sich gleichzeitig unter dem Messer weg. Blutgeruch liegt in der Luft, aber sie hat nur einen kleinen Kratzer am Hals abbekommen. Der wird in wenigen Minuten heilen.

Ich lande auf dem Bartträger und werfe ihn um. Ich rücke mich so zurecht, dass ich auf seinem Becken zu sitzen komme und halte ihn auf dem Boden fest. In diesem Moment stürzt Ryker durch die Eingangstür herein. Griffon und Lennox sind ebenfalls zur Stelle. Sie kümmern sich um die anderen Männer, während ich mein Opfer angrinse und meine Krallen hervorspringen lasse. Seine Augen weiten sich vor Furcht und Hass.

»Du gehörst also zu denen«, faucht er.

»Hat Martha dir das nicht gesagt? Wir alle.«

Und dann schlitze ich ihm die Kehle auf. Meine Krallen durchdringen seine Haut wie Butter. Sie sind schließlich zum Töten gemacht. Ich mag zwar kein von

Feen untergeschobenes Kind sein, aber ich bin ein Wandler und stolz darauf.

Er gurgelt und fasst sich an die Kehle. Scheint überrascht von der plötzlichen Wendung der Dinge. Und er hat bestimmt nicht damit gerechnet, heute schon zu sterben. Kurz vor seinem letzten Atemzug zucken seine Beine noch einmal, nicht sehr kräftig, aber ausreichend, um mich aus dem Gleichgewicht zu bringen. Ich falle vornüber auf ihn drauf und quetsche meine Beule dabei auf unangenehme Art und Weise.

Der Bauch tut weh. Verdammt. Aber dann berührt sein Blut meine Lippen, und ich vergesse die Schmerzen. Ich schlecke gierig das Blut auf, das aus seiner Halswunde läuft.

»Kat«, stöhnt Ryker. »Nicht schon wieder.«

Ein scharfer Schmerz in meinem Innern zerstört das Wonnegefühl, das das Blut in mir ausgelöst hat.

»Aua«.

»Was ist los?«, fragt Griffon und ist sofort an meiner Seite. »Ist was mit den Babys?«

Er hilft mir auf, führt mich weg von dem Toten zu einem Stuhl. Ich fühle mich plötzlich sehr schwanger und sehr hilflos.

»Ist schon gut, nicht schlimmer, als die normalen Tritte«, stoße ich hervor. »Ich brauche nur einen Moment.«

Ryker kommt mit einem feuchten Tuch und reibt mir damit das Gesicht ab. Er mag es wohl nicht, wenn ich so blutverschmiert bin, auch wenn es nicht mein eigenes ist und es so gut schmeckt.

Ich sehe mich im Zimmer um, auch, um mich abzulenken. »Sophie, geht's dir gut?«

Meine kleine Schwester lächelt und setzt sich auf den Stuhl neben mich. »Ich hatte schon ein bisschen Angst, aber dann haben wir's diesen Arschlöchern gezeigt.«

»Nicht solche Wörter«, bemerkt Griffon ganz automatisch.

»Der Tritt von dir hat gesessen«, lobe ich sie und zucke zusammen, als wieder der Schmerz durch meinen Bauch schießt. Hat jemand meinen Babys schon Messer gegeben, mit denen sie mich von innen stechen können? Oder probieren sie ihre Krallen aus? Egal, das muss aufhören.

»Wo genau tut's weh?«, will Griffon wissen und hebt vorsichtig mein Hemd an. Ich lasse ihn. Ich könnte ihn in meinem jetzigen Zustand sowieso nicht abwehren.

»Überall. Zeig auf einen Punkt, und da tut's auch weh. Ich hab das Gefühl, die feiern da drinnen eine Party.«

»Es war dumm von dir mitzukämpfen. Du hättest uns das überlassen sollen.«

Ich starre ihn böse an. »Keine Chance. Du müsstest mich gut genug kennen um zu wissen, dass ich nicht zuschauen kann, wenn ihr euren Spaß habt.«

Er seufzt. »Ich weiß. Ich darf ja mal träumen. Du musst besser auf dich aufpassen. Du bist im Moment nicht so wendig und unbesiegbar wie sonst. Es ist in diesem Stadium der Schwangerschaft riskant, dich überhaupt reiten zu lassen.«

Ich schlucke schwer beim Gedanken ans Reiten. Geht nicht.

»Ich denke, ich werde heute laufen«, murmele ich.

Die Männer sehen mich mitleidig an. Ich knurre. Mitleid kann ich nicht gebrauchen. Das ändert ja auch nichts.

»Vielleicht können wir einen Wagen für dich finden«, schlägt Lennox vor. »Diese Typen sehen wie Bauern aus. Von denen hat bestimmt einer ein Fuhrwerk zu Hause, das wir uns ausleihen können.«

»Stehlen«, korrigiert ihn Sophie. »Stehlen ist aber nicht gut. Das ist gegen die Regeln.«

»Das Töten von kleinen Mädchen verstößt aber auch dagegen«, antwortet Ryker düster. »Wir nehmen uns nur, was uns nach diesem Zwischenfall zusteht.«

Zwischenfall. Ich stöhne wieder. Ja, diese Mini-Wandler müssen schon Krallen haben. Oder es geht da etwas noch Schlimmeres vor sich.

»Griffon, wie fühlen sich Wehen an?«, frage ich so unschuldig wie möglich.

Er hält die Luft an. »Glaubst du, du hast schon Wehen? Das ist zu früh. Du bist dick, aber noch nicht dick genug für vier Babys.«

»Nur theoretisch.«

»Ähm, keine Ahnung. Ist ja nicht so, dass ich selbst schon mal welche gehabt hätte. Auf der Uni haben sie das als einen dumpfen Schmerz im unteren Rücken und Bauch beschrieben. Hast du das Gefühl, du müsstest pressen?«

Ich schüttele den Kopf. »Nein, zum Glück nicht. Aber

es ist ein scharfer Schmerz, ganz bestimmt kein stumpfer. Der wäre mir erheblich lieber.«

Griffon rennt nach oben und kommt mit seinem Stethoskop zurück. Wobei er nicht mehr hören wird, als ich schon gehört habe. Die vier Herzschläge haben sich nicht verändert. Ich glaube nicht, dass eines der Babys in Not ist.

Genau das bestätigt er. »Das hört sich ganz normal an. Wir sollten noch ein wenig hierbleiben, bis die Schmerzen nachlassen. Männer, lasst uns etwas zu essen für sie machen.«

»Ich wusste, dass es ein Fehler war, die Bardame bewusstlos zu schlagen«, beschwert sich Lennox und deutet auf die am Boden liegende Frau. »Ich weiß nicht, wie man Waffeln macht.«

Ich muss trotz der Schmerzen lachen. »Meine Gelüste darauf sind schon verflogen. Jetzt möchte ich lieber rohes, blutiges Fleisch. Könnte eine Nebenwirkung des Kampfes sein. Ich kann euch wohl kaum überreden, das Blut von dem Mann da in eine Flasche zu füllen?«

Lennox sieht mich fragend an, als ob er sich nicht sicher ist, ob ich das ernst meine oder nicht. Ich weiß es selbst nicht so genau. Ich möchte mehr von dem Blut, bin aber auch angewidert vom Gedanken an diesen Wunsch.

»Ich suche nach einem Wagen«, sagt unser Wolf. »Ryker kann Frühstück machen.«

Er ist verschwunden, bevor ihn jemand aufhalten kann. Ich seufze. Ich brauche keinen Wagen. Sobald die Schmerzen nachlassen, kann ich wieder reiten. Das wird nicht gerade bequem sein, aber ich werde mich damit abfinden und mich nicht beschweren. Ich habe schon Schlimmeres überstanden. Dies ist schließlich kein Dauerzustand. Ich werde diese Babys bald rauspressen, und dann wird alles wieder normal sein – abgesehen davon, dass wir uns dann um vier winzige Wandler kümmern müssen. Wir werden wohl ein Kindermädchen brauchen. Vielleicht finden wir vor Ort einen Wandler, der sich mit Katzenkindern und Welpen auskennt. Und Kälbern, falls der Super-GAU eintritt...

Ryker verschwindet in der Küche, während Griffon bei mir bleibt und meinen Bauch mit dem Stethoskop abhört, als ob das eine Besserung bringen würde. Sophie rutscht auf ihrem Stuhl herum, ist sichtlich gelangweilt.

»Hast du schon gepackt? Und du könntest dich auch um die Pferde kümmern.«

Sie springt auf, sichtlich froh, Zeit mit ihrem geliebten Billy verbringen zu können. Falls wir das Pferd behalten wollen, brauchen wir einen Stall. Neben unserem Haus ist kein Platz, wir müssten also eine andere Lösung finden. Darum kann sich Benjamin kümmern; logistische Fragen sind seine Stärke.

Plötzlich fühlt es sich zwischen meinen Beinen feucht an. Ich schreie auf und sehe nach, erwarte schon, Blut zu sehen. Aber nein, das sieht so aus, als hätte ich mich eingepinkelt.

»Griffon...«

Ich folge seinem Blick und mir stockt der Atem.

»Nein, noch nicht. Nicht hier. Nicht jetzt. Nein, bitte nicht.«

Er stammelt Unsinn vor sich hin, wie ein Idiot.

»Was ist denn los?«, fragt Sophie mit unschuldiger Neugier. »Haben die Babys Pipi gemacht?«

»Ihre Fruchtblase ist geplatzt«, antwortet Griffon tonlos. Er fährt sich mit den Händen durch sein langes Haar und sieht dabei hilflos und verwirrt aus. Das ist nicht gerade vertrauenerweckend. Er sollte jetzt eigentlich wissen, was zu tun ist. Er ist schließlich der Arzt. Also fast.

Ich brauche einen Moment, bis das Gesagte bei mir richtig ankommt. Meine Fruchtblase ist geplatzt. Grundgütiger Himmel!

»Bedeutet das, dass ich jetzt die Babys bekomme?!«

Ich schreie es mehr als ich frage. Ich glaube, ich werde hysterisch. Die Schmerzen, meine durchnässten Hosen, der noch anhaltende Blutgeschmack in meinem Mund – all das bringt mich um den Verstand.

»Ja, du wirst Wehen bekommen«, sagt er. Er klingt, als sei er gerade mehrere Kilometer gerannt. Wir müssen uns vorbereiten. Selbst wenn sich die Wehen hinziehen, und das ist bei der ersten Geburt normal, schaffen wir es nicht mehr nach Attenburg. Aber das ist alles zu früh, wir wissen also nicht, in welchem Entwicklungsstadium die Babys sein werden, ob sie schon eigenständig atmen können. Wir brauchen sanitäre Dinge, ich kann das nicht alleine, und du hast Schmerzen, und das ist nicht, wie es eigentlich sein sollte, und...«

Ihm versagt die Stimme, seine Augen sind panisch geweitet. Während meine Gefühle wieder in geregelte Bahnen münden, ist er gerade dabei auszurasten.

»Ich hole Lennox«, meldet sich Sophie. Sie wirkt

erstaunlich ruhig und rennt nicht aus dem Haus, sondern geht gemessenen Schrittes.

Diese Ruhe hat Ryker nicht. Er steht im Kücheneingang und starrt mich mit offenem Mund an, klammert sich am Türgriff fest.

»Die Jungen kommen?«, fragt er.

Ich zucke mit den Schultern. »Sieht so aus.«

Mein hysterischer Anfall ist vollständig überwunden. Ich bin totenstill. Wie tot im Innern. Nur so kann ich die Situation beherrschen. Jetzt macht sich mein Killer-Training wieder bezahlt. Abstand nehmen, die Situation analysieren, Gefühle vermeiden. Den Verstand einsetzen, nicht das Herz. Analysieren, nicht urteilen. Was ist der nächste Schritt? Was brauchen wir, um das zu überstehen?

»Handtücher«, murmelt Griffon. »So ein Gasthaus muss doch eine Menge Handtücher haben. Und heißes Wasser. Verbandsmaterial, falls es zu Blutungen kommt. Decken, in die wir die Babys einwickeln können, wenn sie geboren sind. Ein Messer für die Nabelschnüre. Was sonst noch? Habe ich was vergessen?«

Ich überlasse ihm das. Die Schmerzen lassen gerade nach, und ich will aus meinen besudelten Kleidern raus.

»Ryker, kannst du mir eine andere Hose besorgen? Und eine Unterhose?«

Er starrt mich einen Moment lang an, abwesend und verwirrt, dann nickt er und verschwindet nach oben.

»Handtücher, Handtücher, Handtücher.«

Griffon wiederholt das wie ein Mantra, während er durch die Schränke hinter dem Tresen wühlt. Er soll tun, was immer nötig ist, um diese Situation zu beherrschen. Ich habe ihn noch nie so aufgelöst erlebt. Das fühlt sich seltsam an, ich möchte ihn in den Arm nehmen und ihm sagen, dass alles schon gut werden wird. Aber das würde er wohl nicht wollen. Und das würde auch nicht der Wahrheit entsprechen. Ich weiß überhaupt nicht, ob alles gut werden wird. Im Moment scheint sich alles gegen uns verschworen zu haben.

»Hilfe!«, ruft Sophie plötzlich von draußen, und es klingt wie ihr Hilfeschrei vorhin.

Bitte nicht schon wieder! Was ist jetzt wieder los?

»Kat, du bleibst hier«, befiehlt Griffon, als Ryker gerade angerannt kommt.

»Was ist los?«

Ich stemme mich auf die Füße und wage ein paar Schritte. Die Schmerzen sind noch da, aber nicht mehr so stechend, eher tiefer, nicht mehr so intensiv.

Ich drehe mich zu den Beiden um. »Das sollten wir herausfinden. Habt ihr Waffen?«

»Du bleibst hier«, befiehlt Ryker.

»Hilfe!«

Nein, ich werde meine Schwester nicht alleine lassen. Ich ignoriere die Männer und renne – also, es ist mehr ein schnelles Watscheln – aus dem Gasthaus. Die Sonne blendet mich und ich blinzele. Etliche Gestalten haben das Haus umzingelt, mindestens fünfzehn zähle ich.

Ihr Geruch schlägt mir entgegen. Mutanten. Sie haben uns also gefunden. Und durch ihren Gestank dringt der Geruch von Lennox Blut. Ich sehe mich nach ihm um, aber ich kann weder ihn noch Sophie irgendwo sehen.

Ryker und Griffon stellen sich dicht an meine Seite. Der Siron lässt zwei Messer in meine Hände gleiten. Ich umfasse sie fest, fühle mich gleich besser. Dies wird ein Kampf wie jeder andere auch.

Ein Mann tritt vor, er ist größer als die meisten der Mutanten. Ich erkenne ihn sofort, auch wenn mich die Sonne weiter blendet und ich ihn nicht genau erkennen kann. Lord Delaney. Er ist hier.

»So sehen wir uns also wieder.«

Seine Stimme ist so kalt und emotionslos wie ich sie in Erinnerung habe. Sogar seine Körperhaltung ist dieselbe wie damals in Attenburg, als ich ihn zum ersten Mal gesehen habe. Überheblichkeit strömt ihm aus allen Poren. Er glaubt, gewonnen zu haben und genießt es in vollen Zügen.

»Ich bin gekommen, um meine Geschöpfe abzuholen«, sagt er und starrt auf meinen überdimensionalen Bauch. In seinem Blick liegt nicht nur Neugier; in seinen eiskalten Augen spiegelt sich so etwas wie Begierde. Er mustert mich von Kopf bis Fuß wie eine Ware, die er im Begriff ist zu erwerben. Mehr bin ich in seinen Augen sicher nicht. Ein Objekt, das er für seine Experimente nutzen kann. Er sieht in mir keine eigenständige Persönlichkeit, wahrscheinlich auch nicht in Sophie. Armes Kind, das im Haus dieses Mannes aufwachsen musste. Es grenzt an ein Wunder, dass sie trotzdem zu dem Mädchen geworden ist, das sie heute ist.

»Wenn du jetzt gehst, lasse ich dich vielleicht am Leben«, antworte ich ruhig. »Für euch gibt's hier nichts zu holen.«

Er fletscht die Zähne zu dem humorlosesten Grinsen, das ich je gesehen habe. »Du täuschst dich, meine Liebe. Wenn ich deine Gefährten getötet habe, werde ich zusehen, wie du meine Geschöpfe zur Welt bringst. Dann werde ich dich töten für all die Umstände, die du mir gemacht hast. Eigentlich wollte ich dich am Leben lassen, damit du mir künftig ein weiteres Set an Testobjekten gebären könntest, aber das wäre zu aufwändig. Du hast bewiesen, dass ich dir nicht trauen kann.«

Ich muss lachen. »Wieso hättest du mir trauen sollen?«

Die Frage verwirrt ihn offenbar, aber er antwortet nicht. Stattdessen dreht er sich zu den Mutanten um. »Passt auf, dass sie am Leben bleibt.«

Ich schwinge meine Messer, fühle mich wieder in sie ein. Eines der beiden gehört mir, das andere ist schwerer, vielleicht Griffons. Es wird mir ein Vergnügen sein, Delaneys Wanst aufzuschneiden. Und ihn zu zwingen, seine Eingeweide zu essen. Ich lächele voller Vorfreude. Ein guter Kampf kommt mir gerade recht.

»Kat, kannst du mich hören?«

Lennox Flüstern ist kaum zu hören. Dem Katzen-Gott sei Dank, er ist in der Nähe. Ich beobachte die Mutanten genau, aber sie reagieren nicht. Ihr Gehör ist hoffentlich nicht so gut wie meines. Ryker legt mir die

Hand auf den unteren Rücken und zeigt mir damit, dass er es auch gehört hat.

»Sie haben mich bewusstlos geschlagen und mich in dem Haus mit dem roten Dach am anderen Ende der Straße gefesselt. Sophie ist entkommen, aber ich weiß nicht, wo sie jetzt ist. Ich werde mich wandeln, weiß aber nicht, ob das reichen wird, um mich zu befreien.«

In mir steigt Wut auf. Sie haben sich an Lennox vergriffen. Ein Grund mehr, es ihnen jetzt richtig heimzuzahlen.

»Ergibst du dich freiwillig?«, fragt Delaney mit kaltem Lächeln. »Wie letztes Mal? Ich muss schon sagen, ich habe den Moment genossen. Dieser total verzweifelte Gesichtsausdruck. Wie dein ganzes Selbstvertrauen in einem einzigen Augenblick wie weggeblasen war. Wunderbar.«

Ich könnte kotzen. Hört sich an, als würde er sich bei der Erinnerung daran einen runterholen.

»Nein, aber du kannst dich gern ergeben«, fordere ich ihn auf. »Ich habe nicht vor, dich laufenzulassen, aber es könnte ein schnellerer Tod werden.«

Er schnaubt verächtlich. »Du bist gerade nicht in der Lage, irgendwen umzubringen, Mädchen. Hast du dich mal im Spiegel angesehen? Du bist unförmig.«

Das verdanke ich ihm. Ich will jetzt endlich diesen Kampf beginnen, andererseits Lennox mehr Zeit einräumen, sich zu befreien. Also noch ein bisschen Hinhaltetaktik.

»Ja, ich bin unförmig. Was hast du mir eingepflanzt?«

»Dies und das. Ist nur ein Test, ob das möglich ist. Du

bist die Älteste, also schien es sinnvoll, mit dir zu beginnen, aber die anderen Klone kommen natürlich als nächstes dran. Meine Leute sind schon auf der Suche nach ihnen. K.C. ist noch ein bisschen jung, aber sobald sie Kinder haben kann, habe ich große Pläne für sie.

»Du willst deine eigene Tochter schwängern?«

Er lacht mit der Gefühllosigkeit eines Eisbergs. »Sie ist nicht meine Tochter. Sie ist ein Experiment, genau wie du und die Geschöpfe, die in dir wachsen. Das Zusammenleben mit ihr im selben Haus hat mir die Gelegenheit gegeben, sie genau zu erforschen. Ich habe all die Aufzeichnungen über dein Aufwachsen gelesen, aber mir hat nicht gefallen, wie viele Freiheiten du hattest. Also habe ich das Experiment in einer kontrollierten Umgebung wiederholt.«

Ich hoffe nur, Sophie kann uns nicht hören. Das könnte sie zerbrechen lassen. Sie fühlt sich zwar zu ihren Adoptiveltern nicht besonders hingezogen, aber zu hören, dass der Mann, den sie Vater nennt, sie lediglich als Forschungsobjekt betrachtet, könnte sie vernichten. Griffon knurrt. Er ist genauso wütend wie ich. Ich werde mich nicht mehr lange beherrschen können.

»Gib auf«, wiederholt Delaney. »Du warst noch nie so schwach. Du kannst nicht gewinnen.«

Ich überlege – und lächele. Er könnte kaum weniger danebenliegen. Ich bin stärker denn je. Sicher, ich bin behindert durch meine Beule und die Schmerzen, aber ich könnte keinen triftigeren Grund haben, jetzt zu kämpfen. Ich muss nicht mehr nur mein eigenes Leben schützen. Vier kleine Wesen in mir können sich nicht wehren. Und dann sind da noch meine Schwester und meine Männer. Wir werden das gemeinsam schaffen. Und ich werde alles tun, um uns am Leben zu halten. Dieses Ungeheuer von Mann wird uns nicht bezwingen.

Ich halte meine Messer hoch, bereit, sie nach Delaney zu werfen. »Komm und hol mich.«

In diesem Augenblick habe ich die erste Wehe. Meine Knie werden weich, im Rücken breitet sich Feuer aus, die Schmerzen sind schlimmer als zuvor.

Eines meiner Messer gleitet mir aus der Hand und landet mit traurigem Klappern auf dem Boden.

Das war's.

ENDE

❀ ❀ ❀ ❀ ❀ ❀

Die Geschichte endet in Krallen Raus, *dem letzten Buch der Serie.*

Wenn ihr Nachrichten zu der Killerkatzen-Serie oder anderen Büchern haben möchtet, bestellt meinen Newsletter: skyemackinnon.de

ANMERKUNG DER AUTORIN

Liebe Leser,

Ich habe für dieses Buch viel länger gebraucht als für all die anderen Killerkatzen-Bücher; das lag wohl hauptsächlich daran, dass sich die Welt plötzlich geändert hatte. Solltet ihr dies in der fernen Zukunft lesen, werdet ihr euch vielleicht dunkel an den Lockdown im Jahre 2020 erinnern. Ich hoffe ihr als diese künftigen Leser erfreut euch bester Gesundheit und seid von diesem Virus unberührt geblieben, der damals den ganzen Planeten lahmgelegt hat.

Ich hatte kurz vor dem Lockdown angefangen, *Friss Mich* zu schreiben und wollte Kat eigentlich bald fliehen lassen. Und nun hatte sich plötzlich alles geändert, ich war zu Hause eingesperrt, hatte kein Klopapier und konnte nicht mehr in mein Lieblingscafé zum Schreiben gehen. Das hatte nicht nur Auswirkungen auf meine tägliche Arbeit, sondern auch auf die Geschichte an sich.

Kat wollte auf einmal nicht mehr gerettet werden. Sie weigerte sich auch zu entkommen. So ziemlich alles in diesem Buch war vorher nicht so geplant, einschließlich der überraschenden Schwangerschaft. Nein, ich selbst bin nicht schwanger, hat also nichts damit zu tun, obwohl ich während des Lockdowns eine kleine Katze adoptiert habe.

Im Mai starb mein kleiner Freund Darwin, der Hase, mit dem ich sechs wunderbare Jahre meine Wohnung geteilt habe. Kein neuer Hase hätte die Lücke füllen können, die er hinterließ, weshalb ich mich entschloss, einer Katze ein neues Zuhause zu bieten, deren Vorbesitzer an Covid 19 gestorben war. Sootie (die Rußige) versteckte sich die ersten Tage in meinem Kamin (daher der Name), hat sich seither aber als großartige Inspirationsquelle für jede Art von Katzenkapriolen erwiesen. Sootie hat dasselbe schwarze Fell wie Kat und scharfe Krallen, ist aber eher winzig, obwohl voll ausgewachsen. Aber sie verfügt über eine großartige Persönlichkeit und veränderte sofort die Abläufe im MacKinnon-Haushalt; und so motivierte sie Kat auch schließlich und endlich, sich mit Sophie anzufreunden und zusammen mit ihr zu fliehen.

Zu der Zeit, wo ich dies schreibe, wird der Lockdown in Schottland zwar gerade gelockert, aber es wird wohl noch Monate dauern, bevor die Schulen wieder öffnen, und ich bin nicht einmal sicher, ob mein Café überhaupt überleben wird. Ich verspreche hoch und heilig, dass ich Kat nicht wieder die Gelegenheit geben werde, sich entführen zu lassen, selbst wenn es eine zweite Corona-Welle geben sollte.

Wie bei den Killerkatzenbüchern davor, habt ihr, meine Leser, auch auf dieses großen Einfluss gehabt, sei es durch Katzenfotos, Zeichnungen von Mäusen oder Diskussionen um Pferdenamen. Ihr erinnert euch an den Moment, wo Kat überlegt, wie ihre Vagina wohl nach der Geburt aussehen wird? Darüber gab's in meiner Facebook-Gruppe amüsante Diskussionen; die Antworten reichten von »Roastbeef« über »locker-flockig« bis zu »irgendwie fettig-klebrig«. Die Interaktion mit meinen Lesern ist eines der Dinge, die ich an meiner Arbeit als Autorin liebe. Wenn ihr also noch nicht in meiner Facebook-Gruppe seid, sucht nach "Skye's Book Harem" (englisch) oder «Skyes Bücherharem" (deutsch).

Mein Dank gilt allen, die Kat über die ganze Serie die Treue gehalten haben, bis (fast) zum Ende. Ein großes Dankeschön auch meiner früheren Assistentin Renée und ihrer Nachfolgerin Tricia. Und nicht zu vergessen meine Freunde und Familie, die mir den Lockdown durch kleine Gaben und viel getrocknete Mango etwas erleichtert haben.

Macht's gut und bis bald in *Krallen Raus*,
Skye